Ich bin 11 Jahre alt, gehe in die 6. Klasse und wohne mit meiner Mutter und meinen jüngeren Brüdern Robin und Jannik in Polenz, einem kleinen Dorf in der Nähe von Neustadt. Als ich Tobias das erste Mal beim Judotraining getroffen habe, wusste ich noch nicht, dass Luca ihn kennt.
Früher hatte ich keine echten Freunde, weil ich mich ständig gestritten und andere verprügelt habe. Aber eines Tages hat sich alles geändert, weil ich den Herrn Jesus kennengelernt habe. Das könnt ihr im Buch *Paolo – Der GerümpelSchatzKlau* nachlesen. Nun bin ich richtig froh, so coole Freunde wie Richard zu haben, der sich voll gut in der Bibel auskennt.
Vielleicht werde ich mal Automechaniker oder Busfahrer.

Paolo Matuschek

Richard Maiwald

Ich bin 12 Jahre alt und gehe in dieselbe Klasse wie Paolo. Zusammen mit meinen Eltern und meiner Zwillingsschwester Thea wohne ich in Neustadt / Sachsen.
Ich lese gern, vor allem alles, was mit Geschichte zu tun hat, und Abenteuerbücher. Und ich liebe es, historische Orte, wie Burgen, Stadtmauern, Klöster und Kirchen zu erforschen. Später möchte ich Historiker oder Archäologe werden.
Eine Taschenbibel und mein Notizbuch sind meine ständigen Begleiter. Manche meiner Freunde finden das altmodisch, aber das ist mir egal.

Thea Maiwald

Richard ist mein Zwillingsbruder, darum ist es klar wie Kloßbrühe, dass ich genauso alt bin wie er. Und wir gehen auch in dieselbe Klasse.
Ich tobe am liebsten mit Freunden draußen herum. Deshalb trage ich meist nicht so schicke Klamotten wie meine Freundin Nadine. Meine liebsten Kleidungsstücke sind Hüte mit Geheimtaschen.
Später möchte ich Reiseleiterin werden. Und dann einen coolen Mann heiraten und viele Kinder haben.

Ich bin 12 Jahre alt, wohne mit meiner Mutter in Neustadt und gehe in dieselbe Klasse wie meine beste Freundin Thea. Ich liebe schicke Kleidung und gehe gern shoppen, leider hat Thea nur selten Lust dazu. Seit ich mit ihr befreundet bin, komme ich auch gut mit Richard und den anderen klar. Nur Lucas Hund nervt mich manchmal, wenn er mich dreckig macht oder irgendwelche Dummheiten anstellt. Mein Traumberuf ist Modedesignerin.

Nadine Neubert

Plan der Burg Stolpen

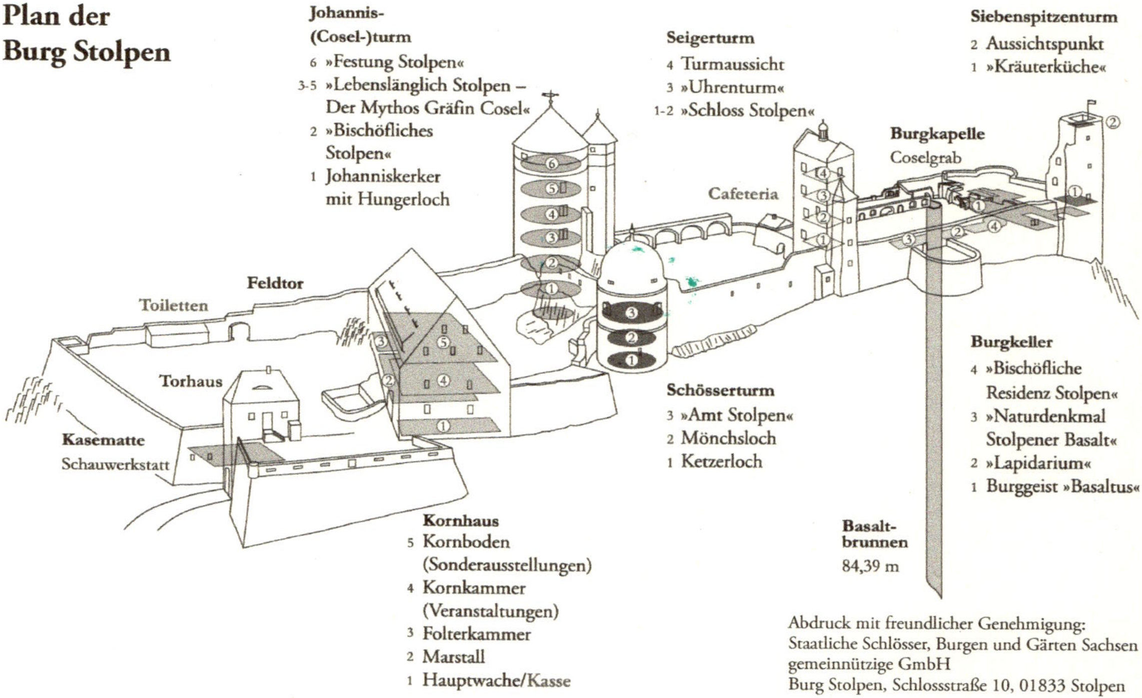

Abdruck mit freundlicher Genehmigung:
Staatliche Schlösser, Burgen und Gärten Sachsen gemeinnützige GmbH
Burg Stolpen, Schlossstraße 10, 01833 Stolpen

1

„Stopp, Karlson! Bleib stehen!“

Luca haschte nach der Hundeleine, doch es war zu spät. Karlson sauste bereits wie der Blitz über den dritten Burghof und sprang über eine niedrige Mauer, hinter der ein großer Sonnenschirm zu sehen war.

„Da war eine Katze!“, rief Thea und eilte dem Hund nach.

Als Luca ihr folgen wollte, packte Richard ihn am Arm. „Nein, nicht hinterher! Es dauert zu lange, da drüberzuklettern. Komm mit, im vierten Burghof gibt es einen Durchgang!“

Luca und Richard rannten durch das nächste Tor. Links befand sich hinter einer Mauer mit mehreren Durchgängen der sogenannte *Zehrgarten* der Burg Stolpen, die Terrasse des Burgcafés.

„Karlson“, rief Luca, blieb stehen und schaute sich um, aber der Hund war nicht da.

Richard deutete mit dem Kopf in Richtung eines Tisches in der Mitte des Zehrgartens. „Ich frage die Leute mal. Bestimmt haben sie ihn gesehen.“

Da entdeckte Luca seinen Klassenkameraden Florian Filderstädt. Er trug ein schwarzes Basecap und einen schwarz-gelben Schal und schlenderte mit einem rothaarigen Mädchen in der Nähe der Tür des Cafés herum.

„Okay, sprich du mit den Leuten.“ Luca deutete auf seinen Klassenkameraden. „Und ich frage Florian.“

Plötzlich ertönte Karlsons Gebell und kurz darauf ein Schrei.

„Er ist im Café!“ Luca zeigte auf die Tür und rannte los. Richard folgte ihm.

Auf einmal schoss die Katze aus einem offen stehenden Fenster des Cafés heraus und kletterte auf einen Baum, während drinnen das Gebell immer wütender wurde.

In der Tür des Cafés blieb Luca wie angewurzelt stehen, sodass Richard auf ihn prallte. Gläser und Tassen lagen herum, einige waren zersplittert. Der Inhalt einer aufgeplatzten Tüte Mehl hatte mehrere umgekippte Stühle und den Boden bestäubt und vermischte sich dort mit dem Öl, das langsam aus einer Plastikflasche rann. In einer Pfütze Milch lagen zerbrochene Eier, zwei Lollis, mehrere Packungen Kaugummi und ein Schokoladenkäfer. Karlsons Leine klemmte unter dem Sockel eines flachen Schranks und hielt den noch immer bellenden Hund zurück.

Als Luca und Richard eintraten, fing hinter der Theke eine Frauenstimme an zu schimpfen. Während Luca zu Karlson eilte und die Leine löste, ging Richard um die Theke herum.

„Kann ich Ihnen helfen?“, hörte Luca ihn fragen.

„Die Tür zu!“, schrie die Frauenstimme. „Schnell! Mach die Tür zu!“

Gerade als Richard wieder hinter der Theke auftauchte, kam Thea hereingestürmt und blieb mit weit aufgerissenen Augen mitten im Raum stehen. „Ach, du Schreck! Was ...?“

Doch Richard eilte mit einem Schlüssel in der Hand an ihr vorbei zur Tür und schloss ab.

Währenddessen ging Thea hinter die Theke, hielt sich die Hand vor den Mund und stellte dann fast dieselbe Frage wie kurz zuvor ihr Zwillingsbruder: „Darf … Darf ich Ihnen helfen?“

„Tut nicht so!", kreischte die Frau. „Macht euch wohl noch lustig über mich! Das ist so gemein von euch, man sollte euch einsperren und ..."

Luca fasste Karlsons Leine kurz und trat an Theas Seite. Die schimpfende Frau hockte auf dem Fußboden. Sie hatte eine Schüssel auf dem Kopf, aus der eine zähe Masse hervorquoll.

Endlich hörte die Frau auf zu wettern, nahm die Schüssel vom Kopf, reichte sie Thea und stemmte sich hoch. Ihr dunkelbraunes Haar war voller Teig, er lief ihr übers Gesicht und tropfte auf die Schultern. Sie schniefte und fuhr sich über die Augen, wobei ihre Mundwinkel nach unten zuckten.

„Ach du grüne Spinne!" Luca starrte die Frau, die etwas jünger als seine Oma sein mochte, mit weit aufgerissenen Augen an.

„Eine grüne Spinne?", schrie sie auf.

„Hier ist keine Spinne." Thea stellte die Schüssel auf die Theke. „Das ist nur so eine Redensart unseres Freundes."

„Eine Redensart?" Die Frau schüttelte den Kopf und deutete mit dem Finger auf Luca. „Rede mit mir! Ich will eine Antwort! Warum macht ihr das? Was wollt ihr von mir? Was habe ich euch getan?"

„Das ... Das war doch keine ... keine Absicht", stammelte Luca. „Karlson ... also mein Hund ... der ist ausgerissen ... und ..."

„Es war meine Schuld." Thea hob mit hochrotem Kopf einen Teller auf. „Es tut mir wirklich sehr leid. Ich habe mir den Schuh gebunden und dabei hat Karlson mir die Leine aus der Hand gerissen. Weil er die Katze gesehen hat."

„Wilde Katze, rasender Hund und grüne Spinne. Ein Angriff nach dem anderen! Was kommt als Nächstes?" Die Frau zupfte ein Teigklümpchen aus ihren Haaren und schaute es an, als wäre es ein ekliges Insekt. „Das ist zu viel, einfach zu viel! Jeder Angriff wird schlimmer! Wenn das so weitergeht, muss ich den Laden hier bald dichtmachen."

„Ein ... Ein Angriff?" Luca schüttelte den Kopf. „Aber ... ich sagte doch schon ... das war nicht mit Absicht ... das war ..."

„Wir reden später." Die Frau deutete auf eine Tür, die sich in der Wand hinter der Theke befand. „Ich muss mich säubern. Und ihr bleibt solange hier!"

Richard wies mit dem Kopf in Richtung Eingangstür. „Soll sich einer von uns um die Gäste da draußen kümmern?"

„Nein!" Die Frau wischte sich übers Gesicht. „Das ist nicht nötig, hier ist Selbstbedienung. Jeder bezahlt, bevor er seine Speisen bekommt. – Hauptsache die Tür ist abgeschlossen."

„Ja, das ist sie", antwortete Richard und reichte ihr den Schlüssel.

„Aber ... oh nein ... Herr Wachhaupt wird bald kommen ... um die Abrechnung mit mir ..." Die Frau steckte den Schlüssel in ihre Schürzentasche. „Oh weh, wenn er mich so sieht ... nicht auszudenken, was dann passiert!"

„Sie meinen, der Burgwächter kommt hierher?", hakte Richard nach. „Um mit Ihnen die Abrechnung zu machen?"

Die Betreiberin des Cafés nickte schwach.

„Oh, oh." Thea schob ihren Hut zurecht. „Den Burgwächter kennen wir. Herr Wachhaupt ist meistens ziemlich brummig."

Luca stand immer noch da, als seien seine Füße auf dem Boden festgeklebt, und umklammerte die Hundeleine. „Es ... Es tut mir so leid. Ich werde ... Wir werden ... Wir haben eine Versicherung."

„Später", wiederholte die Frau und ging auf die Tür hinter der Theke zu. „Ihr bleibt hier und macht in der Zwischenzeit Ordnung!"

2

Als sie allein waren, wandte Luca sich an Richard. „Du hast abgeschlossen und sie hat den Schlüssel. Das heißt, wir sitzen in der Falle."

„Sie war total aufgelöst." Richard zuckte mit den Schultern. „Sie hätte es sicher gar nicht gemerkt, wenn ich den Schlüssel behalten hätte."

„Selbst wenn sie uns mit Absicht eingeschlossen hätte …" – Thea machte eine ausladende Handbewegung – „… es ist doch verständlich, dass sie nicht allein aufräumen will."

Luca kratzte sich am Kopf. „Sie hat von einem *Angriff* gesprochen. Denkt sie etwa, dass ich Karlson mit Absicht hier reingejagt habe?"

Richard fasste sich ans Kinn. „Ich fand ihre Andeutungen auch merkwürdig. Bestimmt wird sie es uns erklären, wenn sie wiederkommt."

„Außerdem brauchst du das nicht persönlich zu nehmen." Thea setzte ihren Hut ab. „Karlson ist zwar dein Hund, aber ich war schuld, dass er hier reingerannt ist. Das habe ich ihr gesagt und werde es notfalls noch mal tun."

„Danke", murmelte Luca. „Ihr seid eben echte Freunde und richtige Christen."

„Nun übertreib mal nicht", entgegnete Richard. „Wir sind auch keine Engel."

„Trotzdem." Luca pulte ein Teigklümpchen aus Karlsons Fell. „Ich kenne viele, die die Schuld auf mich schieben und sich rausreden würden."

Thea ging zu einem Tisch, der sauber aussah, und legte

ihren Hut ab. „Wir sollten endlich anfangen, hier aufzuräumen."

Luca blickte sich um und deutete auf ein kleines Fenster. „Dort ist die Katze rausgesprungen. Wir müssen es schließen, damit Karlson nicht auf die Idee kommt ..."

„Stimmt!" Richard ging zum Fenster, machte es zu und zog das Rollo herunter. „Und das andere Fenster müssen wir natürlich ebenfalls schließen."

„Danke." Luca seufzte und gab Karlson einen Klaps. „Bleib liegen und rühr dich ja nicht! Du hast uns ganz schön was eingebrockt."

Der Hund schaute zu ihm auf und winselte, als wollte er sich entschuldigen.

„Nun aber los, Luca!" Thea schaltete das Licht ein. „Mit Karlson kannst du später noch schimpfen!"

Während Richard begann, Tassen und Teller, die nicht zerbrochen waren, einzusammeln, machte Luca sich daran, die umgefallenen Stühle aufzustellen.

„Ihre größte Sorge ist wohl", sagte er dabei, „dass Herr Wachhaupt auftaucht und sie in diesem Zustand sieht."

„Was ich gut verstehen kann." Thea ging auf einen Vorhang in einer Ecke des Raums zu. „Und das, obwohl ich nicht so modebewusst bin wie meine Freundin Nadine."

„Ach du grüne Spinne, hör mir mit Nadine auf!" Luca pustete das Mehl vom nächsten Stuhl und hob ihn auf. „Wenn die hier wäre, würde sie wieder meckern ohne Ende."

„Nadine hat auch viele gute Seiten." Thea schaute hinter den Vorhang. „Ah, da haben wir ja alles, was wir brauchen." Sie zog Schaufel und Besen hervor und fing an, die Scherben zusammenzufegen.

Luca schob einen Stuhl an einen der Tische. „Auf Nadine kann ich verzichten. Aber mit Hilfe von Tobias und Paolo wären wir hier ruck, zuck fertig."

„Nadine gehört genauso zu uns." Richard stellte die eingesammelten Tassen und Teller auf der Arbeitsfläche neben dem Geschirrspüler ab. „Ihr müsst endlich lernen, euch zu vertragen."

Thea füllte einen Eimer mit Wasser. „Seit Karlson uns im letzten Sommer geholfen hat, die verschütteten Schatzsucher zu finden, hat Nadine ihre Meinung über den Hund geändert."

Luca deutete auf sich selbst. „Davon habe *ich* aber noch nicht viel gemerkt."

„Na ja, so oft seid ihr euch in letzter Zeit auch nicht begegnet." Thea stellte den Eimer ab und warf einen Lappen hinein. „Im Winter hatten wir nicht viel Lust hierherzukommen. Aber wenn Nadine heute nicht diesen Zahnarzttermin gehabt hätte, wäre sie garantiert mitgefahren."

Richard nickte. „Jetzt im Frühling werden wir Neustädter sicher wieder öfter nach Stolpen kommen. Schade, dass Paolo heute zu Hause helfen muss."

Luca hob den nächsten Stuhl auf. „Und schade, dass Tobias beim Training ist."

Thea öffnete eine Schublade nach der anderen, kramte darin herum, nahm etwas heraus und reichte Luca schließlich einen Pfannenwender. „Damit kannst du die Teigreste vom Fußboden kratzen. Ich werde inzwischen alles aufwischen und ..."

Auf einmal hämmerte jemand gegen die Eingangstür. Dazwischen rief eine tiefe Stimme: „Hallo? Frau Säuberling?"

„Duckt euch und seid ruhig!“, raunte Richard und tauchte hinter der Theke ab.

Dem Beispiel ihres Bruders folgend verkroch Thea sich hinter dem Vorhang.

Luca hockte sich zu Karlson und drückte ihn auf den Boden. „Still!“

Endlich hörte das Hämmern an der Tür auf.

„Gut gemacht, Karlson.“ Luca wuschelte seinem Hund durchs Fell.

Doch Karlson schnupperte in Richtung Tür und spitzte die Ohren.

Da hörte Luca, dass von außen ein Schlüssel ins Schloss geschoben und umgedreht wurde. Dann sprang die Tür auf und ein großer, kräftiger Mann trat ein. Luca erkannte ihn sofort.

Es war Herr Wachhaupt, der Burgwächter.

3

Luca traute sich kaum, zu atmen.

Herr Wachhaupt blieb in der offenen Tür stehen, musterte Luca und Karlson und dröhnte: „Was machst du mit dem Köter hier? Wo ist Frau Säuberling? Und wie sieht es hier überhaupt aus, häh?“

„Das ... Das ist ... Ich kann Ihnen das alles ... erklären“, krächzte Luca, stand auf und versuchte, den Kloß in seinem Hals hinunterzuschlucken.

„Erklären?“ Herr Wachhaupt trat mit großen Schritten in den Raum und schwang den ausgestreckten Arm herum, als wollte er damit die gesamte Einrichtung des Cafés wegfegen. „Da bin ich aber gespannt, wie du mir *das* erklären willst?“

Endlich tauchte Richard hinter der Theke auf. „Guten Tag, Herr Wachhaupt. Bitte schließen Sie die Tür, wir erklären Ihnen dann alles.“

Nun kam auch Thea aus ihrer Deckung heraus.

Der Burgwächter stemmte die Hände in die Seiten und schaute von einem zum anderen. „Was ist das hier, häh? Ein Versteckspiel oder was? Wo ist Frau Säuberling? Was soll das alles, häh? Mir entgeht nichts, ich merke gleich, wenn irgendwo etwas faul ist, so wahr ich Willy Wachhaupt heiße. Und hier ist etwas faul, aber ganz gewaltig, das kann ich regelrecht riechen!“

Während der Burgwächter weiterschimpfte, drängte Richard sich an ihm vorbei zur Tür, machte sie zu und lehnte sich mit dem Rücken dagegen.

Herr Wachhaupt deutete mit dem Finger auf Luca. „Was willst du mit diesem Köter hier? Wieso habt ihr randaliert? Und was habt ihr mit Frau Säuberling angestellt, häh?“

Luca räusperte sich. „Es war ein Missgeschick ... Mein Hund ist einer Katze nachgerannt ... Sie sind hier rein und haben dieses Chaos angerichtet ...“

„Ha, Missgeschick!“ Herr Wachhaupt riss die Arme hoch. „Ihr könnt mir viel erzählen. Randalierer seid ihr! Das kann man ja sehen!“

Als er Luft holte, sprang Thea an Lucas Seite und sagte in einem Tempo, als nähme sie an einem Schnellsprechwettbewerb teil: „Herr Wachhaupt, Sie erinnern sich doch sicher an uns; wir haben im vergangenen Jahr die Freunde Ihres Neffen aus dem eingestürzten Gang befreit, das ist ja noch gar nicht lange her; und Sie müssen uns glauben, dass wir auch diesmal nichts Böses vorhatten; wir wollten nur mal wieder die Burg besichtigen, und Frau Säuberling ist ..."

„Ruhe!" Der Burgwächter schlug mit der Faust auf einen Tisch. „Bei deinem Geschnatter wird einem ja so schwindlig wie bei einer Fahrt mit dem Kettenkarussell!"

Da öffnete sich sachte die Tür hinter der Theke und Frau Säuberling wisperte durch den Spalt: „Kann mir mal jemand ein Geschirrtuch oder etwas Ähnliches bringen? Ich brauche ein Kopftuch oder so ... für meine Haare ..."

„Ich habe etwas Besseres!" Thea riss ihren Hut vom Tisch und eilte damit zur Tür hinter der Theke.

Herr Wachhaupt stapfte ihr nach. „Was ist geschehen, Frau Säuberling? Kann ich Ihnen helfen?"

„Nein, nein!", schrie Frau Säuberling auf. „Setzen Sie sich, Herr Wachhaupt, bitte setzen Sie sich!"

Thea reichte den Hut durch den Spalt und stellte sich dabei so, dass Herr Wachhaupt nicht an ihr vorbeisehen konnte.

„Danke", hauchte Frau Säuberling und schloss die Tür wieder.

In diesem Moment versuchte jemand, die Eingangstür des Cafés zu öffnen. Richard, der immer noch mit dem Rücken dagegenlehnte, rief: „Es ist geschlossen!"

Luca hastete zu Herrn Wachhaupt. „Können Sie bitte wieder abschließen? Damit nicht noch mehr Leute ..."

„Ich weiß selbst, was zu tun ist!" Der Burgwächter stiefelte zum Eingang, holte einen großen Schlüsselbund aus der Tasche und schloss ab.

Endlich trat Frau Säuberling durch die Tür hinter der Theke. Ihre Haare hatte sie hochgesteckt, sodass sie fast vollständig unter Theas breitkrempigem Hut verschwanden. Die Cafébetreiberin trug Rock und Bluse, die Schürze hatte sie ausgezogen. Sie warf Herrn Wachhaupt einen schnellen Blick zu, schaute sich im Raum um und murmelte dann: „Hm, wie ich sehe, habt ihr die Putzsachen gefunden. Die Teigreste müssen natürlich noch vollständig entfernt werden – Hygiene ist äußerst wichtig. Ich werde auch noch ..."

„Nun verraten Sie mir doch erst einmal, was hier geschehen ist!" Herr Wachhaupt eilte mit ausgebreiteten Armen auf Frau Säuberling zu, als wollte er sie umarmen, blieb dann aber neben der Theke stehen und ließ die Arme sinken.

Frau Säuberling sah blass aus und hielt sich an der Arbeitsplatte fest, als befürchtete sie, gleich in Ohnmacht zu fallen. „Die Katze ... der Hund ... der Teig ... meine Waffeln ...", stammelte sie und schüttelte den Kopf.

„Wir können das alles erklären!", versuchte es Luca erneut. „Wie ich schon sagte, ist mein Hund einer Katze nachgerannt. Die Katze muss hier ins Café geflüchtet sein, mein Hund ist ihr hinterhergejagt. Dabei haben die beiden dieses Durcheinander angerichtet."

Herr Wachhaupt trat zu Frau Säuberling, berührte ihren Arm und sagte sanft: „Sie sind ja ganz durcheinander. Kommen Sie, setzen Sie sich!"

Frau Säuberling schüttelte erneut den Kopf, ließ sich

dann aber doch von Herrn Wachhaupt zu einem Stuhl führen.

4

Mit offenem Mund beobachtete Luca, wie behutsam der brummige Burgwächter mit Frau Säuberling umging. So hatte er ihn noch nie erlebt.

„Ich hätte ... Sie wollen sicher ... Ich wünschte ...“ Frau Säuberling fuhr sich mit den Händen über die Hüften, als suche sie etwas in den Taschen der Schürze, die sie gar nicht mehr anhatte. „Die Waffeln ... Ich weiß, dass Sie so gern Waffeln essen, aber der Teig ... Es ist ...“

„Das ist alles unsere Schuld!“ Thea ging zur Theke, hob die Teigschüssel hoch und deutete auf die kärglichen Reste darin. „Die Katze und der Hund haben die Schüssel wohl bei ihrer Jagd heruntergerissen. Übrigens kann Luca nichts dafür, ich bin schuld daran, denn ich habe Karlson gehalten – ich freue mich immer so, wenn ich das mal darf. Aber gerade als ich meinen Schuh binden wollte, ist Karlson losgerannt – wegen der Katze –, ausgerechnet in diesem Moment, und hat er mir die Hundeleine aus der Hand gerissen ...“

Thea redete wieder einmal wie ein Wasserfall und Luca bewunderte sie dafür. Denn offenbar war das im Moment das Beste, was sie tun konnte. Frau Säuberling schien sich etwas zu entspannen, und Herr Wachhaupt setzte sich neben sie und sagte ausnahmsweise mal nichts.

Nach einer Weile seufzte Frau Säuberling, schob Theas Hut zurecht und deutete auf Karlson. „Eigentlich hat der Hund nur getan, was jeder Hund tun würde. Ich hatte früher selbst einen, ich weiß, wie schnell die weg sind, wenn sie eine Katze sehen.“ Ein schwaches Lächeln huschte über ihr Gesicht. „Wenn ich bedenke, was mein Charly damals alles angestellt hat ... Aber dass mir ausgerechnet die Teigschüssel auf den Kopf fallen musste ..."

„Wie ist das mit der Teigschüssel überhaupt passiert?", erkundigte sich Luca leise.

Die Frau seufzte. „Da hat wohl ein Missgeschick das nächste ausgelöst. Als die beiden Tiere wie wild um mich herumtobten, hielt ich es für schlau, mich auf die Leine zu stellen, um den Hund zu stoppen. Der hatte aber ein viel zu großes Tempo drauf ... Wie es genau passiert ist, weiß ich nicht, jedenfalls wurde mir der Fuß weggerissen und ich stürzte. Dabei versuchte ich mich irgendwie festzuhalten, erwischte aber nur den Rand der Schüssel. Ich riss sie mit, sie kippte um und fiel auf mich – und das Ergebnis kennt ihr."

„Oh! Das ist ja furchtbar!", brummte Herr Wachhaupt und schüttelte den Kopf. „Sie hätten sich etwas brechen können, Frau Säuberling!" Dann wandte er sich mit strenger Stimme an Luca, Thea und Richard: „Ich weiß nicht, ob ich euch das alles glauben kann. Was war das überhaupt für eine Katze? Habt ihr die etwa auch mit auf die Burg geschleppt?"

„Nein!", riefen die Zwillinge wie aus einem Mund. Und Thea fuhr fort: „Die Katze tauchte plötzlich auf der niedrigen Mauer zwischen dem dritten Burghof und dem Zehrgarten auf, wir würden doch nie ..."

„Schon gut!" Herr Wachhaupt winkte ab. „Seht zu, dass hier wieder Ordnung einkehrt! Und der Schaden muss selbstverständlich beglichen werden!"

Frau Säuberling stand auf. „Ich werde natürlich dafür sorgen, dass alles wieder blitzblank ist, bevor die Kinder verschwinden. Darauf können Sie sich verlassen, Herr Wachhaupt!“

„Das weiß ich, Frau Säuberling.“ Der Burgwächter lächelte. „Ich weiß doch, dass ich mich auf Sie verlassen kann, Frau Säuberling.“

Die Cafébetreiberin bekam einen roten Kopf und strich sich über die Stirn. „Ähm ... Ich ... Ähm ... Es wäre schön, wenn ...“ – sie deutete auf die Teigschüssel – „... wenn diese Sache unter uns bliebe ...“

„Selbstverständlich, Frau Säuberling. Selbstverständlich bleibt das unter uns“, sagte Herr Wachhaupt mild. Dann wandte er sich erneut Luca, Richard und Thea zu und donnerte: „Also! Ihr habt es gehört! Dieses Missgeschick mit der Teigschüssel bleibt unter uns!“ Er kramte in seiner Hosentasche und zog ein kleines Notizbuch hervor. „Aber jetzt brauche ich erst einmal eure Namen und Adressen, alles muss seine Ordnung haben. Danach mache ich mit Frau Säuberling die Abrechnung, während ihr hier fertig aufräumt. Und dann muss ich weiter, die Burgtore schließen gleich.“

5

Als sie endlich wieder allein mit Frau Säuberling waren, atmete Luca auf.

Die Betreiberin des Cafés holte aus ihrer Handtasche einen Spiegel heraus, schaute hinein und seufzte. „Ausgerechnet jetzt musste Herr Wachhaupt kommen!"

Richard stapelte die gespülten Tassen auf der Theke. „Herr Wachhaupt kommt wohl immer zur Abrechnung?"

„Nein, nicht immer." Frau Säuberling rückte an Theas Hut herum. „Aber zurzeit ist eine der Verwaltungsmitarbeiterinnen krank, da springt er für sie ein. Und ich bin froh, dass er das Geld anschließend gleich mitnimmt, das erspart mir einen Weg."

„So freundlich habe ich ihn noch nie erlebt." Luca beugte sich zu Karlson hinab und kraulte ihn hinter den Ohren. „Na ja, genau genommen war er nur zu Ihnen freundlich."

„Das ist wahr." Frau Säuberling steckte ihren Spiegel wieder weg. „Ich meine, dass er heute besonders freundlich war. Als ich vor sechs Wochen hier mit meiner Arbeit angefangen habe, hat Herr Wachhaupt mit mir fast nur im Befehlston gesprochen. Aber mit der Zeit hat sich das geändert." Sie lächelte und deutete auf die Teigschüssel. „Ich glaube, meine Waffeln haben es ihm angetan. Ich habe mir nämlich ein Spezialrezept ausgedacht! Und er holt sich täglich mindestens eine Waffel."

Thea kicherte. „Da wird er wohl bald neue Klamotten brauchen."

Richard bückte sich und hob einen Glassplitter auf. „Aber heute hat er anstelle der leckeren Waffel einen Hund, drei Kinder und ein Chaos wie nach einem Erdbeben vorgefunden. Kein Wunder, dass er so grantig zu uns war."

„Obwohl er uns sicher erkannt hat." Thea hob ihren Finger, als wollte sie sich melden. „Denn nachdem wir im letzten Sommer diese verschütteten Ganoven aus dem Gang befreit haben[1], war er auch zu uns nicht mehr ganz so unfreundlich."

„Ganoven? Gang? Verschüttet? Hier auf der Burg?" Frau Säuberling schaute von einem zum anderen. „Ich glaube, davon habe ich schon mal etwas gehört. Aber da ich erst seit sechs Wochen dieses Café führe, weiß ich nicht viel darüber. Nur ab und an eine Andeutung, aus der ich nicht schlau werden konnte." Sie zuckte mit den Schultern. „Das wart ihr also?"

„Ja, das war ein mächtig gewaltiges Abenteuer!" Luca gab Karlson einen Klaps. „Und meinem Hund ist es zu verdanken, dass wir die Verschütteten gefunden haben."

Thea trat neben Luca. „Komm und hilf uns beim Aufräumen! Wir können auch während der Arbeit weitererzählen."

„Du hast recht ... ähm?" Frau Säuberling schaute Thea fragend an. „Ähm ... Ihr habt zwar vorhin Herrn Wachhaupt eure Namen und Adressen genannt, aber ich muss gestehen, dass ich nicht aufgepasst habe. Ich war noch zu aufgeregt."

„Ich heiße Thea Maiwald", rief Thea und deutete dann auf Richard. „Das ist mein Zwillingsbruder Richard. Und Karlson gehört zu unserem Freund Luca Beier."

Sie hat gesagt: unser Freund, dachte Luca und schaute Thea an. *Sie hätte ja auch sagen können: Richards Freund.*

---

1 Diese Geschichte kannst du in dem Buch *Richard – Das BurgKellerGeheimnis* nachlesen.

„Thea. – Richard. – Luca und – Karlson", wiederholte Frau Säuberling. Dann klatschte sie in die Hände. „Nun aber wieder frisch ans Werk! Mit vereinten Kräften werden wir die letzten Spuren dieses Missgeschicks bald beseitigt haben. Und eure Geschichte wird mich sicher auf andere Gedanken bringen."

Während sie aufräumten und putzten, berichteten die drei Freunde von dem Abenteuer, das sie vor ein paar Monaten hier auf der Burg Stolpen erlebt hatten. Frau Säuberling erinnerte sich, in der Zeitung etwas darüber gelesen zu haben.

Nachdem sie mit ihrem Bericht fertig waren, gingen Richard und Thea hinaus, um auch im Zehrgarten Ordnung zu schaffen.

Unterdessen drückte Frau Säuberling Luca einen kleinen Eimer in die Hand. „Die Tische und Stühle hier im Raum müssen noch einmal gründlich abgewischt werden. Es soll kein klebriges Fleckchen mehr in meinem Café geben!"

Luca nahm den Eimer entgegen und deutete auf Karlson, der wie ein Kuscheltier in einer Ecke lag. „Soll ich Thea bitten, ihn nach draußen zu bringen?"

„Ach nein, lass ihn lieber schlafen. Das Fleckchen, auf dem er liegt, mache ich nachher schnell noch sauber."

Luca war froh, dass die Betreiberin des Cafés jetzt so gute Laune hatte. Trotzdem musste er immer wieder daran denken, wie sie ihn am Anfang angeschrien hatte.

Endlich kamen die Zwillinge mit Tabletts voll schmutzigen Geschirrs herein und Thea sagte: „Draußen ist alles tippitoppi aufgeräumt. Die Gäste sind gegangen, die Stühle haben wir hochgestellt, alles fertig."

„Nur gut, dass die Burg heute früher geschlossen wird.“ Frau Säuberling fing an, eine weitere Ladung schmutzigen Geschirrs in die Spülmaschine zu räumen.

Richard stellte sein Tablett mit gebrauchten Tellern, Tassen, Gläsern und Besteck auf eine freie Ecke der Arbeitsplatte. „Sie meinen, wegen des Burgfestes, das übermorgen beginnt?“

Frau Säuberling nickte. „Ja. Und ich bin froh, dass morgen keine Besucher hierherkommen. Da kann ich in Ruhe alles vorbereiten.“

„Bloß gut, dass uns dieses Missgeschick nicht während des Festes passiert ist.“ Thea reichte Frau Säuberling einen Teller nach dem anderen.

„Das ist wahr.“ Frau Säuberling seufzte. „Ich hoffe nur, dass es in den nächsten Tagen keine weiteren Zwischenfälle gibt.“

Da fasste Luca sich ein Herz und wandte sich Frau Säuberling zu. „Sie haben vorhin von einem *Angriff* gesprochen. Dachten Sie, wir hätten die Katze und Karlson mit Absicht ins Café gejagt?“

„Ja.“ Frau Säuberling schaute Luca ernst an und nickte. „Im ersten Moment dachte ich das tatsächlich. Das war ein Schock für mich.“

„Ist doch klar.“ Thea gab Frau Säuberling den letzten Teller. „Und ich kann nur immer und immer wieder sagen: Es war ein Versehen und es tut mir leid. Denn ich war daran schuld. Weil …“

„Ich glaube euch.“ Frau Säuberling richtete sich auf und griff nach der Teigschüssel. „Während ich mich gesäubert habe, habe ich ein wenig nachgedacht. Und als ich dann gesehen habe, wie ihr hier aufräumt, spürte ich, dass es euch wirklich leidtut. Da wurde mir klar, dass es ein Missgeschick war.“

„Sie fragten in der Aufregung: *Was kommt als Nächstes?*" Richard nahm einen Lappen und fing an, die Theke zu polieren. „Was meinten Sie damit?"

Frau Säuberling beugte sich über den Mülleimer und kratzte den restlichen Teig aus der Schüssel. „Ich weiß gar nicht, ob ich euch das erzählen soll. Einerseits habe ich schon einen Teil verraten – andererseits habe ich mit noch niemandem darüber gesprochen."

„Sie haben uns verraten, dass Sie keine grünen Spinnen mögen." Luca grinste.

Die Betreiberin des Cafés lachte. „Das stimmt. Ich bin zwar tierlieb, aber mit Spinnen konnte ich mich noch nie anfreunden."

„Ich auch nicht." Thea nahm einen Besen und richtete den Stiel auf Luca, als wollte sie ihn aufspießen. „Und ich fände es spitze, wenn du dir endlich mal eine andere Redensart angewöhnen könntest."

„Oh, oh." Luca wiegte den Kopf hin und her. „Das wird mächtig gewaltig schwer werden. Das rutscht mir immer so raus, das mache ich gar nicht mit Absicht."

Thea stieß den Besen auf den Boden. „Ja, dann musst du dir eben mal mächtig gewaltig Mühe geben."

„Mach ich!" Luca nickte mehrmals. „Und falls ich es vergesse, kannst du mich ja daran erinnern."

„Mach ich!" Thea hob den Daumen und kniff das rechte Auge zu. „Darauf kannst du dich verlassen!"

Luca nickte erneut, schluckte und senkte den Blick. Er fragte sich, was mit ihm los war. Warum fühlte er sich heute so merkwürdig, wenn Thea ihn ansah? Irgendwie anders als sonst, irgendwie ...

„Mal abgesehen von den Spinnen ..."

Richards Stimme riss Luca aus seinen Gedanken. Er wandte sich um und schaute Richard an, der gerade einen Putzlappen zur Seite legte.

„... mir kam es so vor, als fühlten Sie sich von jemandem bedroht."

„Du bist ziemlich hartnäckig, was?" Frau Säuberling warf Richard einen Blick zu und stellte dann die Schüssel in den Geschirrspüler. Sie schloss die Maschine und drückte einige Knöpfe, dann richtete sie sich seufzend auf. „Nun gut, ich werde es euch erzählen. Euer Bericht über das Abenteuer, das ihr vor Kurzem hier auf der Burg erlebt habt, lässt mich hoffen, dass ihr mir vielleicht sogar helfen könnt."

6

„Klar helfen wir Ihnen!“, riefen Luca und die Zwillinge wie aus einem Mund.

„Na, los! Erzählen Sie, was passiert ist!“, fügte Luca hinzu und polierte dabei eine der Tischplatten, als wollte er sie in einen Spiegel verwandeln.

Doch Frau Säuberling bückte sich und streichelte Karlson. „Fast hätte ich vergessen, dass du auch noch da bist.“

Karlson schnupperte an Frau Säuberlings Schuhen und fing an, daran herumzulecken.

„Aus!“, befahl Luca, aber Karlson schleckte weiter.

„Lass ihn nur!“ Frau Säuberling kicherte, richtete sich auf und blieb so stehen, dass Karlson weiterhin ihren Schuh mit der Zunge bearbeiten konnte. „Er hat den Teig an meinen Schuhen entdeckt. Ich kann froh sein, dass er mich damit nicht auf die Straße gehen lässt.“

„Wenn Sie es so sehen ...“ Luca wusch seinen Lappen aus. „Wie es scheint, schmeckt ihm Ihr Superspezialwaffelteig.“

Richard zog sein Notizbuch aus der Tasche. „Sie wollten uns von Ihren Erlebnissen erzählen. Während Sie das tun, werde ich mir Notizen machen.“

„Ja, bitte erzählen Sie!“ Thea ließ sich auf einen Stuhl fallen und sah die Frau gespannt an. „Oder gibt es noch etwas zu tun für mich?“

„Nein, vielen Dank.“ Dann nickte Frau Säuberling Luca zu. „Du kannst diese Arbeit nun auch beenden. Ich hole nur noch schnell eine Schüssel Wasser für Karlson. Dann sollt ihr alles erfahren.“

Während Luca seinen Wassereimer ausschüttete und

Frau Säuberling eine Plastikschüssel aus dem Schrank holte, piepte Theas Handy. Sie zog es aus der Tasche und tippte darauf herum.

„Eine SMS von Nadine: *Beim Zahnarzt ging es schneller als gedacht. Habe Paolo getroffen. Wo seid ihr? Wir kommen mit dem nächsten Bus nach Stolpen.*"

„Ach, du grüne Sp… Spaghettischüssel." Luca setzte sich zu Thea und Richard. „Dann ist unser Team ja fast komplett. Nur Tobias fehlt noch."

Richard deutete auf Theas Handy. „Schreib ihr, dass die Burg heute früher geschlossen hat. Sie sollen aber trotzdem kommen. Wir treffen uns auf dem Spielplatz im Tiergarten."

Thea schaute auf. „Du meinst, im *ehemaligen* Tiergarten, am Fuß der Burg? In dem der Kurfürst früher seine Wildtiere gehalten hat?"

„Genau. Das Gelände dort heißt auch heute noch Tiergarten und den Spielplatz kennen Nadine und Paolo."

„Klar kennen sie den!" Luca schnippte mit den Fingern. „Wir haben uns dort ja schon während unseres letzten Abenteuers getroffen."

Während Thea erneut auf ihrem Handy herumtippte, stellte Frau Säuberling Karlson eine Schüssel Wasser vor die Nase. Er stand auf, wedelte mit dem Schwanz und fing an zu schlappern.

„Du hast Durst, nicht wahr?", säuselte Frau Säuberling und streichelte ihn. „Trink dich nur richtig satt." Dann setzte sie sich neben Thea.

Als Richard sein Notizbüchlein aufschlug, zwinkerte Luca der Betreiberin des Cafés zu. „Er ist unser Protokollführer. Ohne sein Notizheft geht gar nichts. Und eine Taschenbibel trägt er auch ständig mit sich herum."

„Tja, mein Brüderchen ist ein Historikus Altmodikus." Thea steckte ihr Handy wieder ein. „Von moderner Technik hält er nicht viel. Außerdem ist er ein Geschichtsfan und mag alte Gemäuer, die mindestens so alt sind wie diese Burg hier."

Richard räusperte sich und klopfte mit dem Stift auf sein Büchlein. „Ich würde es begrüßen, wenn wir endlich zum Thema kämen."

„Das ist wahr. Obwohl ich es interessant finde, dass so ein junger Bursche wie du eine Bibel mit sich herumträgt." Frau Säuberling blickte auf ihre Armbanduhr. „In 45 Minuten fährt mein Bus und da ich nicht rennen möchte, muss ich in einer halben Stunde losgehen."

Richard strich die aufgeschlagene Seite glatt. „Also, was ist der Tatbestand?"

„Normalerweise leide ich nicht unter Verfolgungswahn." Frau Säuberling schob sich Theas Hut ein Stückchen weiter ins Genick. „Aber langsam glaube ich, jemand will mir schaden. Deshalb dachte ich im ersten Moment auch, ihr hättet die Tiere absichtlich ins Café gejagt."

„Ich bin froh, dass Sie das jetzt nicht mehr glauben." Luca seufzte. „Und unsere Versicherung ..."

„Sei bitte still, Luca!" Richard hob die Hand. „Und lass Frau Säuberling erzählen!"

Luca nickte.

„Es begann gleich in der ersten Woche, nachdem ich das Café übernommen hatte", berichtete Frau Säuberling. „Ich hatte alles aufgeräumt und geputzt, trat aus der Tür, wollte abschließen und zum Bus gehen. Da entdeckte ich, dass im Zehrgarten jede Menge Abfall herumlag und Papierschnipsel durch die Gegend flatterten. Erst dachte ich, der Wind hätte den Inhalt eines überquellenden Papierkorbs hierher geweht, aber dann sah ich, dass das nicht alles war."

Richard fing an zu schreiben und murmelte dabei: „Abfall im Zehrgarten."

„Auf den Tischen, die ich vorher abgewischt hatte", fuhr Frau Säuberling fort, „klebten Essensreste; auf einigen hatte jemand Ketchup, Senf und Majo verschmiert; leere Plastikflaschen, Joghurtbecher und Eisschälchen lagen überall verstreut; und direkt neben der Tür des Cafés lagen mehrere zerschlagene Glasflaschen."

Während Richard sich weiter Notizen machte, fragte er: „Können Sie sich noch an das genaue Datum erinnern?"

„Ja, denn es war der erste warme Tag in diesem Jahr: Donnerstag, der 7. April. Ich hatte dann so viel aufzuräumen, dass ich den Bus verpasst habe. Dadurch kam ich zu spät zu den *Langendorfer Lerchen*."

Luca zog die Augenbrauen hoch. „Langendorfer Lerchen? Ist das ein ornithologischer Verein?"

Frau Säuberling lachte. „Nein, so heißt unser Langendorfer Chor."

Richard schaute von seinem Notizheft auf. „Haben Sie verdächtige Personen bemerkt?"

Die Cafébetreiberin schüttelte den Kopf. „Die Gäste hatten ja schon längst die Burg verlassen. Der Einzige, der mir fast jedes Mal bei diesen Vorfällen über den Weg lief, war Professor Knorrholz. Auch am 7. April kam er, während ich den Zehrgarten reinigte, angestapft und fing – wie gewöhnlich – an zu schimpfen."

„Ach du grüne ... ähm ... Knorzel." Luca grinste. „Das ist ja ein witziger Name. Dieser Professor Knorrholz ist wohl ein Sachverständiger für knarrende Bäume oder was?"

„Aber nein, er ist Geschichtsprofessor."

„Geschichtsprofessor?" Richard riss die Augen auf. „Das klingt spannend. Mit dem würde ich mich gern mal unterhalten."

„Na, dann viel Spaß!" Frau Säuberling schüttelte sich und zog ein Gesicht, als hätte sie soeben eine ganze Zitrone zerkaut. „Dieser Mann knurrt und schimpft immer nur herum, am liebsten würde er mich wohl mit dem gesamten Café auf den Mond schießen. Mit Herrn Wachhaupt gerät er auch ständig in Streit. Der Professor besitzt für seine Forschungsarbeit nämlich die Generalschlüssel der Burg und kriecht zu den unmöglichsten Zeiten in allen Winkeln herum."

„Ich glaube, es ist nicht schwer, sich mit Herrn Wachhaupt zu streiten." Thea fasste sich an den Kopf, als wollte sie ihren Hut zurechtrücken. Aber dann merkte sie wohl, dass sie gar keinen aufhatte und fuhr sich durchs Haar. „Und was hat dieser Professor ... ähm ... Knarrholz gegen Sie?"

„Professor Knorrholz ist der Meinung, dass alles auf der Burg so bleiben sollte, wie es früher war." Frau Säuberling zog die Brauen zusammen und schüttelte den Kopf. „Und ein Café passt natürlich ganz und gar nicht in dieses Konzept."

„Ich habe mir diesen Professor Knorrholz als möglichen Täter notiert." Richard klopfte erneut mit dem Stift auf sein Heft.

„Ich weiß nicht." Frau Säuberling seufzte. „Ehrlich gesagt kann ich mir nicht vorstellen, dass Professor Knorrholz im Zehrgarten Abfälle verstreut."

„Die Leute kommen auf die absonderlich mächtig gewaltigsten Ideen, wenn sie jemandem schaden wollen." Luca schaute zur Decke. „Gibt es hier eigentlich eine Überwachungskamera? Oder draußen im Zehrgarten?"

„Eine Kamera hier drin hätte mir heute gerade noch gefehlt." Frau Säuberling rückte an Theas Hut herum. „Aber draußen im Zehrgarten halte ich sie wirklich für angebracht. Ich habe deswegen schon mehrmals bei der Burgverwaltung angefragt, aber dafür haben sie kein Geld. Sie meinten, sie könnten nicht jeden Winkel der Burg überwachen. Die wichtigsten Stellen seien gesichert."

„Sorry, dass ich so drängle, aber gibt es weitere Verdächtige?" Richard machte eine ausladende Handbewegung. „Irgendwelche Leute, die sich oft hier herumtreiben? Leute, die Ihnen schaden wollen? Feinde?"

„Feinde?" Frau Säuberling riss die Augen auf. „Was für ein unschönes Wort!"

Luca zuckte mit den Schultern. „Tja, *Feinde* ist nun mal einer der gängigsten Begriffe aus dem Detektivfragenkatalog."

„So lange arbeite ich doch noch gar nicht hier." Frau Säuberling seufzte erneut. „Nun ja, ab und an gibt es ein paar schimpfende, unzufriedene Gäste. Aber solche Leute gibt es überall, so etwas darf man nicht persönlich nehmen."

„Falls Ihnen noch jemand einfällt, können wir das nachtragen." Richard schaute auf seine Uhr. „Sie müssen uns noch von den anderen Vorkommnissen berichten."

„Ja. Als ich hier angefangen habe, wollte ich alles recht schön machen." Frau Säuberling deutete auf ein Fenster. „Ich habe Blumenkästen angebracht, an den Fenstern und draußen an der Mauer. Die Tische habe ich mit Topfpflanzen geschmückt. Die Pflanzen haben keine zehn Tage überlebt."

„Was ist passiert?" Thea legte einen Unterarm auf den Tisch und beugte sich vor.

„Sie sind alle eingegangen." Die Betreiberin des Cafés deutete auf ein Regal, in dem mehrere kleine Flaschen standen. „Am 11. April stellte ich fest, dass die Essig- und Ölflaschen, die draußen auf dem Buffet für die Salatfreunde stehen, alle leer sind."

„Ach du grüne Sp... ähm ... grüner Speckkäfer!" Luca schlug sich auf den Mund. „Ich krieg das einfach nicht raus."

„Ich hab dir ja versprochen: Ich werde auf dich aufpassen und dich erinnern." Thea zwickte ihn in den Arm. „Aber lass dir bloß kein neues Ekeltier als Ersatz einfallen!"

Luca verzog das Gesicht und wehrte ihre Hand ab. „Ähm, was ich sagen wollte: Essig und Öl – das ist ja eine ganz gemeine Art und Weise, Pflanzen zu töten!"

„Es gibt doch bestimmt mehrere Leute, die öfter in den Zehrgarten kommen." Richard fasste sich ans Kinn. „Am besten, Sie nennen uns jeden, der Ihnen einfällt."

„Es gibt etliche Leute, die eine Jahreskarte haben und öfter hier sind." Frau Säuberling zuckte mit den Schultern. „Auch einige Kinder sind häufiger da. Und natürlich Professor Knorrholz, der regelmäßig über die Gäste schimpft, die alles verschmutzen und überall herumspektakeln. Und ... Herr Wachhaupt. Aber der würde so etwas nie tun."

Richard schrieb und schrieb. „Bitte sprechen Sie weiter. Ich notiere erst einmal alle, egal, ob Sie sie für verdächtig halten oder nicht."

Frau Säuberling nickte. „Fünf junge Maurer waren in dieser Zeit auch wiederholt da, sie haben hier zu Mittag gegessen. Und zwei Elektriker, Herr Schraubmann mit seinem Lehrling. Die kommen regelmäßig her. Auf so einer alten Burg gibt es ja immer etwas zu reparieren. Und Herr Mondlöckchen von der Burgverwaltung. Aber auch ihn können wir ausschließen. Er hat sich sehr dafür eingesetzt, dass ich diese Stelle bekam."

„Warum hat er sich für Sie eingesetzt?" Luca zupft Karlson spielerisch am Ohr. „Kennen Sie diesen Herrn Mondlöckchen näher?"

„Er wohnt im selben Ort wie ich und singt ebenfalls bei den *Langendorfer Lerchen* mit."

„Sie sprachen vorhin von Kindern." Richard schaute Frau Säuberling fragend an. „Können Sie die näher beschreiben? Ist Ihnen an denen etwas Besonderes aufgefallen?"

„Ja." Sie berührte kurz den Hut. „Einige Jungs trugen so schwarze Kappen."

7

Als Paolo hinter Nadine aus dem Bus stieg, wehten ihm ihre langen, blonden Haare ins Gesicht und eine Prise Parfümduft kitzelte seine Nase. Er sog hörbar die Luft ein und schwärmte übertrieben: „Hmmm, hier riecht's nach Schönheit, Party und Modenschau."

Nadine wandte sich um. „Als ob du schon mal bei einer Modenschau warst!"

„Wenn man mit dir unterwegs ist, kann man sich jede Modenschau sparen." Paolo grinste. „Und den Rest kann ich mir lebhaft vorstellen."

Nadine verpasste ihm eine Kopfnuss. „Träum weiter. Ich schreibe Thea in der Zwischenzeit eine Nachricht."

Sie eilte zum Wartehäuschen und setzte sich auf die Bank, während der Bus abfuhr. Eine Wolke Dieselauspuffgestank hüllte sie ein und vertrieb den Parfümduft.

Paolo setzte sich neben Nadine und schaute zu, wie sie ihr Smartphone herausholte und darauf herumwischte und -tippte. Wenn ihm jemand vor einem Jahr gesagt hätte, dass er einmal zur gleichen Freundesclique gehören würde wie dieses Mädchen, hätte er das für einen Witz der Marke *Total daneben* gehalten. Denn Nadine war das bestgekleidete Mädchen der Klasse und besaß immer das angesagteste Smartphone, er dagegen hatte bis heute noch kein Handy und trug fast immer die gleichen billigen Klamotten. Und alle wollten mit Nadine befreundet sein, während er vor einem Jahr noch der totale Außenseiter gewesen war, vor dem sich die meisten Kinder fürchteten, weil er eine große Klappe und

schnelle Fäuste hatte.[2] Doch inzwischen war alles anders geworden und das war ein richtiges Wunder.

Er verschränkte die Arme im Nacken, lehnte sich auf der Bank zurück und seufzte leise: „Danke, Herr Jesus."

„Was ist los?" Nadine schaute von ihrem Smartphone auf.

„Hm. Dachte gar nicht, dass du was mitbekommst, so beschäftigt, wie du warst", murmelte er.

„Aber hallo! Ich habe doch keine Radieschen in den Ohren!" Nadine wandte sich ihm zu. „Also, was hast du gesagt? Oder redest du neuerdings mit dir selbst?"

„Nee, natürlich nicht! Ich habe zu Jesus gebetet."

Nadine verdrehte die Augen. „Ihr immer mit eurem Jesus."

Schmunzelnd klatschte Paolo in die Hände. „Ich bin sicher, Tobias wäre total happy, wenn du dich endlich entschließen könntest, auch an den Herrn Jesus zu glauben."

Nadine zeigte ihm einen Vogel, drehte sich um und tippte wieder auf dem Smartphone herum. „Denkst du, ich werde Christ, nur um irgendjemandem einen Gefallen zu tun?"

„Nee, das wäre total daneben. Aber du könntest mal deinen Äuglein befehlen, sich ein bisschen umzuschauen." Paolo macht eine ausladende Handbewegung. „Da könntest du nämlich regelrecht sehen, dass das alles gar kein Zufall sein kann. Die Blumen, die Bäume, die Tiere und die Menschen ..."

„So, Thea hat geantwortet. Sie kommen jetzt auch zum Spielplatz im Tiergarten." Nadine stand auf, trat einen

2 Paolos Geschichte kannst du im Buch *Paolo – Der GerümpelSchatzKlau* nachlesen.

Schritt zur Seite und blickte sich um. „Ich mach nur noch schnell ein Selfie."

Paolo sprang ebenfalls auf. „Hey, wenn du ein Foto von dir willst, kann ich das doch machen!"

„Ach nein, das mache ich lieber selbst." Nadine fuhr sich durchs Haar, streckte den Arm mit dem Smartphone aus, lächelte und fotografierte sich.

„Hey, du denkst wohl, ich kann das nicht?" Paolo zog die Brauen zusammen.

Nadine steckte das Smartphone ein. „Unsinn. Selfies macht man immer selbst, sonst wären es ja keine Selfies." Sie deutete auf ihre Handtasche. „Ich habe sogar meinen neuen Selfiestick dabei. Das Ding ist voll praktisch, und ich habe auch eine Fernbedienung dafür."

Während Nadine weiter die Vorteile des Selfiesticks erläuterte, machten sie sich auf den Weg zum Spielplatz im Tiergarten.

8

Luca fuhr von seinem Stuhl auf, als hätte ihn eine Wespe gestochen. „Sie meinen, die Jungen, die Ihnen aufgefallen sind, trugen schwarze Basecaps?"

Frau Säuberling nickte. „Hm, ja, so nennt man die wohl heutzutage. Ich kenne mich damit nicht so gut aus."

„Ach du grüne Sp... Spinatwachtel, das sind die Schwarzkappen!"

Die Betreiberin des Cafés runzelte die Stirn. „Du meinst, sie gehören zu dieser Bande, von der ihr mir vorhin berichtet habt? Die in die Sache mit den verschütteten Ganoven verwickelt waren?"

„Ja, die meine ich." Luca stach mit dem Zeigefinger in die Luft. „Siggi Sauer hat seine Bande durch neue Mitglieder erweitert. Einer davon war vorhin draußen vor dem Café. Er heißt Florian Filderstädt und war mit einem rothaarigen Mädchen zusammen."

„Mit diesem Mädchen bin ich vor dem Eingang zum Zehrgarten fast zusammengestoßen!", rief Thea. „Sie schien es genauso eilig zu haben wie ich."

„Vor dem Eingang?" Luca zog die Augenbrauen zusammen. „Ich dachte, du wärst über die Mauer geklettert?"

„Hm, das hatte ich ursprünglich auch vor. Aber dann habe ich mich nicht getraut." Thea zuckte mit den Schultern. „An der Mauer standen zwei chic angezogene Frauen und machten Fotos. Also bin ich euch hinterhergerannt."

„Okay. Ich habe die Schwarzkappen, Florian und das Mädchen notiert." Richard deutete erneut auf seine Uhr.

„Es tut mir leid, aber wir müssen weitermachen. Gab es noch mehr Vorkommnisse?“

Frau Säuberling nickte wieder. „Umgeworfene Tische und Stühle. Schmutz und Unrat im Briefkasten. Katzenstreu vor der Tür.“

Thea fasste sich abermals an ihren nicht vorhandenen Hut. „Katzenstreu?“

„Ja, jede Menge. Als hätte jemand ein ganzes Katzenklo dort ausgeleert.“

„Merkwürdig“, murmelte Thea. „Katzenstreu – und heute die Katze ...“

„Wir ziehen noch keine Schlussfolgerungen, wir sammeln nur Fakten“, ermahnte Richard seine Schwester und wandte sich dann wieder Frau Säuberling zu. „Geschah das mit der Katzenstreu während der Öffnungszeiten der Burg?“

„Ja. Aber da es sehr kühl und regnerisch war, besuchten nur wenige Leute die Burg. Und keiner von denen hatte Lust, sich in den Zehrgarten zu setzen.“ Frau Säuberling deutete auf den Nachbartisch. „Einige wenige aßen oder tranken hier drin etwas. Manche holten sich nur eine Wurst, Pommes oder eine Waffel auf die Hand und aßen die Sachen während ihres Rundgangs.“

„Der oder die Übeltäter hatten also genügend Möglichkeiten, ungesehen hier herumzuschweinern“, folgerte Luca.

In diesem Moment gab Theas Handy einen Ton von sich. Sie zog es wieder hervor, tippte darauf und verkündete: „Nadine und Paolo sind mit dem Bus angekommen. Sie machen sich auf den Weg zu unserem Treffpunkt. Ich antworte ihr, dass wir gleich auch kommen.“ Sie fing erneut an, auf dem Gerät herumzutippen.

Richard nickte kurz. „Frau Säuberling, können Sie sich noch erinnern, an welchen Tagen die verschiedenen Dinge passiert sind?"

„Hm. Wann die Sache mit den umgestürzten Tischen und Stühlen war, habe ich mir nicht gemerkt. Der Unrat im Briefkasten ..." Frau Säuberling fuhr sich über die Stirn. „... das war am Montag, dem 18. April. Das weiß ich so genau, weil ich da einen wichtigen Brief bekommen habe, dessen Umschlag deswegen total verschmutzt war."

„Dann wird den Unrat wohl jemand am Sonntag in den Briefkasten gesteckt haben", schlussfolgerte Luca.

„Montag, 18. April, Unrat im Briefkasten", murmelte Richard, während er schrieb. Dann schaute er auf. „Und wann ist die Sache mit der Katzenstreu passiert, Frau Säuberling?"

„Das war am letzten Samstag."

„Heute ist Donnerstag, der 12. Mai", überlegte Richard laut. „Also war am letzten Samstag der 7. Mai."

„Das sind die wichtigsten Fakten, mehr fällt mir im Moment nicht ein." Frau Säuberling schaute auf ihre Uhr, stand auf, hob Karlsons Wasserschüssel auf und trug sie hinter die Theke. „Und ich muss jetzt zum Bus. Ihr könnt mich jederzeit wieder hier besuchen. Wenn ihr nach dem Burgfest wieder einmal hier seid, werde ich euch von meinen Waffeln kosten lassen."

„Wir kommen bestimmt!" Luca wickelte sich die Hundeleine ums Handgelenk und bedeutete Karlson aufzustehen. „Ich wohne nicht weit weg von hier und besitze eine Jahreskarte für die Burg."

„Und wir haben einen Familienpass des Freistaates Sachsen." Thea steckte ihr Handy ein und rückte die Stühle zurecht. „Damit haben wir jederzeit freien Eintritt in fast allen sächsischen Burgen und Museen."

„Gib mir mal schnell dein Handy!" Richard streckte die Hand in Richtung seiner Schwester aus.

„Warum? Was soll das?" Zögernd kramte Thea ihr Telefon wieder hervor.

„Komm. Beeil dich!" Rasch griff Richard nach dem Handy, tippte darauf herum, kritzelte etwas auf einen Zettel und drückte diesen anschließend Frau Säuberling in die Hand. „Meine Nummer. Falls Ihnen noch etwas einfällt."

Thea nahm ihr Handy wieder an sich und steckte es ein. „Lassen Sie sich lieber all unsere Nummern von Herrn Wachhaupt geben. Mein Bruder vergisst regelmäßig, seinen Akku aufzuladen."

„Keine Sorge, ich werde euch schon zu erreichen wissen." Frau Säuberling fuhr sich über die Stirn. „Oh! Was mache ich denn jetzt, Thea? Du willst sicher deinen Hut wiederhaben ... aber ..."

„Behalten Sie ihn bis zum nächsten Mal." Thea winkte ab. „Ich habe mehr als genug Hüte zu Hause."

9

„Schau mal!“, unterbrach Paolo Nadines Redefluss. „Da vorn beim Spielplatz sitzt so ein Schwarzkappentyp mit ’nem Mädchen.“

Nadine blickte in die von Paolo angedeutete Richtung. „Hm, diese Schwarzkappen haben mir gerade noch gefehlt. Na ja, wenigstens ist es nur einer. Denn das Mädchen scheint nicht zu Siggi Sauers Bande zu gehören, sie hat keins von diesen hässlichen Basecaps auf.“

„Holzauge sei wachsam!“ Paolo tippte sich an die Stirn. „Eine Schwarzkappe kommt selten allein.“

Nadine kicherte. „Bist du neuerdings unter die Sprücheklopfer gegangen?“

„Nee. Das fiel mir nur gerade so ein. – Mach doch mal ein Foto von diesem Typen. Er kommt mir bekannt vor. Obwohl er ein neues Mitglied von Siggis Bande sein muss.“

„Schau dir bloß mal die Haare von der an!“ Nadines Blick klebte an dem rothaarigen Mädchen. „Mit der würde ich glatt tauschen!“

Paolo knuffte sie in die Seite. „Spinnst du? Du siehst tausend Mal besser aus als die!“

„Hey, was fällt dir ein?“ Nadine bekam einen roten Kopf und verpasste Paolo eine Ohrfeige. „Wenn du mich noch ein Mal anrührst, schreie ich!“

„Schon gut, tut mir leid.“ Paolo hob abwehrend die Hände. „Was ist nun, machst du ein Foto?“

„Hm, wenn wir näher dran sind. Du stellst dich neben mich und ich tu so, als würde ich ein Selfie von uns machen.“

Paolo deutete auf ihre Handtasche. „Willst du dazu nicht

deinen neuen Selfie… ähm … Zauberstab dranbasteln?"

„Hm, gute Idee." Nadine blieb am Rand des Spielplatzes stehen, holte den Stick heraus und befestigte das Smartphone daran.

Gespannt beobachtete Paolo sie dabei. „Das Teil ist ja total cool! Na ja, ich hab solche Dinger schon bei anderen Leuten gesehen, aber ich hatte keinen Plan, wie so etwas funktioniert."

„Fertig." Nadine hielt den Stab in die Höhe und machte ein Foto von sich. Dann verzog sie das Gesicht und fuhr sich durchs Haar. „Fürchterlich sehe ich wieder aus. Wie ein ausgefranster Besen."

„Kauf dir mal 'ne Brille", brummte Paolo. „Wenn du ein ausgefranster Besen bist, bin ich der letzte Molch aus der Gruselgrotte."

„Hör auf mit diesem Ekelzeug!" Nadine schüttelte sich, nahm ihr Smartphone und tippte darauf herum. „Es reicht, wenn ich mir nachher wieder die grüne Spinne von Luca anhören muss."

„Hey, das Rotköpfchen steht auf! Du solltest dich beeilen!"

Da fasste Nadine ihn am Arm, zog ihn neben sich und befahl: „Umdrehen! Schau mein Phone an!" Dann hob sie den Stab mit dem Handy so hoch wie möglich und betätigte den Auslöser.

Paolo blickte über seine Schulter und flüsterte: „Jetzt ist er auch aufgestanden. Ich glaub, die gehen gleich."

„Bin ja nicht blind", murmelte Nadine. „Mein Smartphone hat ein Display, darauf kann ich alles sehen, ohne mich so auffällig umzudrehen."

„Das weiß ich, hab schließlich auch Augen im Kopf." Paolo knuffte Nadine erneut in die Seite und rannte los, bevor sie ihm wieder eine Ohrfeige verpassen konnte.

10

Im Gehen hielt Thea sich ihr Handy ans Ohr. „Hallo? Nadine?“

„Hallo? Wo bleibt ihr denn?“, fragte Nadine.

„Wir kommen gleich. Wir begleiten gerade nur noch jemanden zum Markt.“

„Dann kommt ihr also unten an der Burgmauer entlang? Durch den Tiergarten?“

„Ja, genau. So weit ist der Umweg ja nicht.“ Thea beschrieb mit dem Arm einen Bogen, als könnte Nadine sie sehen.

„Sollen wir euch entgegenkommen?“

„Nein, das braucht ihr nicht. Sonst verfehlen wir uns noch im Tiergarten.“

„Na, so groß ist der nun auch wieder nicht“, erwiderte Nadine. „Beeilt euch! Paolo kann nicht mehr stillstehen, er klettert schon wie ein Äffchen auf den Bäumen herum. Und ich habe bereits so viele Selfies geschossen, dass ich damit eine ganze Reportage zum Thema *So schön ist Stolpen* füllen könnte. Außerdem haben wir ...“

„Die Reportage trägt den Titel: *So schön ist unsere Modeprinzessin vor der Kulisse der Burg Stolpen*“, tönte auf einmal Paolos Stimme aus Theas Handy. „Und das Bäumeklettern hatte einen Grund, ich habe nämlich ...“

Paolos Redefluss wurde durch ein klatschendes Geräusch unterbrochen, dann ertönte Nadines Stimme: „Gib sofort mein Smartphone her ...“

Paolo rief noch etwas Unverständliches, dann wurde das Gespräch unterbrochen.

„Na, da sind ja die Richtigen zusammen.“ Thea lachte und steckte ihr Handy ein.

„Wenn ihr noch etwas vorhabt“, sagte Frau Säuberling, „müsst ihr mich nicht weiter begleiten.“

„So viel Zeit muss sein.“ Richard deutete auf seine Armbanduhr. „Wir bringen Sie wenigstens noch bis zum Markt. Von dort aus ist es nicht mehr weit bis zur Bushaltestelle, dann brauchen Sie nicht so lange allein zu gehen mit diesem auffälligen Hut.“

Thea funkelte ihren Bruder an. „Na hör mal, dieser Hut ist voll cool. Ich trage ihn schließlich auch und ...“

Richard winkte ab. „Bei dir ist das etwas anderes.“

„Der Hut ist in Ordnung.“ Frau Säuberling zwinkerte Thea zu. „Ich bin froh, dass ich meine Haare damit bedecken kann. Trägst du denn immer einen Hut?“

„Ich mag Hüte total, sie sind sozusagen mein Markenzeichen.“

An der Basaltsäule auf dem Markt verabschiedeten sie sich von der Betreiberin des Cafés und eilten dann weiter zum Tiergarten. Sie nahmen den oberen Weg, der dicht an der unteren Burgmauer entlangführte.

„Gib dir ja Mühe, Karlson!“ Luca ruckte an der Hundeleine. „Gleich treffen wir unser Modepüppchen – lass dir ja nicht einfallen, sie anzuspringen oder schmutzig zu machen! Auf deren Gezeter habe ich nämlich nach dieser Megaputzaktion gerade eben auf der Burg echt keine Lust.“

Thea berührte Luca am Arm. „Keine Sorge, ich helfe dir, Karlson ruhig zu halten.“

„Danke.“ Er lächelte sie an.

„Keine Ursache. Schließlich habe ich uns durch meine Schuhbindeaktion die ganze Aufregung eingehandelt.“

„Trotzdem – ich bin mächtig gewaltig froh, dass du anders bist als Nadine."

„Immerhin" – Richard blickte zuerst Luca, dann Thea an – „haben wir durch den ganzen Schlamassel Frau Säuberling kennengelernt."

Luca hob den Daumen. „Und wir haben einen neuen Fall, den wir unbedingt lösen müssen! Wisst ihr was? Ihr habt mir und Karlson schon richtig gefehlt, so lange, wie ihr nicht hier wart!"

„Das beruht ganz auf Gegenseitigkeit." Thea knuffte ihn in die Seite. „Aber du hättest mit Karlson ja auch mal wieder nach Neustadt kommen können."

„Ach du grüner ... Hut." Luca blickte Thea grinsend an. „Das sagst du doch nur, weil du Karlson magst."

„Meinst du?" Thea spürte, wie sie einen roten Kopf bekam.

Bevor Luca antworten konnte, fing Karlson an zu bellen, zu knurren und an der Leine zu zerren. Luca packte die Leine mit beiden Händen und rief: „Aus! Karlson! Aus! Zurück!"

Doch Karlson beachtete ihn gar nicht. Er kläffte weiter, zog ihn vom Weg fort und versuchte, in den Wald hineinzurennen.

Auf einmal sprang Siggi Sauer mit zwei anderen Schwarzkappen hinter den Bäumen hervor. Einer der beiden kam Thea bekannt vor, den anderen hatte sie noch nie gesehen.

Derjenige, den Thea noch nie gesehen hatte, blieb etwas zurück, während Siggi und der andere auf sie zurannten und johlten: „Huahhh! Huahhh, die Schwarzkappen sind da!"

Gleichzeitig holte der Junge, der zurückgeblieben war,

ein Feuerzeug aus der Hosentasche, zündete damit etwas an und warf es dem Hund vor die Pfoten.

Während Thea und Richard zurückwichen und Luca an Karlsons Leine zog, explodierte ein Knaller. Karlson jaulte auf, klemmte den Schwanz ein und drückte sich winselnd an Lucas Beine.

Der Junge, der den Knaller geworfen hatte, brüllte vor Lachen, zog einen weiteren Knaller aus der Hosentasche und nickte Siggi zu. „Ich warte auf dein Signal, Chef!"

„Stehen bleiben, sonst kracht's, aber gewaltig!" Siggi baute sich breitbeinig vor ihnen auf und stemmte die Hände in die Hüften.

Luca hockte sich hin, um den zitternden Hund zu beruhigen.

„Was soll das?", rief Richard.

Und Thea fügte hinzu: „So etwas ist total gemein!"

Siggi tat, als seien Thea und Richard Luft, und deutete auf Luca. „Ha, wen haben wir denn da? Unser Dickerchen mit seinem bellenden Kaninchen! Der Hund ist ja genauso feige wie sein Herrchen. Ich wette, sobald es finster wird, zittern die beiden um die Wette!"

Die anderen Schwarzkappen lachten laut.

„Lasst uns in Ruhe!", schimpfte Richard.

Siggi deutete auf Karlson. „Der Köter hat uns angebellt, dafür muss er büßen!"

„Karlson bellt nicht ohne Grund." Thea trat dicht an Lucas Seite.

Der Junge mit dem Feuerzeug und dem Knaller schlenderte zu den anderen Schwarzkappen. „Soll ich?"

„Warte. Gleich." Siggi kniff ein Auge zu, formte seine rechte Hand zu einer Pistole und peilte mit dem Zeigefinger einen nach dem anderen an. „Piff! Paff! Puff! Wer zuerst abhaut, ist tot!"

Karlson fing an, leise zu knurren, und Siggi gab seinem Kumpel das Zeichen, den nächsten Knaller zu zünden. Thea, Luca und Richard wichen zurück, der Knaller explodierte und Karlson drängte sich so eng an Lucas Beine, dass dieser fast den Halt verlor.

„Hört auf!", schrie Richard. „Das ist Tierquälerei!"

Siggi bewegte seinen Finger, als wollte er Luca herbeizitieren. „Komm und kämpfe für dein Kaninchen! Das war nämlich erst der Anfang!" Dann wandte er sich Thea zu. „Und du, Kleine, du hältst so lange den Köter fest, aber richtig!"

„Ich denke gar nicht daran", fauchte Thea und zog stattdessen ihr Handy aus der Tasche.

Der Junge, der Thea bekannt vorkam, sprang vor, packte sie und schlug ihr das Handy aus der Hand.

Richard eilte seiner Schwester zu Hilfe, doch der Junge stürzte sich sofort auf ihn.

„Mach ihn fertig, Florian!", tönte Siggi. „Um die anderen beiden kümmern wir uns!"

11

Thea versuchte, dem Jungen mit den Knallern auszuweichen, doch er folgte jeder ihrer Bewegungen. Als er sie packen wollte, tauchte sie unter seinem Arm hindurch. Er wirbelte herum und hob die Hand, um erneut nach ihr zu fassen, doch sie riss blitzschnell ihren Arm zum Schutz nach oben und trat ihm vors Schienbein. Er schrie auf, bekam sie aber trotzdem an den Haaren zu fassen; sie schlug und trat um sich.

„Das ist feige, lass sie los!“, keuchte Richard.

Aus den Augenwinkeln sah Thea, wie der andere, der Florian genannt wurde, ihren Bruder im Schwitzkasten hielt.

Siggi krakeelte: „Manche Weiber muss man eben zähmen.“

„Nur Feiglinge schlagen Mädchen!“, schrie Luca.

„Klappe halten!“, grölte Siggi. Dann folgte ein klatschendes Geräusch.

Luca stöhnte auf und Karlson fing an zu winseln.

„Lass es krachen, Olli!“, befahl Siggi.

Der Junge warf Thea zu Boden, sprang zur Seite und kramte aus seinen Taschen Feuerzeug und Knaller hervor.

Thea rappelte sich hoch, hechtete auf ihn zu, schlug ihm die Schachtel mit den Knallern aus der Hand und wich sofort wieder zurück.

Auf einmal kam Paolo um die Ecke gestürmt. Er schwenkte einen schwarz-gelben Schal und johlte: „Hohohoho! Dynamo Dresden lässt grüßen!“

Ohne Richard loszulassen, schaute Florian auf und rief: „Hey, das ist mein Schal, gib ihn her!“

Paolo rannte mit wehendem Schal auf Florian zu und rempelte ihn an. „Komm schon, Alter, hol ihn dir!"

Florian geriet aus dem Gleichgewicht, und Richard gelang es, sich von ihm loszumachen. Während Richard zu seiner Schwester eilte, rannte Florian Paolo nach.

„Gib den Schal her!", schrie er.

Paolo schwenkte den Schal erneut und lachte laut. „Ein echter Fanschal, so einen habe ich mir schon immer gewünscht!"

In der Zwischenzeit bückte Olli sich nach den Knallern. Sofort stürzten Thea und Richard sich auf ihn, so dass er hinfiel und mit dem Bauch auf der Knallerschachtel zu liegen kam. Mit vereinten Kräften hielten sie ihn am Boden.

„Komm zurück, Florian!", brüllte Siggi außer Atem. „Lass den blöden Schal!" Dabei schlug er erneut auf Luca ein, der nur den freien Arm schützend hochhielt.

Doch Florian jagte Paolo weiter nach, bis die beiden hinter der nächsten Ecke verschwanden.

Da kam Nadine mit ihrem Selfiestick um die Ecke gerannt. Sobald sie in Rufweite war, richtete sie ihr Smartphone auf Siggi. „Das Video schicke ich gleich an die Polizei."

Inzwischen schien Karlson sich von seinem Schreck erholt zu haben, fing an zu bellen und schnappte nach Siggis Bein. Endlich ließ Siggi von Luca ab, wich zurück, stolperte über eine Wurzel und fiel der Länge nach hin.

Thea und Richard hockten immer noch auf Ollis Rücken, der sich zeternd hin und her wand und aufzubäumen versuchte.

„Gib die Knaller her!", befahl Richard. „Dann lassen wir dich laufen."

Gleichzeitig gab Luca dem tobenden Karlson mehr Leine und schrie Siggi an: „Rühr dich nicht, sonst mache ich den Hund los!“

Als Olli die Knaller unter seinem Bauch hervorzog, beugte Thea sich zur Seite und riss sie ihm aus der Hand. Dann stand sie fast zeitgleich mit Richard auf. Sofort rappelte Olli sich hoch und flüchtete in den Wald.

Unterdessen kläffte und schnappte Karlson weiter nach Siggi, der die Beine anzog und sich die Hände schützend vors Gesicht hielt.

Thea hob ihr Handy auf und trat dann zusammen mit Richard an Lucas Seite.

Während Nadine ein Foto von Siggi machte, rief sie: „Dieses Bild bekommt den Titel: *Ein Mistkäfer auf dem Rücken liegend.*“

Schnaufend legte Richard die Hand auf Lucas Schulter. „Hör auf, Luca, es reicht!“ Er musste schreien, um Karlsons Gebell zu übertönen. „Geh du mit Karlson schon mal zum Treffpunkt! Ich werde mit Siggi reden!“

Luca nickte, zerrte den widerstrebenden Karlson von Siggi weg, zog den Hund weiter bis zur nächsten Ecke und verschwand schließlich dahinter.

12

Richard rieb sich eine schmerzende Stelle am Kopf und schaute seine Schwester an. „Ist bei dir alles okay?"

Thea nickte, während Nadine hinter sie trat und ihr einige Blätter aus den Haaren zupfte.

Tief durchatmend blickte Richard zu Siggi hinab, der immer noch wie ein Käfer auf dem Rücken lag. „Hast du dich verletzt?"

„Blöder Köter", knurrte Siggi, rappelte sich auf und wedelte mit der Hand. „Was glotzt ihr so? Verschwindet endlich!"

Richard machte noch einen Schritt auf Siggi zu. „Wir wollen Frieden. Können wir uns nicht wie ganz normale Menschen benehmen? Wir müssen ja nicht gleich Freunde werden, aber ..."

„Vergiss es!" Siggi zeigte ihm einen Vogel.

Thea schüttelte die Schachtel mit den Knallern. „Das hier war echt gemein! Das war richtig fiese Tierquälerei!"

„Ist der Köter selbst schuld. Schließlich hat er uns angebellt!" Siggi hob sein Basecap auf. „Ich lasse mich nicht ankläffen, von niemandem!"

„Wir wollen keinen Streit", erklärte Richard erneut. „Luca hätte seinen Hund sicher beruhigt, und dann ..."

„Eine Schwarzkappe wartet nicht, bis irgendjemand diesen Kläffer *beruhigt*!" Siggi schlug sich an die Brust und setzte sein Cap auf.

„Ich finde deine Spielchen total kindisch, Siggi Sauer!" Nadine hob den Finger wie eine Lehrerin. „Du solltest langsam erwachsen werden!"

Siggi starrte sie mit zusammengezogenen Brauen an und deutete dann auf ihr Smartphone. „Das löschst du gefälligst! Sofort! Ist das klar?"

„Zu spät." Nadine zuckte mit den Schultern. „Ich habe es schon an Luca und die anderen geschickt. Zur Sicherheit."

„Wir löschen es, wenn du Luca in Zukunft in Ruhe lässt", sagte Thea.

Siggi Sauer spuckte vor ihr aus. „Ich lasse mich nicht erpressen. Nicht von euch."

„Bande!", ertönte auf einmal hinter ihnen eine schrille Männerstimme. „Was fällt euch ein!"

Richard fuhr herum und erblickte einen kleinen dürren Mann mit Hut und Brille. Mit einem Spazierstock herumfuchtelnd kam er auf sie zu.

„Eine Unverschämtheit ist das! Mitten am Tag ist das verboten! Knallen, außer an Silvester, ist verboten! Spektakel in diesem Wald ist verboten! Und solche Strolche wie ihr müssten auch verboten werden, ein für allemal ..."

Inzwischen war er so nahe, dass Richard die Flecken und Flicken auf seinem ausgebeulten Jackett hätte zählen können.

Mit weit ausholenden Schritten eilte Siggi Sauer auf den Mann zu und tönte: „Guten Tag, Herr Professor Knorrholz! Sie haben völlig recht, diese Knallerei ist das Allerletzte. Das habe ich diesen Ruhestörern auch schon gesagt, aber sie hören ja nicht auf unsereins!"

Der Professor unterbrach seinen Redeschwall und schaute mit zusammengezogenen Brauen von einem zum anderen.

„Da sind die Knaller, sehen Sie!" Siggi deutete auf die Schachtel in Theas Hand.

„Er lügt“, rief Richard. „Wir haben ...“

„Ruhe!“ Der Professor richte die Spitze seines Stocks wie einen Degen auf Richard. Dann schwang er den Stock herum und richtete ihn auf Thea. „Hergeben! Sofort!“

Thea schob den Stock ein wenig zur Seite und reichte ihm die Schachtel. „Diese Knaller gehören mir nicht, und geknallt haben wir auch nicht; wir haben ...“

„Ruhe!“ Der Professor steckte die Knaller in die Tasche seines Jacketts. „Ausreden! Alles Ausreden! Ich sehe, was ich sehe!“

Nadine deutete auf ihr Smartphone. „Ich kann es Ihnen beweisen. Ich habe alles gefilmt. Die Schwarzkappen haben ...“

„Ruhe!“ Der Professor schwang seinen Stock auf Nadine zu und stieß dabei an ihren Selfiestick.

Nadine umklammerte ihr Smartphone mit beiden Händen und kreischte: „He, was fällt Ihnen ein! Wissen Sie, was das kostet?“

„Neumodischer Kram“, schnaubte der Professor. „Nichts als Unsinn!“

„Sie haben völlig recht, Herr Professor!“ Siggi Sauer zeigte auf Nadine. „Bestimmt hat sie sogar von Ihnen Aufnahmen gemacht! Wenn Sie wollen, nehme ich ihr das Handy ab und lösche alles!“

„Ruhe!“ Der Professor schwang seinen Stock in Siggis Richtung. „Alles neumodischer Firlefanz! Braucht kein Mensch! Verschwindet hier! Alle!“

13

Luca und Karlson kamen fast zur gleichen Zeit wie Paolo auf dem Spielplatz an.

Paolo knuddelte den schwanzwedelnden, bellenden Karlson ausgiebig, dann hielt er Luca die Hand hin. „Give me five, Alter! Bist du in Ordnung?"

„Alles gut unterm Hut!" Luca klatschte Paolo ab. „Und das habe ich dir und diesem blöden Schal zu verdanken."

Währenddessen fing Karlson an, auf dem Weg herumzuschnuppern.

„Das mit dem Schal war voll cool, Alter!" Paolo lachte. „Ich habe den Typ so lange hinter seinem Schal herrennen lassen, bis ihr die anderen im Griff hattet. Dann habe ich ihm eine reingehauen – sozusagen als Warnung – und er ist verduftet wie ein laues Lüftchen."

„Das war mächtig gewaltig, du bist genau im richtigen Moment gekommen!" Luca hob den Daumen. „Aber weißt du, ich ... ich glaube ..." Er kratzte sich am Kopf. „... ich glaube, das ... das war kein Zufall, denn ... denn weißt du ... als Karlson sich zitternd an meine Beine drängte und Siggi mich packte ... da ... da hab ich gebetet."

„Alles klar, Alter! Kein Grund zum Stottern." Paolo klopfte ihm auf die Schulter. „Früher hätte ich gesagt: *Du spinnst, das hast du allein mir zu verdanken.* Aber heute ..." Er ließ seine Hand sinken und wurde ernst. „Also, seit damals ... als ich fast gestorben wäre ... also, seitdem denke ich auch, dass Beten irgendwie hilft."

Karlson zog zur Wiese hinüber und Luca gab ihm etwas mehr Leine. „Der Kerl mit dem Fanschal war übrigens Florian Filderstädt, er geht in meine Klasse. Ich wusste noch gar nicht, dass er jetzt zu Siggi Sauers Bande gehört."

„Tja, wie es scheint, hat Siggi ihn nun doch aufgenommen. Soweit ich mich erinnere, ist dieser Florian den Schwarzkappen schon vergangenen Sommer nachgelaufen."

„Woher hattest du eigentlich seinen Schal?" Luca schaute Paolo fragend an.

„Den hatte er hier auf dem Spielplatz vergessen." Paolo ließ sich auf eine Bank fallen und deutete auf die gegenüberliegende Seite des Spielplatzes. „Ich stand mit Nadine da drüben, wir haben ihn beobachtet."

Luca setzte sich neben Paolo. „Bisher hatte ich keine Probleme mit Florian. Nun, nachdem du ihm eine reingehauen hast, wird sich das sicher ändern."

„Hm, das ist möglich." Paolo scharrte mit den Füßen und schaute zu Boden. „Na ja, eigentlich wollte ich ja niemanden mehr schlagen, das ... das habe ich mir fest vorgenommen ... als ich mein neues Leben mit dem Herrn Jesus angefangen habe ... und Richard sagt ja auch immer, dass man mit Gewalt keine Probleme lösen kann ... aber manchmal ... manchmal überkommt es mich wieder ... das ist wie ein Reflex ..." Er zuckte mit den Schultern und sah Luca an. „Aber wer weiß, ob der dich anders behandeln würde, wenn ich ihm keine geballert hätte."

„Das weiß ich auch nicht." Luca seufzte. „Manchmal ist es ziemlich kompliziert, das Richtige zu tun. Noch dazu, wenn man spontan entscheiden muss. Ich glaube aber, dass Jesus uns verzeiht, wenn uns bei spontanen Aktionen solche Sachen passieren."

„Mit *solche Sachen* meinst du wohl die Angewohnheiten aus unserem alten Leben?“ Paolo machte eine Handbewegung, als wollte er etwas hinter sich werfen. „Angewohnheiten, die man eigentlich hinter sich lassen wollte?“

„Ja, das meine ich.“

„Hm, na ja“, überlegte Paolo laut. „Bisschen anders habe ich mich diesmal schon verhalten. Früher hätte ich gleich draufgehauen. So eine Ablenkungsaktion mit dem Schal wäre mir zu mühsam gewesen.“

Sie schwiegen eine Weile, dann sagte Luca: „Das mit dem Schal verstehe ich nicht. Wie konnte er den liegen lassen? Florian ist total stolz auf dieses Teil! Seit er ihn bekommen hat, trägt er ihn täglich, ganz egal, wie warm es draußen ist!“

„Er war mit einem Mädchen hier.“ Paolo grinste. „Und wie man weiß, umnebeln die Mädchen einem Kerl manchmal das Gehirn.“

Merkwürdigerweise musste Luca bei Paolos Worten an Thea denken. Er schluckte. Hoffentlich hatte dieser Knallerjunge ihr nicht zu sehr wehgetan! Er wünschte, er hätte ihr helfen können. Doch stattdessen musste er Siggis Tritte und Schläge über sich ergehen lassen, während Karlson sich winselnd an seine Beine drängte.

„Wahrscheinlich ist diesem Florian von ihrem wallenden, roten Haar ganz heiß geworden.“ Paolo tat, als fächelte er sich Luft zu und verdrehte die Augen. „Während er mit ihr auf der Bank saß und quasselte, hat er erst sein Basecap und dann den Schal abgelegt. Der Schal ist später von der Bank gerutscht. Dann ist Rotköpfchen wegstolziert, Florian hat sich sein Basecap geschnappt und ist ihr hinterhergewieselt.“

„Und den Schal hat er vergessen?“

„Ich sag's ja, er war von ihr benebelt, als hätte er zu tief ins Glas geguckt.“ Paolo ließ seine Hand über seinem Kopf kreisen. „Ich bin ihnen ein Stück gefolgt und dann auf den Baum da drüben geklettert, um zu sehen, wo er hingeht.“

„Ja, und?“

„Da habe ich die anderen beiden Schwarzkappen entdeckt. Diesen Siggi und den knallenden Schwarzhut. Ich bin zurück zu Nadine, um ihr zu sagen, dass sie euch anrufen und warnen soll. Aber sie war schon am Telefonieren. Und dann habe ich etwas gemacht, was wieder in die Schublade *solche Sachen* passt.“

Karlson winselte, zog an der Leine, schnupperte im Gras herum und machte sich daran, irgendetwas zu fressen.

„Pfui!“, schimpfte Luca und riss ihn zurück. Der Hund jaulte auf und zerrte wieder in Richtung Wiese, doch Luca zog ihn noch näher zu sich heran und verkürzte die Leine weiter.

„Hey, Alter, da hab ich mich wieder mal echt bescheuert verhalten.“ Paolo schlug sich an die Stirn. „Ich hab Nadine das Handy aus der Hand gerissen, um euch zu warnen. Das hat ihr natürlich nicht gepasst. Sie hat mir eine geknallt, wir haben uns gestritten und sie wollte nicht noch mal anrufen.“

Luca wickelte sich die Hundeleine ums Handgelenk. „Trotzdem seid ihr genau im richtigen Moment aufgetaucht.“

„Als wir den Knall gehört haben, sind wir rübergerannt, um zu sehen, was los ist.“ Paolo deutete auf die Ecke der Burgmauer. „Den Rest kennst du.“

14

Luca stand auf, ruckte an der Hundeleine und schlenderte mit Karlson und Paolo zu dem Baum, von dem aus dieser die Schwarzkappen beobachtet hatte.

„Ach du grüne Spinne, da oben warst du?" Luca deutete auf den untersten Ast, der mindestens anderthalb Meter über seinem Kopf hing.

„Klaro! Soll ich noch mal?" Ohne eine Antwort abzuwarten, trat Paolo ein paar Schritte zurück und rannte wieder auf den Baum zu. Kurz bevor er Luca erreichte, sprang er hoch, erfasste den Ast und schaukelte daran hin und her.

Karlson zerrte in Paolos Richtung, wedelte mit dem Schwanz und bellte.

„Aus!" Luca riss ihn zurück und seufzte. „Mann, so sportlich möchte ich auch sein!"

„Da ist doch nichts dabei!" Paolo umfasste den Ast mit beiden Händen, stemmte erst den linken, dann den rechten Fuß an den Stamm, kletterte daran hinauf und schwang schließlich das rechte Bein über den Ast.

Plötzlich verstummte Karlson, spitzte die Ohren und wandte sich in Richtung der Burgmauer. Kurz darauf kamen Richard, Thea und Nadine um die Ecke. Karlson fing wieder an zu bellen, wedelte mit dem Schwanz und strebte ihnen entgegen. Thea eilte gleich auf Karlson zu, knuddelte ihn und hinderte ihn so daran, Nadine zu begrüßen.

„Schaut euch unser Äffchen an!", flötete Nadine und zückte ihr Smartphone. „Es hockt schon wieder auf dem Baum!"

Paolo saß inzwischen auf dem untersten Ast, baumelte

mit den Beinen und rief: „Von hier aus kann man sehen, was hinter der Ecke passiert. Und wenn man noch zwei Etagen höher steigt, hat man den vollen Überblick."

„*Höher steigen*?" Richard schaute zu Paolo hinauf. „Du sprichst, als wärst du auf einer normalen Treppe unterwegs."

Luca wandte sich Richard zu. „Seine Kletterkünste haben uns gerettet. Von diesem Baum aus hat er die Schwarzkappen entdeckt und ..."

„Lass uns alles der Reihe nach durchgehen." Richard deutete auf zwei Bänke am Rand des Spielplatzes. „Dort können wir uns hinsetzen."

„Hey, Leute, hier oben sitzt es sich auch ganz gut", tönte Paolo. „Eine Bank ist doch total langweilig."

Nadine warf ihr Haar zurück und rümpfte die Nase. „Das fehlte noch, dass ich da hochklettere!"

„Komm schon, Paolo", rief Richard. „Mein Bedarf an sportlicher Betätigung ist für heute gedeckt."

„Bist du okay, Thea?", erkundigte Luca sich. „Ich hätte dir gern geholfen gegen diesen fiesen Typen, aber Siggi hatte mich und Karlson ..."

„Ich weiß schon." Thea gab Karlson einen Klaps, richtete sich auf und lächelte Luca an.

Luca spürte, dass er rot wurde und ärgerte sich darüber.

„Wie du siehst, ist an mir noch alles dran." Thea drehte sich einmal langsam im Kreis. „Außer ein paar Haaren vielleicht ... aber die wachsen nach ... hoffentlich."

Währenddessen ging Richard, gefolgt von Nadine, auf die Bank zu und Paolo sprang, „Achtung!" rufend, vom Baum.

„Wenn Karlson Siggi nicht angebellt hätte, wäre das alles nicht passiert." Luca schluckte. „Es tut mir leid, Thea."

„Unsinn." Thea machte eine wegwerfende Handbewegung. „Karlson kann doch nichts dafür, dass Siggi dauernd Streit sucht."

Luca trat von einem Bein auf das andere. „Hm, na ja ... aber mit dir würde er sicher keinen Streit anfangen ... Nur ... Nur weil ihr mit mir und Karlson unterwegs wart ..."

„Jetzt hör aber auf!" Thea schüttelte den Kopf und schaute ihn mit zusammengezogenen Brauen an. „Du bist erst recht nicht schuld daran! Das wäre ja noch schöner, dass wir uns wegen Siggis Eskapaden von dir und Karlson fernhalten!"

Karlson zerrte in Richtung der anderen, aber Luca hielt die Leine fest umklammert und räusperte sich. „Ich finde es cool, dass wir wieder was zusammen machen."

„Ich auch. Nicht nur wegen Karlson." Thea berührte seinen Arm. „Komm! Die anderen warten auf uns."

15

Luca ging mit Karlson zur Bank und setzte sich neben Paolo und Richard, während Thea sich zu Nadine gesellte, die am Rand des Spielplatzes stand und schon wieder ein Selfie schoss. Als Karlson begann, vor der Bank herumzuschnüffeln, beugte Paolo sich vor und kraulte ihn hinter den Ohren.

Richard zog sein Notizbuch aus der Tasche. „Ich schlage vor, dass wir der Reihe nach berichten."

Thea stieß Nadine in die Seite. „Wir haben nämlich einen neuen Fall."

„Einen neuen Fall?" Paolo gab Karlson einen Klaps und lehnte sich auf der Bank zurück. „Der heißt bestimmt: *Wir legen den Schwarzmützen ein für alle Mal das Handwerk!*"

„Vielleicht hängt das eine mit dem anderen zusammen." Thea deutete auf die Burgmauer. „Florian Filderstädt war nämlich oben im Zehrgarten, als Karlson Jagd auf die Katze ..."

„Stopp, Thea!" Richard hob die Hand. „Wir berichten der Reihe nach."

Paolo knuffte Richard in die Seite. „Na los, Alter, dann fang an!"

„Aber wenn wir einen neuen Fall haben, dann ..." Nadine fuhr sich durchs Haar und räusperte sich. „Sollten wir nicht Tobi anrufen? Der macht doch bestimmt auch wieder mit?"

„Tobias hat heute keine Zeit." Luca gab Karlson mehr Leine. „Ich werde ihn morgen in der Schule informieren."

Endlich steckte Nadine ihr Smartphone ein und setzte sich mit Thea auf die andere Bank.

Richard schlug sein Notizheft auf und erzählte Nadine und Paolo von ihrem Erlebnis im Zehrgarten und dem Gespräch mit Frau Säuberling.

Luca schaute dabei in Richards Heft und las dessen Einträge mit.

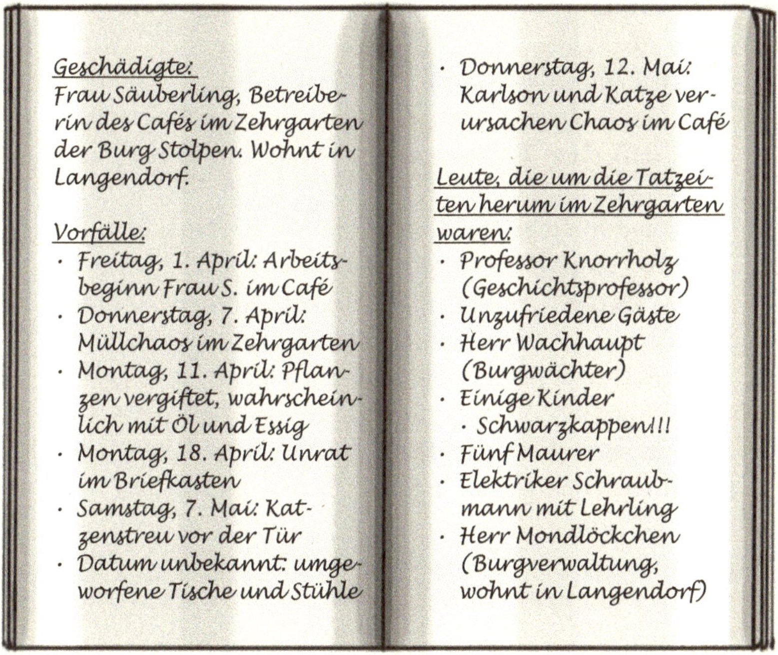

Geschädigte:

Frau Säuberling, Betreiberin des Cafés im Zehrgarten der Burg Stolpen. Wohnt in Langendorf.

Vorfälle:

- Freitag, 1. April: Arbeitsbeginn Frau S. im Café
- Donnerstag, 7. April: Müllchaos im Zehrgarten
- Montag, 11. April: Pflanzen vergiftet, wahrscheinlich mit Öl und Essig
- Montag, 18. April: Unrat im Briefkasten
- Samstag, 7. Mai: Katzenstreu vor der Tür
- Datum unbekannt: umgeworfene Tische und Stühle
- Donnerstag, 12. Mai: Karlson und Katze verursachen Chaos im Café

Leute, die um die Tatzeiten herum im Zehrgarten waren:

- Professor Knorrholz (Geschichtsprofessor)
- Unzufriedene Gäste
- Herr Wachhaupt (Burgwächter)
- Einige Kinder
  - Schwarzkappen!!!
- Fünf Maurer
- Elektriker Schraubmann mit Lehrling
- Herr Mondlöckchen (Burgverwaltung, wohnt in Langendorf)

16

Als Luca von Richards Eintragungen aufsah, begegnete er Theas Blick und spürte, dass er rot wurde. Rasch schaute er zu Boden und schob mit dem Fuß ein paar Steinchen zur Seite.

„Hey, Alter, das ist doch klar wie Kloßbrühe!“ Paolo gab dem Hund einen Klaps. „Karlson hat schon längst gerochen, dass diese Schwarzkappen wieder mit in der Sache drinstecken. Und vielleicht auch diese kleine Rothaarige.“

„Keine voreiligen Schlüsse!“, mahnte Richard.

„Aber dieser Florian war doch nicht zufällig mit der Rothaarigen unterwegs!“ Paolo deutete mit dem Kopf auf Nadine. „Wir beide haben sie nämlich beobachtet! Und ich habe euch noch nicht erzählt, wie ich auf den Baum geklettert bin und ...“

„Ich habe alles fotografiert!“ Nadine tippte und wischte auf ihrem Smartphone herum. „Diesen Florian mit dem Mädchen und ...“

„Sorry, Nadine!“ Richard hob die Hand. „Bitte berichtet uns alles der Reihe nach. Die Fotos sehen wir uns später an.“

Paolo nickte und wiederholte, was er Luca bereits erzählt hatte.

Als er damit fertig war, hielt Nadine ihr Smartphone Thea hin. „Hier ist das Foto des Mädchens.“

Thea deutete auf das Display. „Das ist merkwürdig. Wie es scheint, hat sich das Mädchen umgezogen. Und die Haare hat sie auf diesem Foto auch anders.“

Nadine schaute Thea mit großen Augen an. „Umgezogen?“

„Ja. Ich bin mir ganz sicher, dass sie eine Jeans trug, als wir sie oben auf der Burg gesehen haben. Und die Haare hatte sie zusammengebunden."

„Vielleicht irrst du dich? Warum sollte sie sich umziehen?" Nadine wischte über den Bildschirm des Smartphones. „Hier siehst du sie noch mal. Sie trägt eindeutig keine Jeans, auch nicht unter dem Rock. Und die Haare sind nicht das Problem, die kann man schnell zusammenbinden oder wieder aufmachen."

„Dürfen wir die Fotos auch mal sehen?", fragte Richard.

„Klar." Nadine winkte die Jungen heran. „Kommt her und seht sie euch an!"

Richard stand auf und ging zu den Mädchen, während Luca die Hundeleine Paolo in die Hand drückte.

„Halt mal bitte! Ich möchte mir die Fotos auch anschauen!"

„Okay, Alter. Ich habe das schöne Rotköpfchen ja mit eigenen Augen gesehen. Ich brauche keine Fotos."

Richard stellte sich hinter Nadine und schaute über ihre Schulter. „Also, ich glaube auch, dass sie im Zehrgarten eine Hose trug. Obwohl ich in der Aufregung nicht so genau darauf geachtet habe."

Luca setzte sich neben Thea auf die Bank und sie reichte ihm Nadines Smartphone weiter. Er schaute sich die Fotos an und schüttelte den Kopf. „Ich habe echt keine Ahnung, was sie anhatte. Ich hatte andere Sorgen als dieses Mädchen."

„Hört, hört!" Nadine schaute Thea kichernd an. „Er hatte *andere Sorgen.* Das klingt, als gehörten Mädchen für Luca in die Kategorie *Sorgen.*"

„Ach du grüne ..."

„Stopp!“ Thea stieß ihm den Ellenbogen in die Seite.

„Ähm, was soll das?“ Luca schubste sie sanft mit der Schulter zurück. „Du weißt doch noch gar nicht, was ich sagen wollte?“

„Na und?“ Thea grinste und hob belehrend den Finger. „So eine Warnung kann nicht schaden. Denn wenn du es einmal gesagt hast, ist es zu spät.“

„Vielleicht wollte ich sagen: *Ach du grüne Sorge?* Oder ...“

„Also, was ist nun? Machen wir weiter?“ Paolo klopfte Karlsons Fell, als wäre es ein Teppich, der gereinigt werden müsste. „Mir ist völlig schnuppe, welche Farbe Lucas Sorgen haben, was das Rotschöpfchen für Klamotten bevorzugt und wie oft sie sich am Tag umzieht. Von mir aus kann sie sich in Sack und Asche kleiden und die Haare türkis färben oder was. Ich will jetzt endlich wissen, was noch mit Siggi und diesem Knallerknulli gelaufen ist, nachdem ich mit Florians Schal das Zentrum des Geschehens verlassen habe.“

„Ich könnte dir ein paar coole Aufnahmen zeigen, von Siggi, wie er am Boden liegt. Und diesen Professor Knorrholz habe ich auch fotografiert – der kam nämlich noch dazu.“ Nadine deutete auf Karlson. „Aber den Hund will ich nicht hier haben!“

„Warte, Paolo!“ Thea sprang auf. „Ich kümmere mich um Karlson. Dann kann Luca hierbleiben, denn er hat den Professor auch noch nicht gesehen.“

17

Während Richard begann, Luca und Paolo von der Begegnung mit Professor Knorrholz zu berichten, spazierte Thea mit Karlson zur Wiese am Rand des Spielplatzes.

„Und so sieht dieser knurrige Gelehrte aus." Nadine hielt den Jungen ihr Smartphone hin.

Von der Wiese aus rief Thea herüber: „Frau Säuberling traut dem Professor aber nicht zu, dass er hinter den Aktionen im Zehrgarten steckt."

„Dem traue ich alles zu!" Nadine hielt ihren Selfiestick hoch. „Der hätte mir mit seinem komischen Stock beinahe mein Smartphone aus der Hand geschlagen! Nicht mal entschuldigt hat er sich!"

„Dieser Professor scheint so ein richtiger studierter Kauz zu sein." Richard wiegte den Kopf hin und her. „Solche Leute kann man schwer einschätzen."

Paolo winkte ab. „Vergesst den ollen Knorzelhorzel. Ich sage euch, das waren die Schwarzkappen! Wir müssen sie beschatten. Und wenn der richtige Moment gekommen ist" – Paolo machte eine Handbewegung, als würde er eine Fliege fangen –, „schnappen wir sie und dann ist Ende Gelände mit dem ... ähm ... Theater."

„Und wie willst du das anstellen?" Nadine deutete auf den Baum, von dem aus Paolo die Schwarzkappen beobachtet hatte. „Willst du umsiedeln und dir da oben eine Bude bauen?"

Paolo stand auf, blickte nach oben und schnalzte mit der Zunge. „Keine schlechte Idee, Prinzessin!"

„Nenn mich nicht so!", schimpfte Nadine. „Sonst nenne ich dich ab sofort Kletteraffe!"

„Kannst du machen, Prinzessin!“ Paolo hüpfte von einem Bein auf das andere, als wollte er gleich losspringen und sich von Ast zu Ast hangeln. „Ich bin nicht zimperlich. Aber erwarte nicht, dass ich zu dir komme, wenn du diesen Namen rufst!“

„Pfff!“ Nadine warf ihre Haare zurück. „Ich werde mich hüten, nach dir zu rufen!“

„Das ist mir schon klaro, Prinzessin!“ Paolo hopste weiter vor Nadine hin und her. „Du rufst lieber nach Tobias, stimmt's?“

Da schnellte Nadine hoch und hob die Hand, um Paolo eine Ohrfeige zu geben, aber der hüpfte wie ein Gummiball davon.

„Komm schon, fang mich, Prinzessin!“ Paolo lachte.

Karlson hob den Kopf, tollte auf Paolo zu und fing an zu bellen.

Während Nadine hinter Paolo herwetterte, überlegte Richard, was er noch aufschreiben musste.

„Aus!“ Thea zerrte an der Leine. „Nun hört endlich auf! Ihr macht den Hund ganz wild mit eurem Gehampel!“

Luca seufzte. „Bin ich froh, dass Nadine es heute mal nicht auf Karlson und mich abgesehen hat!“

„Schluss jetzt!“ Richard klopfte mit dem Stift auf sein Notizbuch. „So kann ich mich nicht konzentrieren! Ich will endlich meine Notizen aktualisieren! Wenn es unbedingt sein muss, zofft euch drüben im Wald!“

„Alles klaro, Chef!“ Paolo lief zu Karlson und knuddelte ihn.

Mit finsterem Gesicht ließ Nadine sich neben Richard auf die Bank fallen, während Luca aufstand und zu Thea, Paolo und Karlson eilte.

Tief durchatmend beugte Richard sich über sein Notizheft und ergänzte seine Aufzeichnungen:

Donnerstag, 12. Mai:
- Florian Filderstädt und rothaariges Mädchen wurden sowohl im Zehrgarten, als auch auf dem Spielplatz gesehen. Das Mädchen hat die Kleidung gewechselt.
- Zoff mit drei Schwarzkappen: Siggi Sauer, Florian Filderstädt und Olli.
- Ärger mit Professor Knorrholz.

Als er fertig war, hielt er Nadine das Notizbüchlein hin. „Schaust du bitte mal, ob ich etwas vergessen habe?"

Doch anstatt das Heft zu nehmen, murmelte Nadine: „Ich finde das so fies von Paolo. Total fies."

„Hm, na ja." Richard fasste sich ans Kinn. „Du bist auch nicht gerade sanft mit ihm umgegangen."

„Aber Paolo kapiert es einfach nicht", schniefte Nadine. „Er kennt keine Grenzen, verstehst du? Er kann richtig gemein werden!"

„Ich glaube eher, Paolo wollte dich necken." Richard überlegte, wie er Nadine seine Meinung sagen könnte, ohne sie zu verletzen. „Vielleicht ... Vielleicht hilft es dir, wenn du dir noch mal ins Gedächtnis rufst, wie das alles eben angefangen hat."

„Wie meinst du das?" Nadine schaute auf.

Richard räusperte sich. „Also, ich mache das so. Wenn ich mit jemandem Zoff hatte, dann rufe ich mir später alles noch mal ins Gedächtnis. Was der Auslöser war. Was er oder sie gesagt hat. Was ich gesagt habe. Und so weiter. Manchmal schreibe ich es sogar auf."

„Du schreibst es auf? Pfff." Nadine schüttelte den Kopf. „Das passt mal wieder zu dir. Und was soll das bringen?"

„Hm, na ja." Richard fuhr sich mit der Hand über die Stirn. „Wenn ich das alles dann so schwarz auf weiß vor mir sehe, dann ... dann kapiere ich manchmal erst, was da abgelaufen ist, verstehst du?"

Nadine zuckte mit den Schultern.

„Also, wenn man mit jemandem aneinandergerät, stehen meist die Gefühle im Vordergrund. Man ist sauer, wütend ... und so weiter."

„Ist doch klar!" Nadine schob sich eine Haarsträhne hinters Ohr.

„Aber wenn man es aufschreibt, verschiebt sich der Schwerpunkt ein bisschen, denn dann muss man mit dem Kopf arbeiten, man muss darüber nachdenken und ..." Richard räusperte sich. „... und außerdem bin ich der Meinung, dass man auch mal nachgeben sollte."

„Nachgeben?" Nadine schaute ihn an, als hätte er gerade von ihr verlangt, sie solle sich in den Sandkasten setzen und dort für Paolo einen Kuchen backen.

„Ja", sagte Richard. „Wahre Stärke zeigt sich darin, dass man nachgeben kann, auch wenn man sich im Recht sieht."

Nadine zeigte Richard einen Vogel. „Jetzt spinnst du aber total! Ich gebe doch nicht nach, wenn ..."

„Hey, Alter, bist du fertig mit deinem Geschreibsel?" Paolo blieb vor ihnen stehen und deutete auf das Notizheft. Doch bevor Richard antworten konnte, wandte Paolo sich Nadine zu. „Tut mir leid, Prinz... ähm ... Nadine. Ich weiß, dass ich manchmal ein ziemlicher Stinkstiefel bin."

„Hm, das bist du allerdings", grummelte Nadine.

Paolo trat von einem Fuß auf den anderen. „Also, was

ist nun? Bist du noch sauer? Ich gebe zu, dass ich ein Stinkstiefel war und bitte dich hiermit in aller Form um Entschuldigung!"

Nadine kaute auf ihrer Unterlippe.

Paolo seufzte. „Manno, ist das schwer! Dabei habe ich es gar nicht so gemeint. – *Prinzessin* ist doch kein Schimpfwort ... Ich dachte nicht, dass dich das so auf die Palme bringt."

Als Nadine immer noch nichts sagte, hockte Paolo sich vor sie hin. „Na los, schlag zu! Du wolltest mir doch vorhin eine runterhauen! Und in der Bibel steht so was ... dass man dem, der einen schlagen will, die Wange hinhalten soll ... oder so ähnlich." Paolo schaute Richard an. „Das stimmt doch, du alter Bibelfuchs, oder?"

Richard nickte. „Ja. Jesus hat gesagt: *Wenn jemand dich auf deine rechte Backe schlagen wird, dem biete auch die andere dar.*[3]"

„Na bitte!" Paolo deutete auf seine Wange. „Das machen wir jetzt so. Du kannst mich nach Lust und Laune schlagen und dann ist's gut – hoffentlich."

„Nun steh schon auf", brummte Nadine. „Das ist doch voll peinlich, wenn du hier hockst."

„Mir ist es nicht peinlich." Paolo grinste. „Also, was ist? Ich bin bereit!"

Nadine wedelte mit der Hand. „Okay, okay, ich bin nicht mehr sauer."

„Dann ist die Sauerei vorbei?", fragte Paolo. „Auch ohne Ohrfeige links und Ohrfeige rechts?"

---

3 Matthäus 5,39 – Revidierte Elberfelder Bibel (Rev. 26)

Nadine musste lachen. „Ja. Auch ohne ... ohne Ohrfeige."

Paolo sprang auf und legte die Hand auf die Brust. „Hast du es rumpeln gehört? Das war der Stein, der mir vom Herzen gepoltert ist."

„Du solltest Schauspieler werden." Nadine lächelte noch immer.

„Schauspieler?" Paolo legte die Stirn in Falten. „Aber ich habe das nicht nur gespielt, das war echt! Ganz ehrlich, Prinz... ähm ... Nadine!"

Nadine hob den Zeigefinger und sagte mit strenger Lehrerinnenstimme: „Fang nicht wieder von vorn an, Paolo! Setz dich lieber und lass uns hören, was Richard in sein schlaues Buch geschrieben hat!"

18

Luca nahm Karlsons Leine und setzte sich neben Richard, während Paolo es vorzog, sich auf die andere Bank zu lümmeln. Thea zögerte einen Moment und quetschte sich dann neben Nadine.

Richard deutete auf seine Notizen. „Ich habe das alles noch mal in eine Tabelle geschrieben – wegen der Übersichtlichkeit. Ich lese mal vor."

Personen, die Frau Säuberling vor oder nach den Angriffen im Zehrgarten gesehen hat	Von uns im Zehrgarten oder in der Umgebung gesehene Personen
· **Professor Knorrholz** (Geschichtsprofessor) · **Unzufriedene Gäste** · **Herr Wachhaupt** (Burgwächter) · **Einige Kinder** · **Schwarzkappen!!!** · **Fünf Maurer** · **Elektriker Schraubmann** mit **Lehrling** · **Herr Mondlöckchen** (Burgverwaltung, wohnt in Langendorf)	· **Professor Knorrholz**, sehr knurrig, ärgert sich über Knallerei, ist nicht bereit, uns zuzuhören, schlägt mit seinem Stock an Nadines Selfiestick · **Herr Wachhaupt**, sehr nett zu Frau S. · **Florian F.** mit dem rothaarigen Mädchen im Zehrgarten und auf dem Spielplatz, außerdem mit den Schwarzkappen im Tiergarten · **Siggi Sauer** und **Olli** mit den Knallern · **Rothaariges Mädchen**, wurde sowohl im Zehrgarten als auch auf dem Spielplatz zusammen mit **Florian F.** gesehen. Sie hat die Kleidung gewechselt.

Richard hob den Kopf und schaute in die Runde. „Das ist der Stand der Dinge. Was schlagt ihr vor?“

„Also, ich hab meine Meinung ja schon gesagt und ich bleibe dabei.“ Paolo streckte die Beine von sich und legte die Arme ausgebreitet rechts und links auf die Rückenlehne der Bank. „Ist doch voll logisch! Wir müssen die Schwarzkappen beschatten! Vor allem diesen Florian.“

Richard schüttelte den Kopf. „So sehr ich mich über Siggi und seine Bande auch ärgere – es wäre voreilig, wenn wir sie allein als Täter in Betracht zögen. Auf meiner Liste der Verdächtigen stehen, außer den Schwarzkappen, noch acht andere Personen oder Personengruppen.“

Luca deutete auf Richards Heft. „Also, Herrn Wachhaupt würde ich ausschließen. So, wie der um Frau Säuberling herumgetanzt ist ...“

„Herumgetanzt ist gut.“ Thea kicherte. „Ich denke auch, dass wir ihn streichen können. Er ist zwar manchmal ein oller Meckerfritze, aber heute haben wir ihn ganz anders erlebt. Der mag Frau Säuberling, das kann ein Blinder sehen.“

Richard nickte. „Seine Zuneigung zu Frau Säuberling ist echt, daran besteht kein Zweifel. Außerdem sorgt er selbst für Ordnung und Sauberkeit auf der Burg und wir haben ihn als einen äußerst korrekten Mann kennengelernt. Ich schlage vor, dass ich ihn von der Liste der Verdächtigen streiche. Seid ihr einverstanden?“

Die anderen nickten und Richard strich den Namen durch.

Während Karlson unter die Bank kroch und sich hinlegte, las Luca sich noch einmal Richards Notizen durch. Dann sagte er: „Von den unzufriedenen Gästen, den anderen Kindern, den Maurern und Elektrikern wissen wir zu wenig. Aber diesen Herrn Mondlöckchen würde ich auch streichen.“

„Daran habe ich auch schon gedacht“, meinte Richard. „Die beiden singen im selben Chor, er hat ihr zu der Arbeitsstelle verholfen – welches Motiv sollte er haben? Und wenn sich sein Verhältnis zu Frau Säuberling, seitdem sie hier arbeitet, geändert hätte, hätte sie das erwähnt.“

Paolo beugte sich vor und wedelte mit den Händen. „Also, von mir aus kannst du die Maurer und Elektriker, die anderen Kinder und die unzufriedenen Gäste und so weiter auch noch streichen! Ich tippe voll auf die Schwarzkappen!“

Thea stöhnte vernehmlich. „Mann, Paolo, du nervst! Wir haben längst verstanden, dass du sie für die Täter hältst!“

„Wir müssen systematisch vorgehen.“ Richard klopfte mit seinem Stift auf das Notizbuch. „Ich streiche auch Herrn Mondlöckchen, die anderen lasse ich aber stehen. Luca hat recht, über die wissen wir zu wenig. Wir müssen weiter recherchieren.“

19

Nadine fiel es schwer, sich auf Richards Ausführungen zu konzentrieren. Sie grübelte über seinen Tipp, sich den Verlauf der Zofferei mit Paolo noch mal ins Gedächtnis zu rufen und – auch mal nachzugeben. Außerdem musste sie ständig an den vor ihr hockenden Paolo denken, der ihr seine Wange hinhielt und sie aufforderte, ihn nach Lust und Laune zu schlagen.

Sie war sich bewusst, dass ihr die Hand schneller ausrutschte, als manche Leute „Oh“ sagen konnten. Bislang hatte sie das für eine Stärke gehalten. Ihre Devise lautete: *Mit mir legt sich niemand ungestraft an! Jeder soll wissen, dass ich vor niemandem kusche, erst recht nicht vor einem Kerl! Ein Mädchen muss nicht nur schön sein, sondern auch stark. Und diese Stärke zeigt man, indem man sich nichts, aber auch gar nichts, gefallen lässt!* Ihre Mutter sagte in diesem Zusammenhang immer: *Wehret den Anfängen!*, und Nadine hatte diese Einstellung übernommen.

Doch seit sie mit Thea befreundet war – und durch Thea mit Richard, Paolo, Luca und Tobias – wankten ihre Überzeugungen wie ein auf Sand gebauter Turm. Ihre neuen Freunde verhielten sich oft ganz anders, als Nadine es gewohnt war, und brachten sie damit regelrecht aus dem Konzept. So wie heute Paolo.

Paolo hatte sich so verändert, seit er – wie Richard, Thea, Luca und Tobias – an diesen Jesus glaubte. Früher war Paolo ein gemeiner Schläger gewesen, von dem sich alle ferngehalten hatten. Wenn jemand Nadine vorausgesagt hätte, dass Paolo einmal zu ihrem Freundeskreis gehören würde, hätte Nadine laut gelacht und ihn für besoffen gehalten. Sie hatte auf Paolo herabgeschaut, als stünde sie haushoch über ihm.

Doch heute ... heute hatte sie sich ihm unterlegen gefühlt. Unterlegen auf eine neue, ganz andere Art. Paolos Aufforderung, ihn zu schlagen, hatte ihr jede Lust genommen, ihm eine runterzuhauen. Ja, sie war sich reichlich komisch vorkommen und hatte sich sogar ein bisschen geschämt.

Hatte Richard mit seiner Friedensliebe vielleicht doch recht? Konnte es sein, dass sich wahre Stärke darin zeigte, dass man auch mal nachgeben konnte – auch wenn man sich im Recht fühlte?

Paolos Stimme riss Nadine aus ihren Gedanken. „Können die da oben im Zehrgarten nicht eine Überwachungskamera anbringen?"

„Das finde ich auch." Als Karlson unter der Bank hervorkroch, zog Luca an seiner Leine, damit der Hund Nadine nicht zu nahe kam. „Aber Frau Säuberling sagte, dafür habe die Burgverwaltung kein Geld."

Und Richard ergänzte: „Frau Säuberling traut sich auch nicht, der Burgverwaltung von diesen Angriffen zu berichten."

„Das ist doch klar!", rief Thea. „Schließlich arbeitet sie noch nicht lange dort und hat Angst, dass man in der Burgverwaltung glaubt, sie sei mit dem Café überfordert. Aber sie hofft, dass wir ihr helfen können."

„Das werden wir!" Paolo hob den Daumen.

Karlson schnupperte vor der Bank herum, näherte sich dabei wieder Nadine und schaute sie an.

„Hierher!" Luca zog den Hund erneut zurück. „Lass sie in Ruhe!"

„Ist schon okay." Nadine schluckte. „Solange er mir nicht auf den Schoß springt, kann er hier ruhig herumschnuppern."

„Und, Leute, wann treffen wir uns wieder?" Paolo rieb sich die Hände.

„Wie wäre es mit übermorgen, also Samstag?", schlug Richard vor. „Da findet hier das Burgfest statt. Es werden viele Leute in den Zehrgarten kommen und für Frau Säuberling ist es wichtig, dass es während des Festes keine Zwischenfälle gibt."

„Am Samstag habe ich nur nachmittags Zeit", antwortete Luca. „Am Vormittag fahre ich mit Tobias zur Schatzsuche nach Langenwolmsdorf. Ihr wisst schon: Die Schatzsuche ist dieses Treffen für Kids, die gemeinsam in der Bibel nach Schätzen suchen. Wir reden dort über den Glauben an den Herrn Jesus. Aber es gibt auch leckeres Essen und natürlich ein Geländespiel, bei dem eine Schatzkiste gesucht wird."

„Die Schatzsuche ist voll cool!" Paolo klatschte sich auf den Oberschenkel. „Ich weiß das, denn ich war schließlich auch schon mal mit in Langenwolmsdorf!"

Luca beugte sich ein Stück vor und schaute von einem zum anderen. „Wie wäre es, wenn wir alle gemeinsam hingehen? Und anschließend fahren wir dann mit dem Bus hierher und besuchen Frau Säuberling im Café."

„Ich hätte Lust dazu." Thea fasste sich an den Kopf, als wollte sie ihren Hut zurechtrücken. „Wir müssen es nur noch mit unseren Eltern besprechen."

Richard schaute seine Schwester an. „Wenn wir morgen nach der Schule unsere Zimmer aufräumen und Mama und Papa fragen, was sonst noch zu tun ist, lassen sie uns bestimmt gehen. Sie haben am Samstag doch selbst einen Termin."

„Gut, dann wäre das geklärt." Paolo sprang auf und stellte sich direkt vor Nadine. „Und was ist mit dir? Kommst du auch mit?"

„Samstags schlafe ich immer aus." Nadine warf ihr Haar zurück. „Nennt mir drei gute Gründe, warum ich mitten in der Nacht aufstehen und zu dieser Schatzsuche gehen sollte!"

„Ich hätte dich gern dabei", antwortete Thea, ohne auch nur eine Sekunde nachzudenken, „weil du meine beste Freundin bist."

Paolo deutete grinsend auf Nadines Tasche. „Du bist die Einzige von uns, die mit ihrem Smartphone und der zugehörigen Technik auf dem neuesten Stand ist."

„Komischer Grund." Nadine zog die Brauen zusammen. „Während der Schatzsuche braucht ihr mein Smartphone bestimmt nicht."

Paolo wiegte den Kopf. „Das kann man nie so genau wissen."

„Na gut." Nadine nickte. „Jetzt fehlt noch ein dritter Grund."

„Tobias wird auch dort sein." Lucas Mundwinkel zuckten, als könne er nur mühsam ein Lachen unterdrücken.

Nadine spürte, wie sie rot wurde. „Was willst du damit sagen?" Am liebsten hätte sie Luca eine gelangt, doch Richard saß zwischen ihnen und vor ihr stand immer noch Paolo.

Der zuckte mit den Schultern und antwortete anstelle von Luca: „Er will damit vermutlich sagen, dass wir dann vollzählig sein werden ... falls du mitkommst."

„Genau!“, rief Luca. „Ich fände es voll cool, wenn wir alle zusammen dahin gehen könnten!“

Nadine nickte schwach. „Ich überlege es mir.“

Luca beugte sich zu Karlson hinab und umfasste seinen Kopf mit beiden Händen. „Und wir beide, alter Junge, werden zusätzlich auch morgen eine Runde um die Burg drehen und schön wachsam sein, nicht wahr? Es wäre ja gelacht, wenn wir dabei nicht dieses oder jenes herausfinden könnten!“

Thea stand auf. „Sei ja vorsichtig, Luca! Und leg dich nicht allein mit den Schwarzkappen an!“

„Keine Sorge!“ Luca gab Karlson einen Klaps, stand ebenfalls auf und zwinkerte Thea zu. „Aber falls mir trotzdem etwas zustößt, besuchst du mich sicher im Krankenhaus.“

Paolo boxte Luca in die Seite. „Hey, Alter! Wir sind auch noch da! Aber falls du unbedingt mit Thea allein sein willst, kannst du das auch mit weniger Schmerzen als bei einem Krankenhausaufenthalt haben!“

Mit offenem Mund beobachtete Nadine, wie Luca und Thea sich auf Paolo stürzten und ihn pufften und knufften. Karlson wuselte dabei um sie herum, bellte und sprang an ihnen hoch.

Na, sieh mal einer an!, dachte Nadine. *Luca ist in Thea verknallt! Aber womöglich weiß er das selbst noch nicht, denn die Kerle sind da ja manchmal etwas schwer von Begriff.* Schnell schoss sie ein paar Fotos.

20

Am Freitag nach der Schule ging Luca mit Karlson zum ehemaligen Tiergarten.

„Pass gut auf, Karlson“, mahnte er. „Wenn heute wieder dieser Siggi mit seinen Schwarzkappen auftaucht, musst du mich rechtzeitig warnen. Vor allem vor Siggi, verstehst du? Florian habe ich heute in der Schule getroffen, der hat so getan, als wäre nichts gewesen.“ Luca nickte. „Wahrscheinlich hat der Schiss. Denn von seinen Schwarzkappen-Kumpels ist niemand in unserer Klasse. Trotzdem habe ich mich nicht getraut, ihn anzusprechen. Ich hätte ihn nach der Rothaarigen fragen können, aber dazu war ich zu feige.“

Während Karlson einen Baum markierte, stand Luca schweigend daneben und starrte vor sich hin. Dann folgte er Karlson, als wäre dieser ein Pfadfinderführer.

„Außerdem war ich mir nicht sicher, ob Florian durch meine Fragerei nicht gewarnt würde. Ich meine, ich muss ihn ja nicht noch darauf aufmerksam machen, dass wir ihn im Visier haben.“

Während Karlson ihn unterhalb der Burgmauer entlangführte, schaute Luca sich nach allen Seiten um. Doch von den Schwarzkappen war weit und breit nichts zu sehen.

„Ich bin echt froh, dass Tobias mein Freund ist. Das ist voll cool! Das heißt, ich bin in der Schule nie allein, außer, wenn Tobi mal fehlt.“

Luca begegnete fünf Touristen mit Rucksack, einer Frau mit Einkaufsbeuteln und einigen Grundschulkindern. Solange sie in Hörweite waren, schwieg er.

„Natürlich habe ich Tobi alles berichtet, was wir gestern erlebt haben. Und selbstverständlich ist er wieder mit dabei! Da wird sich Nadine garantiert übelst freuen, obwohl sie es nicht zugibt. Dabei kann doch ein Blinder sehen, dass sie in Tobi verknallt ist."

Hinter der nächsten Ecke kamen ihm zwei Männer in Arbeitshosen entgegen. Der eine hatte graue Haare und ein faltiges Gesicht und trug einen Werkzeugkoffer, der andere konnte nicht viel älter sein als Lucas Schwester Anna, die in Dresden studierte.

Als sie aufeinandertrafen, blieb der junge Arbeitshosentyp vor Karlson stehen. „Hey, du siehst ja aus wie mein Freund Zwackel! Darf man dich mal streicheln?"

„Klar darf man." Luca ließ Karlson etwas mehr Leine.

Der junge Mann bückte sich und fing an, Karlson zu knuddeln. „Mein Freund Zwackel wurde leider von einem Auto überfahren. Aber er sah echt genauso aus wie du ... ähm ... ähm?"

„Karlson", sagte Luca. „Er heißt Karlson ... und ich bin Luca. Und vielleicht war Ihr ... ähm ... Zwackel ja ein Bruder von Karlson?"

„Du kannst ruhig *Du* zu mir sagen, Luca." Der junge Mann schaute Luca an. „Ich heiße Timo. – Hm, kann sein, dass er Karlsons Bruder war. Ich hatte ihn aus dem Tierheim ... Es war schwer, ihn zu erziehen ... und dann ... dann ist er vor dieses Auto gerannt ..."

„Wir müssen weiter, Timo!", mahnte der ältere Mann. „Die Arbeit ruft!"

„Alles klar, Herr Schraubmann!" Timo richtete sich auf und nickte Luca zu. „Viel Spaß noch. Und pass gut auf deinen Karlson auf!"

Als die beiden davoneilten, sagte Luca: „Hast du das gehört, Karlson? Dieser Zwackel, der vielleicht dein Bruder war, ist vor ein Auto gerannt. Das kommt davon, wenn man nicht macht, was das Herrchen sagt.“ Er dachte an Thea und fügte hinzu: „Oder die ... die Freundin des Herrchens.“

Freundin klang gut. Doch war Thea wirklich seine Freundin? Oder war sie nur die Schwester seines Freundes? Aber waren sie nicht alle zusammen Freunde – Tobias, Paolo, Richard, Thea und Nadine? Ja, auch die zickige Nadine, die er früher lieber gemieden hatte. Früher – das war vor der gemeinsamen Schatzsucherbefreiungsaktion ... vor seinem Umzug nach Stolpen ... vor seiner Bekanntschaft mit Tobias ...

Sie erreichten Paolos Kletterbaum; Luca blieb stehen und blickte hinauf. „Ach du grüne ... ähm ... du grüne Eiche! Ich fasse es immer noch nicht, dass Paolo da hochklettern kann! So sportlich möchte ich auch sein!“

Karlson schaute ihn an und wedelte mit dem Schwanz, als wollte er sagen: *Ich finde das auch total genial, aber tröste dich, ich komm da auch nicht rauf.* Dann schnüffelte er an der Rinde, hob sein Bein und markierte den Baum.

Luca lachte. „Hey, alter Junge! Du meinst wohl, die Kletterei sei nicht so entscheidend? Nun ja, du hast schon recht: Es gibt Wichtigeres, als auf Bäume zu klettern. Trotzdem ... manchmal fühle ich mich wie ein Rhinozeros, das versucht mit Panthern und Gazellen mitzuhalten.“

Karlson beendete seine Schnüffelei und zog an der Leine in Richtung Wald, doch Luca hielt ihn zurück.

„Komm! Wir laufen eine Runde um die Burg!“

Mit dem Hund an seiner Seite rannte Luca bis zu den

Basaltsäulen unterhalb der Mauer des Siebenspitzenturmes. Dort warf er sich keuchend auf die Wiese.

„Ach du grüne ... grüner Grashüpfer ... wie kann man nur so ... so schnell k. o. sein!“

Karlson schaute ihn an und winselte.

Luca klopfte ihm das Fell. „Ich meine nicht dich, alter Junge ... ich weiß, dass du noch ... noch bis Neustadt weiterrennen könntest – mindestens! Dein Herrchen ist ein ... ein Schlappi ... schnauft nach so ein paar Meterchen wie eine ... eine alte Dampfmaschine. Hm ... na ja ... Meterchen ist vielleicht untertrieben ... das war mindestens ein halber Kilometer ... aber trotzdem ... ich wünschte, ich könnte so rennen wie du, alter Junge!“

Karlson ließ sich neben Luca ins Gras fallen und hechelte mit heraushängender Zunge.

Eine Weile lag Luca einfach nur schweigend da, dann strich er Karlson über den Kopf. „Wenn Thea jetzt hier wäre, würde sie mit dir toben. Thea ist nicht so eine trübe Tasse wie viele andere Mädchen, die nur die neuesten Klamotten im Kopf haben. Mit Thea kann man echt etwas anfangen. Schade, dass wir sie seit unserem Umzug nur noch selten treffen. Aber weißt du was, alter Junge?“

Karlson wedelte mit dem Schwanz und schaute ihn an, als hätte Luca ihm ein Leckerli versprochen.

Luca wuschelte Karlson durchs Fell. „In nächster Zeit werden wir uns wieder öfter mit den Neustädtern treffen! Und das haben wir dir zu verdanken! Dir und Thea! Denn wenn du gestern nicht dieser Katze hinterhergerannt wärst, hätten wir Frau Säuberling nicht kennengelernt.“

Karlson klopfte mit dem wedelnden Schwanz auf den Boden und bellte kurz.

„Ach du grüne ... ähm ... grüner Spinat, denk nun ja nicht, dass das ein Lob für diese Aktion war! In diesem Fall war das Missgeschick nur ausnahmsweise die Tür zu einem neuen Abenteuer."

Karlson schnüffelte an Lucas Hosentasche herum.

Luca grinste und gab ihm ein Hundeleckerli, das er mit einem Happs verschlang. Dann legte Luca sich auf den Rücken und schaute in den Himmel.

„Was mag Thea wohl gerade machen? Vielleicht putzt sie ihr Zimmer? Ob sie dabei auch mal an uns denkt? Weißt du, Karlson, das Komische ist, dass ich den ganzen Winter über nur selten an die Neustädter gedacht habe. Auch an Thea habe ich kaum gedacht. Ich hatte genug zu tun; mit dir und mit der Schule und so weiter ... Außerdem weißt du ja, dass ich ab und zu meine Ruhe brauche und gern mal allein bin."

Karlson legte seinen Kopf auf Lucas Bauch und Luca streichelte ihn.

„Manche Leute sind nicht gern allein, mir macht das nichts aus – im Gegenteil. Außerdem habe ich ja dich. Aber heute ... heute fände ich es schon cool, wenn Thea einfach mal so da vorn um die Ecke spaziert käme ..."

Da ertönte hoch über ihnen ein Schrei.

Luca kniff die Augen zusammen und entdeckte zwei Turmfalken, die sich mit ausgebreiteten Flügeln vom Wind tragen ließen. „Die haben's gut", murmelte er. „Ich mag Falken. Sie sind frei, segeln einfach so dahin. Mal bewegen sie sich gemächlich wie majestätische Tänzer im Wind, dann wieder werden sie zu Jägern, die sich blitzschnell auf ihre Beute stürzen ..."

Mit seinem Blick folgte Luca dem Flug der Falken,

bis einer von ihnen auf dem Dach des Kirchturmes landete.

„Ob sie dieses Jahr wieder dort brüten?“ Luca stand auf. „Komm, Karlson! Ich bring dich nach Hause!“

21

Zu Hause holte Luca aus seinem Zimmer das Fernglas und den Fotoapparat. Beides hatte ihnen der Neffe von Herrn Wachhaupt zum Dank für die Rettung der verschütteten Schatzsucher geschenkt. Da Luca auf seinen Streifzügen mit und ohne Karlson gern Tiere beobachtete und fotografierte, waren seine Freunde damit einverstanden gewesen, dass diese Sachen bei ihm deponiert wurden und er sie benutzte. Zu Weihnachten hatte Luca dann von seinen Eltern, Großeltern und Geschwistern noch ein Teleobjektiv bekommen; sie hatten alle dafür zusammengelegt.

Luca verabschiedete sich von Karlson, der hechelnd im Flur lag. „Ruh dich aus, alter Junge! Ich bleibe nicht lange weg. Ich will nur noch mal nach den Falken sehen, das ist für dich eh voll langweilig. Und wer weiß – vielleicht läuft mir ja noch dieser oder jener Verdächtige vors Objektiv."

Diesmal nahm Luca den Weg, der am Eingang der Burg vorbei und durch die Stadt zur Kirche führte. Dort waren mit Sicherheit mehr Leute unterwegs als im ehemaligen Tiergarten. Und falls Siggi Sauer aufkreuzte, konnte Luca schnell in einem Geschäft untertauchen. Wenn er es auch nicht gern zugab, so hatte er doch ziemliche Angst vor Siggi und den Schwarzkappen.

Am Schlossberg bemerkte Luca wieder die beiden Handwerker. Der ältere unterhielt sich mit Herrn Wachhaupt, während Timo ein Brötchen verspeiste.

Als Timo Luca entdeckte, winkte er ihm mit seiner angebissenen Semmel. „Hey Luca, wo hast du denn deinen

Freund Karlson gelassen? Stromert der etwa allein im Tiergarten herum?“

„Nee, den habe ich nach Hause gebracht.“ Luca blieb stehen und deutete auf sein Fernglas. „Ich will die Falken am Kirchturm beobachten, dazu brauche ich Ruhe.“

„Verstehe.“ Timo grinste. „Dabei kann man so einen hibbeligen Hund nicht gebrauchen. Es sei denn, du hast ihn gut erzogen.“

„Das ist leider nicht so einfach.“ Luca seufzte. „Karlson folgt eigentlich schon ganz gut, aber er lässt sich durch alles Mögliche ablenken.“

„Wem sagst du das. Die Geschichte von meinem Freund Zwackel kennst du ja schon.“

Luca trat zwei Schritte auf Timo zu. „Hast du ihn *Zwackel* genannt, weil er schnell mal jemanden gebissen hat?“

„Er hieß nicht *Zwackel*, sondern *Freund Zwackel*.“ Timo schüttelte den Kopf. „Richtig gebissen hat er nie jemanden. Aber wenn wir miteinander gespielt haben, hat er mich manchmal gezwickt.“

Während Timo erneut in sein Brötchen biss, schaute Luca zu Herrn Wachhaupt hinüber, der im Gespräch mit dem älteren Handwerker wieder einmal wild gestikulierte.

„Arbeitest du auf der Burg?“ Luca deutete mit dem Kopf in Richtung des Burgeingangs.

„Zurzeit ja. Ich bin Lehrling bei Herrn Schraubmann.“

„Und welchen Beruf lernst du?“

„Elektriker“, brummelte Timo mit vollem Mund.

Da erinnerte Luca sich an Frau Säuberlings Aufzählung der Leute, die sich in letzter Zeit im Zehrgarten aufgehalten hatten. Ja, sie hatte von zwei Elektrikern gesprochen, einem Herrn Schraubmann mit seinem Lehrling! Und diese beiden standen nun vor ihm! – Luca spürte sein Herz schneller schlagen. Tausend Gedanken schossen wie Blitze durch seinen Kopf.

Er versuchte, ein möglichst trauriges Gesicht zu machen, deutete auf den Burgeingang und seufzte. „Schade, dass die Burg heute für Besucher geschlossen ist. Wenn ich ein Mäuschen wäre, würde ich jetzt in deine Jackentasche kriechen."

Timo lachte. „Warum das denn? Willst du zugucken, wie ich meinem Chef die Sachen zureiche?"

Luca schüttelte den Kopf. „Nee. Ich würde zur Aussichtsplattform unterhalb des Siebenspitzenturmes gehen. Von da aus kann man die Turmfalken garantiert gut beobachten."

Timo lachte erneut und deutete auf das Fernglas. „Wenn du eine Maus wärst, würde dich dieses Ding aber erschlagen!"

„Stimmt, das passt nicht." Luca wiegte den Kopf hin und her. „Und wenn ich eine Maus wäre, könnte ich auch einfach durch einen winzigen Spalt auf die Burg huschen."

„Ja, aber das Fernglas könntest du dann nicht ..."

„Timo!", ertönte die Stimme von Herrn Schraubmann.

Timo schaute auf. „Ja, Chef?"

Herr Schraubmann deutete mit dem Kopf auf Herrn Wachhaupt, der soeben den Schlossberg hinaufstapfte. „Wir haben noch weitere Aufträge bekommen. Du musst noch mal zurück in die Werkstatt gehen und ein paar Sachen holen. Ich fange inzwischen mit der Arbeit an der Elektrik im Seigerturm an."

„Und wie finde ich die Sachen?" Timo schluckte den letzten Bissen hinunter.

„Ich rufe meine Frau an und sage ihr Bescheid. Sie wird dir alles zusammenpacken. Falls du es nicht auf einmal fortbringst, musst du zweimal gehen. Also beeil dich!“

Luca hob den Finger. „Ich kann ihm tragen helfen!“

Herr Schraubmann musterte ihn mit zusammengekniffenen Augen. „Das kannst du von mir aus machen. Hauptsache, ihr beeilt euch!“

22

Mit einer großen Kiste beladen wankte Luca hinter Timo den Schlossberg hinauf. In der Hauptwache der Burg saß die Kassiererin und beäugte die Neuankömmlinge.

„Wir gehören zu Elektriker Schraubmann", erklärte Timo.

Die Frau nickte. „Ich sehe schon, dass ihr keine normalen Burgbesucher seid." Sie deutete auf ihren Monitor. „Herr Schraubmann ist im vierten Burghof."

„Danke!" Timo stapfte an der Kasse vorbei.

Luca verlagerte das Gewicht seiner Kiste von einem Arm auf den anderen. „Befindet sich die Tür zum Seigerturm nicht im dritten Burghof?"

„Stimmt." Timo drehte sich zu ihm um. „Aber im vierten Burghof gibt es auch noch eine Tür, die ist allerdings meistens verschlossen."

Luca folgte Timo durch den zweiten Burghof, in dem unzählige Menschen Kisten und Kasten schleppend hin- und herhasteten, und passierte das Alte Hauptportal.

Am Johannisturm wartete Timo auf ihn. „Nun hat die Maus ihren Durchschlupf gefunden."

„Ach du grüne ... ähm ... Festwiese", keuchte Luca. „Ich würde eher sagen, diese Kiste hat ihren Packesel gefunden."

Im dritten Burghof herrschte genauso emsiges Treiben wie im zweiten. Überall wurden Stände, Buden und Zelte aufgebaut. Zwei Frauen schleppten einen großen Käfig mit Hühnern herbei, ein graubärtiger Schmied machte sich mit einem Gehilfen an einem Amboss zu schaffen und einige junge Burschen stellten eine Zielscheibe für das Bogenschießen auf.

„Ich finde es voll genial, dass du mir über den Weg gelaufen bist“, schnaufte Timo. „Sonst müsste ich jetzt noch mal in die Stadt runterlatschen.“

Luca grinste. „Und ich finde es voll cool, dass ich heute hier sein kann, obwohl ich nicht im Burgverein bin oder so.“

„In diesem Gewimmel fällst du überhaupt nicht auf.“ Timo ging Luca voran durch das nächste Burgtor. „Da kannst du deine Falken beobachten, solange du willst.“

Herr Schraubmann stand mit einigen Männern am Brunnen und unterhielt sich lautstark. Als er Timo erblickte, wedelte er mit der Hand. „Bringt das Zeug in den Seigerturm, ich komme gleich!“

Sie stellten die Kisten im Seigerturm ab, dann verabschiedete Luca sich von Timo. Er spazierte über den vierten Burghof und stieg zur Aussichtsplattform hinauf, die sich am Fuß des Siebenspitzenturmes befand.

An der Brüstung lehnte ein dürres Männlein in einem zerschlissenen Jackett. Er umklammerte einen Spazierstock und starrte durch die altmodische Brille auf seiner Nase in Richtung des Kirchturmes. Sein strubbeliges Haar stand in allen Richtungen vom Kopf ab und sah aus, als hätte der Mann einen Stromschlag erhalten.

Ach du grüne ... ähm ... *grüner Grasfrosch, das muss dieser Professor Knorrholz sein,* dachte Luca und blieb in einiger Entfernung stehen. *Nur gut, dass Nadine mir die Fotos gezeigt hat!* Er überlegte, ob er den Sonderling ansprechen oder lieber schnell verschwinden sollte.

Der Professor lehnte seinen Stock gegen die Mauer, hob die Hand und hielt sie schützend über die Augen. Dann murmelte er etwas vor sich hin, beugte sich ein wenig nach vorn und rutschte an der Burgmauer ein Stück weiter nach links. Dabei fiel der Stock um, doch der Alte schien es gar nicht zu merken. Wie gebannt schaute er zum Kirchturm hinüber.

Luca trat zur Brüstung, hob den Stock auf und reichte ihn dem Professor hinüber.

Ohne Luca anzuschauen, knurrte der Mann: „Stehenlassen!"

Luca lehnte den Stock wieder an die Mauer und folgte dem Blick des Professors. In einer schmalen Fensteröffnung unter dem Dach des Kirchturmes hockte ein Turmfalke. Ein zweiter umflog den Turm in großen Kreisen. Ab und an stieß er einen schrillen Schrei aus.

„Falco tinnunculus", murmelte der Professor. „Fantastisch! Einfach fantastisch!"

„Ich mag die Falken auch." Luca hielt dem Professor das Fernglas hin. „Wollen Sie mal durchsehen?"

„Hm", brummte der Professor und nahm das Fernglas. Er hängte sich das Band um den Hals, rückte an seiner Brille herum und versuchte, durch das Fernglas zu schauen.

„Sie müssen erst noch die Sehschärfe einstellen", sagte Luca.

Der Professor gab einen Grunzlaut von sich und klappte mit einer Hand seine Brille zusammen, während er das Fernglas mit der anderen festhielt. Hastig stopfte er die Brille in seine Jackentasche, presste sich dann das Fernglas an die Augen, richtete es auf den Kirchturm und stellte es ein.

Luca holte den Fotoapparat aus der Tasche, tauschte die Objektive aus, blickte hindurch, zoomte den sitzenden Falken heran und machte einige Fotos – der andere Falke war inzwischen davongeflogen. Auf dem Display schaute Luca sich das erste Foto an und vergrößerte es. „Das ist das Weibchen."

Der Professor ließ die Hände mit dem Fernglas sinken und fuhr zu ihm herum. „Häh?"

Luca deutete auf die Kamera. „Ich habe das Weibchen fotografiert. Man erkennt es an der Färbung des Kopfes und am Schwanz."

„Hm." Der Professor kramte seine Brille wieder heraus, setzte sie auf und schaute sich das Foto an. „Richtig! Brauner Kopf – also Weibchen. Grauer Kopf, Endbinde am Schwanz – Terzel."

„Das habe ich auch gelesen", sagte Luca. „Dass man die Männchen *Terzel* nennt."

Der Professor nickte. „Hm."

„Wenn wir die Augen eines Falken hätten, bräuchten wir das hier nicht." Luca deutete auf das Fernglas.

„Hm. Richtig. Falken haben scharfe Augen." Der Professor wandte sich ab, steckte seine Brille zurück in die Jackentasche und schaute erneut durch das Fernglas.

Luca spürte, wie sein Mund trocken wurde. Der Professor hatte sich tatsächlich auf ein Gespräch mit ihm eingelassen! Jetzt nur nichts Falsches sagen! Er kramte in seinem Gedächtnis nach dem, was er über die Turmfalken gelesen hatte. „Es heißt, dass ein Turmfalke einen Käfer aus 50 Meter Entfernung erkennt. Und dass er seinen Kopf um 180 Grad drehen kann."

„Hm", brummte der Professor, während er mit dem Fernglas den Himmel absuchte. „Fantastische Vögel sind das! Phänomenal!"

„Das finde ich auch." Luca schaute sich auf dem Display

der Kamera noch die anderen Bilder an und löschte die unscharfen.

„Eine Burg braucht Falken. Gehören hierher! Gehören zur Burg! Aber diese Leute hier ... diese Unruhe immer ...“ Während der Professor das Fernglas mit der einen Hand hielt, wedelte er mit der anderen herum, als wollte er einen Schwarm Mücken vertreiben. „Diese dummen, dummen Menschen überall ... kein Wunder, dass keine Falken hierherkommen!“

„Aber wir können uns doch freuen, dass die Falken regelmäßig am Kirchturm nisten.“ Luca schaltete die Kamera wieder in den Aufnahmemodus.

„Pfff, Kirchturm!“, grummelte der Professor. „Früher war das besser! Früher hatte fast jede Burg ihre Falken! Und einen Falkner, der sein Handwerk verstand. Wer versteht heute noch etwas von der Falknerei, häh? Diese Leute kann man an den Fingern abzählen!“

„Ja, im Mittelalter gehörte die Falknerei zum Leben auf einer Burg“, sagte Luca. „Aber ich finde es schön, dass man den Vögeln jetzt ihre Freiheit lässt.“

Professor Knorrholz ließ das Fernglas sinken, schaute Luca mit zusammengekniffenen Augen an und schnaubte. „Pfff. Freiheit ist gut. Schau dich doch um! Wo soll ein Falke hier nisten?“ Er machte eine ausladende Armbewegung. „Überall kriechen diese ... diese Touristen herum! Diese dummen Menschen machen alles kaputt und dreckig, stecken ihre Nase in alles, was sie nichts angeht. Spektakeln herum wie eine Herde wild gewordener Gänse!“

„Sie meinen wie ein Schoof?“

„Häh?“ Der Professor fuhr sich mit der freien Hand durch die Haare, die dadurch noch mehr vom Kopf abstanden.

Luca zuckte mit den Schultern. „Eine Gruppe Gänse ist keine Herde, sondern ein Schoof."

„Ach was?" Professor Knorrholz winkte ab. „Interessiere mich nicht für Gänse. Falken und Hunde gehören auf eine Burg! Edle Hunde, große Hunde! Falken und Hunde, ja. Gänse taugen nur für die Bratpfanne, diese zänkischen Viecher!"

Da entdeckte Luca den zweiten Falken und deutete zum Himmel. „Dort! Der Terzel kommt zurück!"

Der Professor presste erneut das Fernglas an die Augen und murmelte: „Der Terzel hat eine Maus im Schnabel. Gleich wird er sie seiner Gefährtin bringen! Sorgen gut für ihre Familie, die Terzel!"

Luca fokussierte das Weibchen am Kirchturm und tatsächlich – schon landete der Terzel bei ihr und übergab ihr die Maus. In rascher Folge drückte Luca immer wieder auf den Auslöser. Das Weibchen verschwand mit der Maus in der Fensteröffnung, das Männchen erhob sich sofort wieder in die Luft und flog davon.

„Fantastisch! Phänomenal!", schwärmte der Professor. „Schon gleitet er wieder über den Wipfeln der Bäume dahin und lässt sich vom Wind tragen. Oh, wie ich diese Eleganz, diese Stärke, diese Wendigkeit der Falken liebe! Dieser Stolz, diese Schönheit, diese Majestät! Phänomenal!"

Nur mit Mühe konnte Luca sich das Lachen verbeißen. *Ach du grüne Spinne, der olle Knabe schwatzt ja daher wie ein verliebter Poet. Wenn ich das den anderen erzähle, werden die denken, ich spinne!* Flink schaltete er die Kamera um und schaute sich die neuen Fotos an.

Professor Knorrholz ließ das Fernglas sinken und fingerte erneut seine Brille heraus. „Na, was ist, Junge? Hast du ihn fotografiert?"

Luca deutete auf das Display. „Ja, schauen Sie mal! Auf diesem Bild kann man die Maus deutlich erkennen!“

Der Professor setzte die Brille auf, und Luca hielt ihm den Fotoapparat hin.

„Fantastisch!“, lobte der Professor. „Fantastisches Bild!“

Luca spürte, wie er einen roten Kopf bekam. Das passierte ihm regelmäßig, wenn er gelobt wurde, und ein Lob von diesem Sonderling zählte mindestens dreifach! Er räusperte sich. „Ähm, hier auf dem nächsten Foto ... da sieht man, wie der Terzel seinem Weibchen die Maus übergibt.“

„Sehr gut! Ausgezeichnet!“ Nun klopfte der Professor ihm sogar auf die Schulter! „Hätte nicht gedacht, das so etwas möglich ist. Hab's nicht so mit der modernen Technik.“

„Besitzen Sie auch kein Fernglas?“

Der Professor winkte ab. „Mein Fernglas ist ein altes, klobiges Ding, damit sehe ich weniger, als wenn ich meine Brille aufhabe.“

Luca packte den Fotoapparat in die Tasche und hängte sie sich über die Schulter. „Wenn Sie möchten, können wir uns ja mal wieder hier treffen, um die Falken zu beobachten. Wir könnten einen Termin ausmachen. Vielleicht schlüpfen die Jungen bald und dann ...“

„Nee, nee, lass mal, Junge!“ Der Professor gab Luca das Fernglas zurück. „Wenn wir uns treffen, dann treffen wir uns, und wenn nicht, dann nicht. Hab viel zu tun.“

Luca steckte das Fernglas ins Etui. Dabei überlegte er, wie er den Professor zum Bleiben bewegen und ausfragen könnte. Er hob den Blick. „Ich heiße übrigens Luca Beier und wohne hier in Stolpen.“

Der Professor räusperte sich. „Angenehm. Knorrholz. Professor für Geschichte.“

„Ah, jetzt verstehe ich!“, rief Luca. „Sie sind ein Fan von allem, was früher passiert ist. Deshalb wollen Sie nicht, dass hier auf der Burg die Touris alles durcheinanderbringen.“

„Du sagst es“, grunzte der Professor. „Solche Burgen sollten nur für Wissenschaftler zugänglich sein. Und für die Leute, die sie in Ordnung halten.“

„Das fände ich sehr schade.“ Luca rückte die Tasche mit der Kamera zurecht. „Im Übrigen glaube ich nicht, dass alle, die hierherkommen, Zerstörer und Randalierer sind. Es gibt bestimmt viele, die sich echt für Geschichte interessieren und nichts kaputt oder dreckig machen. So wie mein Freund ...“

„Unsinn!“ Der Professor zog die Brauen zusammen und grummelte: „Von dieser Sorte gibt es nur wenige. Verschwindend wenige.“

Luca überlegte, wie er dem Gespräch eine andere Wendung geben könnte. Schließlich wollte er sich mit dem Professor nicht streiten, sondern mehr über diesen Sonderling erfahren. „Ihr Spezialgebiet ist wohl das Mittelalter?“

„Kann man so sagen.“ Der Professor nahm seinen Stock. „Zurzeit beschäftige ich mich insbesondere mit der Ostexpansion und deren Auswirkungen auf unsere Region.“

„Ostexpansion?“ Luca kratzte sich am Kopf. „Darüber weiß ich nicht viel.“

„Informiere dich!“ Der Professor richtete die Spitze seines Stocks auf Luca. „Gehört zur Allgemeinbildung! Zumindest in unserer Region!“

Peng! Das hat gesessen, dachte Luca und kaute auf seiner Lippe herum. Wenn Richard hier wäre, hätte er dem Alten sicher einen einstündigen Vortrag über diese Ostexpansion halten können.

Professor Knorrholz schwenkte seinen Stock in Richtung Burghof und stakste ohne ein weiteres Wort davon.

23

Nachdem Luca auf den Siebenspitzenturm gestiegen war und von dort ein paar Fotos von der Burg und deren Umgebung gemacht hatte, spazierte er noch eine Weile zwischen den Buden, Ständen und Zelten herum. Dabei musterte er die Leute, die damit beschäftigt waren, alles für das morgige Burgfest vorzubereiten.

Schließlich ging Luca weiter zum Zehrgarten. Dort stand Timo auf einer Leiter und war dabei, eine Lichterkette an der Burgmauer zu befestigen. Luca winkte ihm zu und schlenderte dann ins Café.

Frau Säuberling stand hinter der Theke und schaute durch die offene Tür in den dahinterliegenden Raum. „Morgen muss alles klappen!“, schrillte ihre Stimme. „Und ohne meinen Herd geht hier gar nichts!“

„Keine Sorge, das kriegen wir schon hin.“ Das war Herr Schraubmann, er schien sich in dem Raum hinter der Theke zu befinden. „Es ist nur die Sicherung.“

„Die Sicherung?“, rief Frau Säuberling. „Aber ich habe doch schon eine neue eingeschraubt!“

„So? Haben Sie das?“, brummte Herr Schraubmann.

Frau Säuberling stemmte die Arme in die Seiten. „Ja, aber das habe ich Ihnen doch gerade gesagt!“

„Dann ist die von Ihnen eingeschraubte Sicherung ebenfalls kaputt.“

„Wie kann diese Sicherung kaputt sein?“ Frau Säuberling eilte durch die Tür in den Raum hinter der Theke. „Ich habe sie heute Morgen von Herrn Wachhaupt bekommen. Herr Wachhaupt gibt mir doch keine kaputte Sicherung!“

„Aber so beruhigen Sie sich doch!“, sagte der Elektriker. „Wir haben die Sache ja geklärt. Bitte schauen Sie mal, ob der Herd jetzt funktioniert!“

Frau Säuberling kam zurück ins Café. Als sie Luca erblickte, blieb sie stehen und schaute ihn an. „Oh, wo ... wo kommst du denn auf einmal her? Und dein Hund ... Hast du den Hund draußen im Zehrgarten ...“

„Karlson habe ich zu Hause gelassen.“ Luca trat näher an die Theke heran. „Guten Tag, Frau Säuberling. Ich wollte nur mal kurz vorbeischauen.“

„Bin ich froh, dass du den Hund nicht mithast!“ Sie machte eine ausladende Armbewegung. „Heute herrscht hier ein solches Durcheinander, da kann ich nicht auch noch einen Hund brauchen!“

Auf einmal erschien in der Tür hinter der Theke das rothaarige Mädchen, das sie gestern auch schon hier gesehen hatten. Sie warf Luca einen schnellen Blick zu und wandte sich dann an Frau Säuberling. „Mein Opa will wissen, ob der Herd funktioniert.“

„Einen kleinen Moment bitte!“ Frau Säuberling strich sich das Haar zurück, eilte zum Herd, drehte an einem Knopf, betrachtete mit gerunzelter Stirn die Herdplatte und hielt prüfend die Hand darüber. Schließlich nickte sie und rief in Richtung der offenen Tür. „Alles in Ordnung, Herr Schraubmann! Er funktioniert wieder.“

„Na, dann ist ja alles gut.“ Kurz darauf trat der Elektriker ebenfalls durch die Tür hinter der Theke und legte eine Sicherung auf die Arbeitsplatte. „Zeigen Sie das Ding Herrn Wachhaupt. Und sagen Sie ihm, er soll Ihnen in Zukunft kein kaputtes Zeug geben. Ich habe schon genug Arbeit, auf solch unnützen Kram kann ich verzichten!“

Frau Säuberling bekam einen roten Kopf. „Entschuldigen Sie bitte, Herr Schraubmann, Herr Wachhaupt hat da sicher etwas verwechselt."

Das Mädchen fasste sich hinter den Kopf und zog den Pferdeschwanz straff. „Vielleicht haben Sie die Sicherungen ja selbst verwechselt?"

„Ich?" Frau Säuberling deutete auf sich. „Was sollte ich da verwechselt haben?"

„Wer weiß?" Die Rothaarige zuckte mit den Schultern. „Vielleicht haben Sie die neue Sicherung weggeworfen und die kaputte wieder eingeschraubt? Ältere Leute kriegen so etwas oft nicht mehr auf die Reihe, sie verwechseln Dinge und wissen nicht mehr ..."

„Unsinn!", schimpfte Frau Säuberling. „Was redest du denn da? Und überhaupt – wie sprichst du mit mir?"

„Regen Sie sich nicht auf, gute Frau!" Herr Schraubmann legte dem Mädchen die Hand auf die Schulter. „Meine Enkelin ist ein kluges Köpfchen, sie hat nur eins und eins zusammengezählt. Das heißt, entweder hat Herr Wachhaupt Ihnen eine kaputte Sicherung gegeben oder Sie haben sie verwechselt. – Und nun entschuldigen Sie mich bitte, ich habe zu tun!" Er wandte sich ab und stapfte auf die Tür zu, das rothaarige Mädchen folgte ihm.

„Ich habe die Sicherungen nicht verwechselt", rief Frau Säuberling ihm nach. „Ich ..."

Doch der Elektriker hatte das Café schon verlassen.

„Ach du grüne ... ähm ... Suppe." Luca legte die Kameratasche und das Fernglas auf einen Tisch. „Dieser Rotschopf war ja frech wie Oskar. Und ihr Opa fand das auch noch okay!"

„Unverschämtheit!" Frau Säuberling strich ihre Schürze glatt. „Ich werfe doch nicht die neue Sicherung weg."

„Hat Herr Wachhaupt Ihnen die Sicherung persönlich gegeben?", erkundigte sich Luca.

„Natürlich! Vor rund einer Stunde war er hier. Er wollte sie mir auch noch einschrauben, aber dann wurde er weggerufen." Frau Säuberling bückte sich und nahm eine Tüte Mehl aus einem Einkaufskorb. „Vor so einem Fest wird Herr Wachhaupt immer und überall gebraucht."

„Haben Sie die Sicherung sofort gewechselt, nachdem der Burgwächter fort war?"

„Hm, da muss ich überlegen." Frau Säuberling stellte das Mehl auf die Arbeitsplatte neben den Herd und schüttelte den Kopf. „Nein. Ich habe die Sicherung auf der Theke liegen gelassen, weil mein Telefon geklingelt hat."

Luca schaute sich im Café um, konnte aber nirgends ein Telefon entdecken. „Sie meinen sicher Ihr Handy?"

„Nein. Mit meinem Handy habe ich hier oft keinen Empfang." Frau Säuberling wies auf die Tür hinter der Theke. „Da hinten hängt ein altes schnurgebundenes Telefon an der Wand."

Luca reckte den Hals. „Da ich das Telefon von hier aus nicht sehen kann, nehme ich an, dass man vom Telefon aus die Theke auch nicht im Blick hat."

„Das stimmt", antwortete Frau Säuberling. „Das Telefon hängt links um die Ecke an der Wand."

Mit dem Kopf deutete Luca auf die offen stehende Eingangstür. „War diese Tür geschlossen?"

„Nein. Heute sind auf der Burg so viele Leute tätig, da stehen fast alle Türen offen." Frau Säuberling holte eine Schüssel aus einem der Schränke unter der Arbeitsplatte.

„Also hätte jemand in der Zeit, in der Sie telefonierten, die Sicherung austauschen können."

„Du meinst …“ Frau Säuberling schaute ihn mit großen Augen an und stellte die Schüssel auf die Arbeitsplatte. „Aber wer sollte so etwas tun?“

„Vielleicht der- oder diejenigen, die Ihnen schaden wollen?“ Luca zuckte mit den Schultern.

Frau Säuberling legte die Hände an die Wangen. „Aber das ist ja furchtbar! Wenn das der Fall wäre, dann wäre hier ja nichts mehr sicher! Ich … Ich weiß nicht, wie lange ich das noch aushalte …“

Die Frau sah so niedergeschlagen aus, dass Luca Mitleid mit ihr bekam. Er wusste aus eigener Erfahrung, wie es sich anfühlte, wenn man von anderen gemobbt wird. Er ging um die Theke herum und trat an ihre Seite. „Meine Freunde und ich, wir helfen Ihnen!“

„Danke.“ Frau Säuberling ließ die Arme sinken. „Aber du wirst sicher verstehen, dass mich das alles sehr … sehr unsicher macht.“

„Das ist doch voll logisch.“ Luca nickte. „Aber wir werden Ihnen helfen, und deshalb muss ich Ihnen noch ein paar Fragen stellen. Außerdem würde ich mir gern den Raum hinter dieser Tür anschauen.“

„Du kannst dich überall umschauen und mich alles fragen.“ Sie blickte auf die Uhr. „Ich muss nur nebenbei den Teig für meine Tortenböden zubereiten. Die müssen heute gebacken werden, damit ich sie morgen früh weiterverarbeiten kann.“

Luca deutete auf den mit Lebensmitteln gefüllten Korb. „Soll ich Ihnen helfen?“

„Nein, nein, das mach ich schon allein.“ Frau Säuberling holte Margarine und Zucker aus dem Korb. „Schau du dich ruhig um und frag mich alles, was du wissen willst.“

„Danke." Luca holte seine Kamera, trat durch die Tür hinter der Theke und fing an, alles zu fotografieren.

Der Raum war etwa halb so groß wie das Café. In der Wand, die sich links hinter der Ecke befand, gab es noch eine Tür mit der Aufschrift *Waschraum und WC*. Wie Frau Säuberling gesagt hatte, hing dort hinter der Ecke auch das Telefon. Gleich daneben befand sich der Sicherungskasten.

Er öffnete ihn, machte ein Foto und murmelte: „Ach du grüne Spinne, das sieht ja aus, als wäre hier die Zeit stehen geblieben. Selbst mein Opa hat inzwischen einen moderneren Sicherungskasten." – Unter jeder Sicherung klebte ein Schild mit der Beschreibung des jeweiligen Stromkreises. Für den Herd gab es eine eigene Sicherung.

Luca schloss die Tür des Kastens wieder und fotografierte auch noch die übrige Ausstattung des Raums. An der rechten Wand befanden sich ein Kleiderschrank und zwei weitere Schränke. Gegenüber der Tür zum Café stand unter einem Fenster ein Schreibtisch mit einem Stuhl davor. Auf dem Schreibtisch entdeckte Luca einen Laptop und einen Multifunktionsdrucker.

Während er ins Café zurückkehrte, kramte er in seiner Hosentasche und stellte fest, dass er wieder einmal sein Handy zu Hause vergessen hatte. „Haben Sie vielleicht einen Stift und einen Zettel für mich? Ich möchte mir alles aufschreiben, damit ich es meinen Freunden berichten kann."

„Natürlich habe ich das." Frau Säuberling wandte sich um, öffnete ein Schubfach, holte einen Kugelschreiber und einen Zettelblock heraus und reichte sie Luca.

„Danke." Luca setzte sich an einen Tisch und fing an zu schreiben.

- Sicherung im Café kaputt.
- Herr Wachhaupt hat eine neue gebracht.
- Elektriker Schraubmann stellt fest, dass die neue Sicherung ebenfalls kaputt ist.

<u>Mögliche Lösungen:</u>

1. Herr Wachhaupt hat Frau S. eine kaputte Sicherung gegeben.
2. Jemand hat die Sicherung ausgetauscht.

Luca schaute von dem Block auf. „Haben Sie die Sicherung dann gleich nach Ihrem Telefonat gewechselt?“

„Hm, nein.“ Frau Säuberling ging zum Kühlschrank. „Nach dem Anruf kam Frau Springer und brachte mir frische Eier. Sie hat nämlich Hühner, die den ganzen Tag über frei auf einer Wiese herumpicken dürfen.“

„Macht Frau Springer auch bei dem Burgfest mit?“

Frau Säuberling holte eine Flasche Milch aus dem Kühlschrank. „Natürlich. Sie verkauft Eier sowie Obst und Gemüse aus ihrem Garten.“

Luca notierte den Namen der Eierverkäuferin. „Ist Frau Springer oft hier auf der Burg? Und kommt sie dann allein?“

„Frau Springer kommt nur wegen des Festes auf die Burg. Normalerweise hole ich die Eier bei ihr zu Hause ab.“

Frau Säuberling ging zurück zur Arbeitsplatte. „Während des Festes hilft ihr ihre Tochter."

„Haben Sie die Sicherung ausgetauscht, unmittelbar nachdem Frau Springer wieder weg war?"

„Nein, auch noch nicht." Frau Säuberling griff nach einem Messbecher. „Während sie da war, kam der Elektriker herein, er hatte eine Frage zur Außenbeleuchtung. Also folgte ich ihm hinaus in den Zehrgarten."

Luca klopfte mit dem Stift auf den Zettelblock. „War das rothaarige Mädchen da auch schon bei ihm?"

„Keine Ahnung, ich habe sie jedenfalls nicht gesehen." Frau Säuberling goss etwas Milch in den Messbecher. „Aber während ich mit den Elektrikern im Zehrgarten war, kam Professor Knorrholz. Und wie immer hatte er schlechte Laune. Er schimpfte ohne Ende und stapfte einfach ins Café hinein."

„Ach du grüne ... ähm ... Maus", rief Luca. „Professor Knorrholz? War er allein im Café?"

„Eine Weile, ja." Frau Säuberling steckte das Kabel des Rührgeräts ein. „Ich bin ihm gefolgt und habe ihn gefragt, was er möchte. Aber er schimpfte nur weiter und fuchtelte wild mit seinem Stock herum. Dabei hat er mir eine Vase zerschlagen! Ich werde mich über ihn beschweren, dieser Mann ist eine Zumutung! Herr Wachhaupt hat auch ständig Ärger mit ihm, weil er sich in alles einmischt und die Touristen beschimpft und beleidigt!"

„Das kann ich mir vorstellen", murmelte Luca. „Herr Knorrholz würde sich wahrscheinlich am liebsten zurück ins Mittelalter beamen."

„Als der Professor endlich weg war, habe ich die Scherben zusammengefegt und die Sicherung ausgetauscht. Und da der Herd trotzdem nicht funktionierte, habe ich gleich den Elektriker geholt. Ich war froh, dass er noch im Zehrgarten arbeitete."

Während Luca sich weitere Notizen machte, schaltete Frau Säuberling das Rührgerät an. Er überlegte, ob er das rothaarige Mädchen einfach einmal ansprechen sollte. Vielleicht war sie mit Herrn Schraubmann noch draußen im Zehrgarten.

Rasch steckte Luca seinen Notizzettel ein, nahm Fernglas und Kamera, winkte Frau Säuberling zu und verließ das Café.

24

Mit der Kamera in der Hand schaute Luca sich im Zehrgarten um. Das rothaarige Mädchen war nicht mehr da, auch ihr Großvater nicht. Nur Timo lief noch herum, trug die große Leiter an eine andere Stelle und murmelte dabei etwas vor sich hin.

Rasch machte Luca ein Foto von Timo, um es seinen Freunden zeigen zu können. Offenbar war der Elektriker-Lehrling so beschäftigt, dass er gar nichts davon merkte.

Dann eilte Luca ihm nach. „Weißt du, wo ich die rothaarige Enkelin von deinem Chef finden kann, Timo?"

„Süße Schnecke, die kleine Anna, stimmt's?" Timo grinste.

„Hm. Kann sein." Luca musste an Thea denken. „Aber ich stehe mehr auf braunhaarige Mädchen mit Hut."

„Häh?" Timo stellte die Leiter ab. „Mit Hut?"

„Vergiss es." Luca machte eine Handbewegung, als wollte er das gerade Gesagte wegwischen. Was erzählte er da bloß für einen Unsinn! „Ich will diese Anna nur etwas fragen."

„Anna ist mit Schraubmann in den Seigerturm gegangen." Timo stieg auf die Leiter. „Vermute ich zumindest."

„Ist sie öfter hier auf der Burg?"

„Ab und zu." Timo deutete auf einen Karton, der auf einem der Tische stand. „Da drin sind Teile der Partybeleuchtung. Kannst du mir bitte mal eine Lichterkette hochreichen?"

Luca ging zu dem Tisch, legte Kamera und Fernglas ab

und nahm eine Lichterkette aus dem Karton. „Diese Anna wohnt nicht in Stolpen, oder?“

„Nee, die wohnt in Altensteig. Aber sie kommt oft ihre Großeltern besuchen.“

„Sie war vorhin ziemlich frech zu Frau Säuberling.“ Luca reichte Timo die Partybeleuchtung.

„Ach ja, das ist nichts Besonderes.“ Timo nahm die Lichterkette und fing an, sie am Mauerwerk zu befestigen. „Anna hatte schon immer ’ne große Klappe. Und ihre Schwester ...“

„Und? Klappt die Sache?“, dröhnte auf einmal die Stimme des Burgwächters hinter Luca.

„Na klar, Herr Wachhaupt.“ Timo verband die neue Lichterkette mit der, die schon an der Mauer hing.

Der Burgwächter trat näher an die Leiter heran, stemmte die Arme in die Seite und schaute zu Timo hinauf. „Wo ist dein Chef? Im Kassenraum gibt es ein Problem mit dem Computer.“

Timo stieg von der Leiter. „Soll ich mir das mal anschauen?“

„Verstehst du denn etwas davon?“ Herr Wachhaupt rückte seine Dienstmütze zurecht.

„Aber sicher!“ Timo grinste. „Computer sind mein Spezialgebiet!“

„Hm. Kann man ja nicht voraussetzen bei einem Elektriker.“ Der Burgwächter musterte Timo mit zusammengezogenen Brauen. „Weiß nicht, ob ich dir das zutrauen kann. Aber wir brauchen das Ding.“

„Wenn Sie es mir nicht zutrauen, kann ich gern Herrn Schraubmann für Sie anrufen.“ Timo bückte sich und holte ein Smartphone aus einer Tasche am Hosenbein. „Aber soweit ich weiß, macht mein Chef nur das Nötigste an seinem PC und kennt sich nicht besonders gut damit aus."

Luca räusperte sich. „Haben Sie denn keinen Computerfachmann, Herr Wachhaupt?"

„Einen eigenen Computerfachmann können wir uns nicht leisten. Und derjenige, der unsere Computer betreut, ist ständig unterwegs." Der Burgwächter winkte ab. „Bis der kommt, ist das Burgfest vorbei!"

Timo deutete auf sein Handy. „Soll ich meinen Chef anrufen?"

„Nee, nee." Herr Wachhaupt machte eine wegwerfende Handbewegung. „Wenn Schraubmann sowieso keine Ahnung davon hat, soll er lieber bei seiner Arbeit bleiben."

„Also wie gesagt, ich kann mir den Computer gern mal ansehen." Timo steckte sein Smartphone wieder ein. „Mein Onkel ist der absolute Fachmann, er hat mir viel beigebracht."

„Hm." Herr Wachhaupt kratzte sich am Kopf. „Dein Onkel ist wohl nicht aus dieser Gegend, was?"

„Nee." Timo schob die Leiter ein Stück weiter. „Onkel Harry wohnt in Hamburg. Ich fahre im Urlaub wieder zu ihm."

„Ach, was soll's!", brummte Herr Wachhaupt und deutete mit dem Kopf in Richtung des Burghofes. „Komm mit und zeig mir, was du kannst!"

„Alles klar, Herr Wachhaupt!"

Sofort stapfte der Burgwächter auf den Durchgang in der Mauer zu.

„Jetzt werd' ich's dem ollen Brummbär aber zeigen!", raunte Timo Luca zu. „Man sieht sich." Dann folgte er Herrn Wachhaupt.

Luca nahm das Fernglas und den Fotoapparat und überlegte, ob er noch einmal nach Frau Säuberling schauen sollte – aber er hatte sie bereits alle wichtigen Sachen gefragt. Vielleicht sollte er stattdessen besser in den Seigerturm gehen und nach dieser Anna suchen? Doch was könnte er sie fragen? Und falls sie wirklich etwas mit den Anschlägen auf Frau Säuberling zu tun hatte, würde sie vielleicht gewarnt werden, schließlich hatte sie ihn vorhin zusammen mit der Betreiberin des Cafés gesehen.

Außerdem war er schon ziemlich lange auf der Burg und seine Mutter mochte es gar nicht, wenn er Karlson so lange allein ließ und sie womöglich mit ihm rausgehen musste. Denn seine Eltern hatten ihm den Hund nur unter der Bedingung gekauft, dass er sich gut um ihn kümmerte. Und durch Karlsons Streiche hatten sie ohnehin bereits mehr als genug zusätzliche Arbeit, wenn es wieder einmal galt, der Versicherung einen Schadensfall zu melden.

Also machte Luca sich auf den Weg nach Hause. Unterwegs beschloss er, Richard noch heute Abend anzurufen, um ihm alle neuen Erkenntnisse mitzuteilen. Und die Fotos, die er heute gemacht hatte, mussten auch noch auf den Computer gezogen, begutachtet und gegebenenfalls bearbeitet werden. Vielleicht konnte er ja ein paar Falken-Bilder auf Fotopapier drucken und bei der nächsten Gelegenheit Herrn Knorrholz schenken?

25

Luca nahm auf seinem Schreibtischstuhl Platz, während Karlson sich neben ihm auf den Boden fallen ließ. Er startete seinen Computer, schloss die Kamera an, und speicherte zunächst die Fotos der Falken in einem separaten Ordner. Dann wählte er einige Aufnahmen für Professor Knorrholz aus und kopierte sie in den Ordner, in dem er alle Bilder ablegte, die er ausdrucken wollte; bestimmt durfte er sie später auf dem Fotodrucker seines Vaters ausdrucken.

Danach nahm er sich die Bilder der Burg und ihrer Umgebung vor, die er vom Siebenspitzenturm aus geschossen hatte. Er vergrößerte sie auf dem Bildschirm und schaute sich jede einzelne Aufnahme genau an. „Bingo!"

Luca schnippte mit den Fingern, woraufhin Karlson aufsprang, aufbellte und sein Herrchen mit gespitzten Ohren anschaute.

„Das ist voll cool, alter Junge!" Luca klopfte ihm das Fell und deutete auf seinen Monitor. „Mir sind da tatsächlich ein paar schöne Fischlein ins Netz gegangen."

Karlson bellte erneut und Luca wandte sich wieder seinen Bildern zu.

„Also hier haben wir erst einmal unseren lieben Professor Knorrholz", murmelte er. „Er steht im dritten Burghof und diskutiert mit Herrn Wachhaupt."

Luca kopierte das Foto ebenfalls in den Ordner *Ausdrucken.*

„Die nächsten Bilder kann ich löschen, da ist nichts Wichtiges drauf. Aber hier haben wir die Schwarzkappe Knallerolli." Luca schnalzte mit der Zunge. „Tss, Tss, Tss.

Schön dumm, dass diese Schwarzkappen immer mit ihren Basecaps rumrennen! Ohne dieses Erkennungszeichen wäre mir der Knallerolli gar nicht aufgefallen."

Karlson legte sich wieder hin und leckte sich die Pfoten.

Nachdem Luca auch dieses Foto im Ordner *Ausdrucken* gespeichert hatte, entdeckte er auf einer weiteren Aufnahme Florian Filderstädt. „Ach du gr... grasiger Hüpfer, das gibt's doch nicht!", rief er so laut, dass Karlson erneut aufsprang und bellte. „Darauf ist ja noch jemand, den wir kennen! Das ist höchst interessant!"

Im nächsten Moment wurde die Tür aufgerissen und Julian, Lucas großer Bruder polterte herein. „Essen kommen, du kleine Nervensäge! Ich kann vor Hunger kaum noch kriechen und es raubt mir den letzten Nerv, wenn ich deinetwegen noch länger warten muss."

Karlson sprang an Julian hoch und ließ sich von ihm erst einmal ordentlich knuddeln.

„Das glaube ich kaum ... von wegen kriechen und so ..." Schnell kopierte Luca noch das Bild mit Florian Filderstädt in den Ordner *Ausdrucken*. „... so wie du hier reingedonnert bist ..."

„Doch, doch, das kannst du mir glauben, Nervensäge!" Julian bugsierte Karlson zur Tür hinaus. „Wir gehen schon mal."

„Du sollst mich nicht immer *Nervensäge* nennen!", rief Luca und eilte ihm nach. Die Bilder aus dem hinteren Raum des Burgcafés und von Timo würde er später noch sortieren müssen.

26

Ungeduldig trappelte Thea in Nadines Zimmer herum. „Nun beeil dich doch!"

„Ja, ja, immer mit der Ruhe." Nadine zog das fünfte T-Shirt aus ihrem Schrank. „Warum drängelst du so, wir haben noch eine halbe Stunde Zeit, bis der Bus fährt."

„Richard und Paolo stehen bestimmt schon an der Haltestelle und warten auf uns."

„Dadurch kommt der Bus auch nicht eher. – Was meinst du, ob ich das hier anziehe?" Nadine drehte sich vor dem Spiegel. „Es ist schon etwas älter, aber es steht mir doch ganz gut, oder?"

„Ja, es sieht gut aus, so wie die anderen vier auch. Nun komm schon!"

Nadine runzelte die Stirn. „Meine Mutter sagt, eine Frau muss immer perfekt gekleidet sein. Und wenn du das als Mädchen nicht lernst, dann lernst du es später auch nicht mehr."

„Aber wir gehen zur *Schatzsuche* und nicht zur Modenschau! Da wird manchmal gebastelt, hat Luca gesagt. Und zum Schluss gibt es die Schatzsuche, wo alle durchs Gelände rennen und ins Gebüsch kriechen."

Nadine zog das Shirt wieder aus und suchte nach dem nächsten. „Übrigens darf ich heute so lange bleiben, wie ich will. Meine Mutter übernachtet bei einem neuen Bekannten."

„Das ist ja super!" Thea strahlte. „Unsere Eltern sind heute Nacht auch nicht da."

Während Nadine sich das nächste Shirt überzog, blickte

Thea an sich herunter. Sie trug eine Jeans, die schon etwas kurz war, und ein ausgewaschenes Shirt. So würde Nadine nie herumlaufen. Aber Thea fühlte sich wohl darin. Von klein auf hatte sie mit ihrem Zwillingsbruder Richard und anderen Jungen gespielt. Sie waren durch den Wald getobt und auf Bäume geklettert, hatten sich Buden gebaut oder Räuber und Gendarm gespielt. Da kam es eher auf praktische Sachen an, die auch mal schmutzig werden durften.

In letzter Zeit ermahnte ihre Mutter sie zwar immer wieder, sie solle mehr auf sich achten und öfter einen Rock oder ein Kleid anziehen, denn schließlich sei sie ein Mädchen und werde langsam erwachsen. Doch Thea mochte das nicht hören. Sie fand es gemein, dass sie sich nun anders kleiden sollte, während ihr Bruder weiterhin anziehen durfte, was er wollte. Und Luca war es sicher egal, was sie anhatte. Für ihn zählte vor allen Dingen, ob sich jemand

gut mit Karlson verstand. Und das tat sie, sie mochte den Hund.

„Was meinst du, soll ich diese Hose anziehen oder diesen Rock?“ Nadine hielt die Sachen hoch.

„Ich finde beides zu schick“, entgegnete Thea, holte ihr Handy aus der Tasche und schaute auf die Uhrzeit. „Wenn du das anhast, musst du doch immer vorsichtig sein, damit es nicht schmutzig wird oder gar kaputtgeht.“

„Unsinn. Man muss die Sachen anziehen, solange sie passen und einigermaßen in Mode sind. Was ist nun, was findest du besser?“

„Weiß nicht.“ Thea zuckte mit den Schultern und steckte ihr Handy wieder ein. „Ich trage lieber Hosen, obwohl meine Mutter mich ständig damit nervt, dass ich Röcke oder Kleider anziehen soll.“

„Oooch“, stöhnte Nadine, „wenn es um Klamotten geht, bist du keine gute Beraterin.“

„Ich weiß.“ Thea schob ihren Hut zurecht. „Du hast mich ja auch nicht zur Freundin genommen, weil ich eine Top-Modeberaterin bin.“

„Nein, ganz bestimmt nicht.“ Nadine kicherte und stupste an Theas Hut.

Während Nadine die Hose anzog und anschließend vor dem Spiegel ausgiebig ihre Haare bürstete, erinnerte Thea sich daran, wie sie Freundinnen geworden waren.

Als Thea und Nadine damals in der Mittelschule beide in dieselbe Klasse kamen, gingen sie sich zunächst aus dem Weg. Nadine hockte ständig bei Annabell und Vanessa herum. Jede von ihnen versuchte, die anderen mit der neusten Mode zu übertrumpfen. Sie tuschelten, kicherten und rümpften die Nase über alle, die keine Markenkleidung trugen und nicht mit der Mode gingen. Viele Mädchen aus der Klasse ließen sich von ihnen unter Druck setzen und eiferten ihnen nach, doch Thea orientierte sich an anderen Maßstäben, und die ließ sie sich nicht von ein paar eingebildeten Zicken kaputt machen.

Eines Tages hatte Thea nach dem Sportunterricht ihre Jacke im Umkleideraum vergessen. Als sie deshalb zurückkehrte, hörte sie aus dem Waschraum ein komisches Geräusch. Sie schaute nach und fand Nadine in der Ecke auf dem Fußboden kauernd. Sie hatte den Kopf unter den Armen vergraben und weinte. Thea ging zu ihr und fragte, was los sei.

„Verschwinde, das geht dich nichts an!“, knurrte Nadine.

Thea setzte sich neben sie. „Ich kann gut zuhören.“

„Verzieh dich!“, fauchte Nadine und gab ihr eine Ohrfeige.

„Deine Entscheidung.“ Thea stand auf. „Dann lasse ich dich eben hier mit deinem Katzenjammer allein.“

Als sie schon fast zur Tür hinaus war, schluchzte Nadine: „Warte! ... Wenn ... Wenn du schon mal da bist ... wenn ... wenn du willst, dann ... dann bleib.“

Thea nickte, ging zurück zu Nadine und setzte sich wieder. Nadine weinte, Thea schwieg. Irgendwann legte Thea Nadine eine Hand auf die Schulter. Nadine ließ es geschehen.

„Du ... Du darfst es den ... den anderen nicht sagen“, stammelte sie. „Vor allem nicht ... nicht Annabell und Vanessa.“

„Dass du geweint hast?“

Nadine nickte. „Und das ... das andere.“

„Was, das andere?"

„Na, das ... das, was ich ... was ich dir jetzt sage." Nadine hob den Kopf. „Versprich, dass du es keinem verrätst!"

„Ich verspreche es. Aber ich verstehe nicht ... ich dachte immer, Annabell und Vanessa sind deine Freundinnen?"

„Sind sie auch." Nadine schniefte. „Aber nicht so."

„Wie, nicht so?"

„Ich ... Ich kann es ihnen nicht sagen. Sie halten nicht dicht. Das weiß ich."

„Komisch." Thea zog ihre Beine an. „Wieso sind sie dann deine Freundinnen, wenn du ihnen nicht vertraust?"

Nadine winkte ab. „Ach, das verstehst du nicht. Es ist eben so. Was ist nun, versprichst du es?"

Thea umfasste ihre Knie. „Hab ich doch schon. Aber du musst es mir nicht erzählen."

„Meine Eltern ... sie ... sie haben sich gestritten." Nadine senkte den Kopf und fing wieder an zu weinen. „Das haben sie schon öfter getan. Aber gestern ... gestern ist mein Vater ausgezogen. Er ... Er ist richtig ausgezogen, verstehst du?"

„Und du denkst, es ist ernst? Du denkst, er kommt nicht zurück?"

Nadine nickte schluchzend.

Thea legte ihr die Hand auf den Arm. „Aber manchmal ... manchmal wird das wieder."

Nadine schüttelte den Kopf. „Er hat 'ne neue Freundin. Zu der ist er gezogen. Sie ist auch Ärztin, genau wie er. Er wohnt jetzt in Dresden, gleich neben dem Krankenhaus, in dem er arbeitet."

„So ein Mist", schimpfte Thea. „Warum machen die so etwas, die Erwachsenen? Wenn man Kinder hat, dann ist man doch eine Familie. Und eine Familie, die gehört zusammen. Da kann man nicht einfach wegrennen, wenn man sich mal gestritten hat."

„Viele machen das so", schniefte Nadine.

„Ich weiß", antwortete Thea. „Aber es ist nicht richtig. Es ist einfach nicht richtig."

„Ich habe meinen Vati trotzdem lieb", sagte Nadine leise.

„Ist doch klar. Er bleibt immer dein Vati." Thea klopfte ihr sachte auf die Schulter. „Aber du kannst nichts dafür, dass sie sich getrennt haben."

„Meinst du?" Nadine schaute Thea fragend an.

„Natürlich nicht!", rief Thea. „Eltern lieben ihre Kinder, auch, wenn sie mal was Dummes machen."

Eine Weile saßen sie schweigend beieinander. Dann wischte Nadine sich über die Augen und stand auf. „Danke."

„Wofür?" Thea stand ebenfalls auf.

Nadine zupfte an ihrer Kleidung herum. „Na, fürs Zuhören. Aber bitte, bitte sag es niemandem!"

„Darauf kannst du dich verlassen."

Da hörten sie, wie die Tür des Vorraums geöffnet wurde. „Hallo? Ist da noch jemand?"

Nadine eilte zum Waschbecken. „Ich weiß, dass du nicht so eine Tratschtante bist. Sonst hätte ich es dir nicht erzählt."

Als die Sportlehrerin hereinkam, war Nadine gerade dabei, sich das Gesicht zu waschen.

Seit diesem Tag waren sie Freundinnen.

27

Mit klopfendem Herzen stieg Nadine hinter Thea, Richard und Paolo in Langenwolmsdorf aus dem Bus. Tobias und Luca mit Karlson erwarteten sie an der Haltestelle. Während Thea den Hund ausgiebig knuddelte, reichte Tobias Nadine die Hand.

„Klasse, dass du mitgekommen bist!“ Er hielt ihre Hand länger als üblich fest und schaute ihr in die Augen.

Nadine wedelte mit der Hand. „Ach, das hat nichts weiter zu bedeuten. Hatte grad nichts Besseres vor.“

Paolo klopfte Tobias auf die Schulter. „Hey Alter, hat dir Luca schon von unserem neuen Detektivauftrag erzählt?“

„Klar hat er das.“ Tobias wandte sich Paolo zu. „Vermutlich bin ich auf einem besseren Stand als ihr, denn schließlich sind wir zusammen mit dem Bus hierher gekommen. Unterwegs hat Luca mir sogar schon berichtet, was er gestern Nachmittag erlebt hat.“

„Aus!“ Luca ruckte an der Leine und hinderte Karlson daran, Nadine anzuspringen.

Nadine trat einen Schritt zurück, sagte aber nichts. Sie hatte sich fest vorgenommen, nicht mehr so viel zu schimpfen und erst recht nicht bei jedem bisschen nach anderen zu schlagen. Trotzdem fiel es ihr schwer, die ständige Anwesenheit des Hundes zu akzeptieren. Um sich abzulenken, holte sie ihr Smartphone aus der Tasche, trat einen Schritt zurück und machte ein Foto von den anderen.

„Im Bus habe ich den anderen ebenfalls schon von deinen gestrigen Erlebnissen berichtet“, sagte Richard zu Luca. „Gut, dass du mich gestern Abend noch angerufen hast.“

„Spitze!“ Luca hob den Daumen. „Dann wissen ja alle Bescheid. Nur die Fotos muss ich euch noch zeigen.“

„Das machen wir später.“ Tobias schaute auf die Uhr. „Wir sollten jetzt erst mal ins HUGO gehen.“

Paolo klatschte in die Hände. „Na los denne! Abi galoschi!“ Damit stürmte er den Berg hinauf, Luca und Karlson sowie Richard und Thea gingen etwas langsamer hinterher.

„HUGO?“ Nadine steckte ihr Smartphone wieder ein und trat zu Tobias. „Komischer Name für ein Haus. Was hieß das noch mal?“

„HUGO ist die Abkürzung für: *Haus unter Gottes Obhut*“, erklärte Tobias, während sie den anderen folgten.

Nadine warf ihr Haar zurück. „Obhut?“

„Obhut bedeutet so etwas wie *behütet sein*.“ Tobias hob seine Hände wie ein Dach über den Kopf.

Thea, die vor ihnen ging, wandte sich um. „Oder auch *beschützt*. Aber das hat Luca uns damals doch schon mal erklärt.“

„Na und?“ Nadine zuckte mit den Schultern. „Man kann sich schließlich nicht alles merken.“

„Ist doch kein Problem.“ Tobias lächelte sie an. „Jedenfalls ist das *HUGO* ein Treffpunkt für Kinder und Jugendliche aus unserer Region.“

Thea deutete auf eine Wiese, auf der schon eine Menge Kinder und einige Jugendliche herumsprangen. „Sind die alle wegen der *Schatzsuche* da?“

„Klar“, antwortete Tobias. „Die Älteren arbeiten allerdings als Helfer mit.“

„Ich komme heute nur zum Gucken mit.“ Nadine zog ihr T-Shirt glatt. „Und wenn es mir nicht gefällt, bin ich weg. Da könnt ihr machen, was ihr wollt!“

„Okay, okay." Tobias berührte sachte ihren Arm. „Aber sag uns bitte Bescheid, bevor du gehst."

Nadine nickte, dann musste sie schlucken. Die Stelle, die Tobias berührt hatte, fühlte sich an, als hätte er eine warme Kartoffel daraufgelegt. Warme Kartoffeln waren Omas Hausmittel, wenn es Nadine mal nicht gut ging.

28

Während Nadine ihre Handtasche öffnete und ihr Smartphone herausnahm, um ein paar Fotos zu machen, band Luca seinen Hund am Gartenzaun fest. Paolo ging zu ihm und verabschiedete sich von Karlson, als wollte er sich auf eine lange, weite Reise begeben.

Nadine schoss einige Bilder von ihnen und dem großen Gelände mit den vielen Kindern und Jugendlichen, dann steckte sie ihr Phone schnell wieder weg. Vielleicht waren Handys hier überhaupt nicht erlaubt? Schließlich war das ein Ort, an dem sich Christen trafen, und deren Zusammenkünfte liefen wahrscheinlich noch genauso ab wie vor tausend Jahren. Obwohl ihre Freunde sich ganz normal benahmen, hielt Nadine die Christen im Allgemeinen für altmodisch und rückständig.

Sie schaute sich um und musterte mit zusammengezogenen Brauen die anderen Kinder und Jugendlichen. Keiner von ihnen hatte ein Handy oder ein Smartphone in der Hand.

„Wir gehen schon mal rein", rief Tobias zu Luca und Paolo hinüber, „und besetzen Plätze für uns alle!"

Als Tobias und Richard ins Haus gingen, folgte Nadine ihnen mit Thea, wobei sie sich dicht an der Seite ihrer Freundin hielt.

In einem großen Raum standen mehrere Stuhlreihen hintereinander, viele Plätze waren schon besetzt. Im vorderen Bereich des Saals waren an der rechten Seite einige Instrumente aufgebaut. An der Decke hing ein Beamer und an der Seitenwand befand sich ein Tisch, auf dem ein aufgeklappter Laptop stand sowie ein Buch und ein Stapel Papier lagen.

„Da, in der vierten Reihe sind noch sechs zusammenhängende Plätze." Richard ging bis zum letzten freien Platz in die Reihe hinein und legte seine Jacke über die beiden Stühle an seiner Seite. „Die reservieren wir für Paolo und Luca."

Thea ließ sich auf der anderen Seite der belegten Plätze auf einen Stuhl fallen und rückte ihren Hut zurecht, und Nadine setzte sich neben sie. Als Tobias dann neben ihr Platz nahm, spürte sie ein Kribbeln im Bauch.

Mit klopfendem Herzen schaute Nadine sich um. Auf einmal entdeckte sie vorn in der zweiten Reihe das rothaarige Mädchen. Heute trug sie die Haare offen. Sie hatte eine grüne Bluse an, die metallisch schimmerte und perfekt zu ihren kupferroten Haaren passte.

Nadine fuhr sich seufzend durchs Haar. „So ein schickes Teil hätte ich auch gern."

„Wie bitte?" Tobias schaute sie an.

„Da ist diese Anna." Nadine deutete mit dem Kopf in Richtung des rothaarigen Mädchens.

Tobias folgte ihrem Blick. „Tatsächlich! Sie unterhält sich mit dem Jungen mit der Brille."

In diesem Moment stupste Thea Nadine an. „Schau mal, da ist diese Rothaarige!"

„Die habe ich auch gerade entdeckt." Nadine wandte sich ihrer Freundin zu. „Schau dir nur mal ihre Bluse an! So ein cooles Teil hätte ich auch gern!"

„Ich nicht." Thea rümpfte die Nase. „Diese Anna sieht aus, als wäre sie hier auf einer Modenschau."

Gerade als Paolo und Luca zusammen mit einigen anderen Nachzüglern hereinkamen, ging ein Mädchen zum Keyboard, zwei Jungen nahmen die Gitarren und ein Mädchen rückte sich ein holzkistenartiges Etwas zurecht, in dessen Rückseite ein Loch war.

„Was ist das für eine komische Kiste, auf die sich das Mädchen dort hockt?“, flüsterte Nadine Thea zu.

„Das ist eine Art Trommel aus Holz, mit der man verschieden hohe Töne erzeugen kann“, raunte Thea zurück. „Man nennt es Kachon.“

Als Paolo, Luca und die anderen Kinder ihre Plätze gefunden hatten, trat ein Mann nach vorne, der ungefähr so alt wie Nadines Vater sein mochte. Er trug eine schwarze Jeans und ein beigefarbenes Hemd ohne besonderes Markenzeichen. „Mein Name ist Andreas Immerfroh, ich bin der Leiter der *Schatzsuche*. Ich freue mich, dass auch heute so viele gekommen sind – ich sehe sogar wieder ein paar neue Gesichter –, und heiße euch alle herzlich willkommen."

Einer der Jugendlichen stand auf, ging zu Andreas und wandte sich ihnen zu. „Hallo, ich bin der Marco. Ich möchte zu Beginn mit euch beten."

Nadine beobachtete, wie einige die Hände falteten und die Köpfe senkten. Andere hielten die offenen Hände hin, als wollte sie etwas empfangen und schlossen die Augen.

„Wir danken Dir, Herr Jesus", sagte Marco, „dass wir heute hier zusammen sein können. Wir wollen Dich loben und anbeten. Wir wollen gemeinsam singen, Dein Wort hören und uns darüber unterhalten. Öffne unsere Ohren und Herzen für das, was Du uns sagen willst. Amen."

Ein anderer Junge eilte zum Laptop hinüber, tippte darauf herum und kurz darauf wurden Text und Noten eines Liedes an die Wand projiziert. Die Jugendlichen an den Instrumenten fingen an zu spielen und zu singen, und die Anwesenden fielen nach und nach ein. Es war ein eingängiges Lied zu Gottes Lob. Als das Lied zu Ende war, folgte ein weiteres und dann noch eins.

Während einer kurzen Pause, in der die Musiker in den Noten blätterten und miteinander flüsterten, knuffte Nadine Tobias in die Seite. „Hey, ich wusste gar nicht, dass ihr Christen so tolle Musik macht!"

Tobias stupste sie zurück. „Na, dann war's ja höchste Zeit, dass wir dich hierher mitgenommen haben."

Luca beugte sich vor und schaute Thea und Nadine an. „Ich finde es voll cool, dass wir heute alle zusammen hier sind!"

Nadine wusste nicht, wie sie darauf reagieren sollte. Die anderen durften auf keinen Fall merken, wie aufgeregt und unsicher sie sich fühlte. Sie setzte sich kerzengerade hin und warf ihr Haar zurück. „Bildet euch ja nichts darauf ein, dass ich mitgekommen bin. Ich muss mir zu dem allem erst einmal eine Meinung bilden."

„Klar. Was denn sonst?" Thea nickte und neigte sich dann zu Luca hinüber. „Bist du sicher, dass Karlson da draußen nichts anstellt?"

Luca deutete auf die Tür. „Vorhin, als ihr schon hier drin wart, habe ich mit Andreas' Frau gesprochen. Esther schaut ab und zu oben aus dem Fenster und wirft einen Blick auf Karlson."

Nach einem weiteren Lied trat Andreas Immerfroh wieder nach vorne. „Neulich habe ich einen Mann getroffen, der eine Enttäuschung erlebt und daraufhin gesagt hat: *Gott hat mir nicht geholfen. Das war für mich der Beweis, dass es diesen Jesus, von dem ihr immer sprecht, gar nicht gibt.*" Er schaute in die Runde. „Was hättet ihr diesem Mann geantwortet?"

„Ich hätte ihn gefragt, ob er den Herrn Jesus überhaupt um Hilfe gebeten hat", meinte ein Mädchen.

„Wahrscheinlich hat er schon vorher nicht an Gott geglaubt", vermutete ein Junge.

„Manche Leute wollen vom Glauben nichts wissen", erklärte ein anderer. „Aber wenn es ihnen schlecht geht, dann beten sie. Und wenn es nichts hilft, sagen sie: *Gott gibt es nicht.*"

Thea meldete sich. „Unsere Mutter sagt immer: *Gott ist kein Wunschautomat. Wir müssen Ihm vertrauen. Er hört unsere Gebete, aber Er erfüllt nicht alle unsere Wünsche. Weil Er den größeren Überblick hat und weiß, was gut für uns ist und was nicht.*"

„Hey, das verstehe ich nicht!", rief ein Junge mit Igelschnitt. „Was soll zum Beispiel gut daran sein, wenn jemand ständig krank ist?"

„Jeder hat irgendetwas, was ihm zu schaffen macht. Das ist nun mal so." Tobias zuckte mit den Schultern. „Wenn du an Jesus glaubst, dann heißt das nicht, dass du hier auf der Erde ein Leben wie im Paradies hast. Mein Vater pflegt zu sagen: *Die schweren Zeiten gehören genauso zum Leben wie die guten. Manchmal verstehen wir nicht, warum Gott uns etwas Schweres zumutet, aber wenn wir uns an Ihn halten, dann lässt Er uns nicht allein. Und irgendwann werden wir erfahren, warum alles so war, wie es ist.*"

„Und was hat es dann für einen Sinn zu beten?" Der Junge mit dem Igelschnitt schaute Tobias mit zusammengekniffenen Augen an. „Wenn sich dadurch doch nichts ändert und du trotzdem alles aushalten musst?"

„Ich habe nicht gesagt, dass sich durch das Beten nichts ändert", entgegnete Tobias. „Es ist aber so, wie Thea gesagt hat. Gott ist kein Wunschautomat. Er hört unsere Gebete in jedem Fall. Manchmal merken wir direkt, wie nahe Er uns ist und wie Er hilft. Aber manchmal macht Er es auch ganz anders, als wir es uns gewünscht haben."

„So sehe ich das auch." Andreas nickte Tobias zu. „Auch die Menschen, von denen uns die Bibel erzählt und die eine gute Beziehung zum Herrn Jesus hatten, die zum Beispiel jeden Tag mehrmals zu Ihm beteten, hatten es nicht immer leicht. Auch ihnen hat Gott Schweres zugemutet. Auch sie mussten mit Krankheiten, Enttäuschungen, Schmerzen und Ablehnung leben. Manchmal haben sie nur wenig oder gar nichts von Gottes Nähe und Hilfe gespürt, ein anderes Mal wiederum hat Er ganz überraschend deutlich sichtbar eingegriffen. Ein Beispiel sollt ihr heute kennenlernen."

„Wir werden versuchen, euch die Geschichte so zu erzählen", ergänzte Marco, „dass ihr sie gut versteht. Und ihr dürft jederzeit eure Fragen dazu stellen oder eure Meinung äußern."

29

Als Nadine sich zur Seite neigte, um besser sehen zu können, berührte sie mit ihrer Schulter Tobias' Oberarm. Sie zuckte zurück, als hätte sie einen Stromschlag bekommen, beugte sich mit rotem Kopf rasch zu Thea hinüber und flüsterte: „Ich würde ja gern ein Foto machen, aber das finden die anderen sicher nicht so toll, oder?"

„Tu mir einen Gefallen und lass dein Smartphone ausnahmsweise mal in der Tasche", murmelte Thea. „Selbst wenn es erlaubt wäre ... es lenkt total ab, wenn jemand ständig fotografiert."

Nadine wollte eine Bemerkung über die Rückständigkeit der Christen machen, biss sich dann aber auf die Unterlippe, reckte den Hals und schaute angestrengt nach vorne.

Marco ging zum Tisch und griff nach dem Buch.

Nadine erkannte an der Aufschrift, dass es sich um eine Bibel handelte.

„Unsere heutige Geschichte steht in der Apostelgeschichte, im 16. Kapitel. Die Apostelgeschichte berichtet vom Leben der ersten Christen nach dem Tod und der Auferstehung Jesu."

Nun trat auch Andreas an den Tisch und hob ein Blatt Papier in die Höhe, auf dem in Großbuchstaben *APOSTEL PAULUS* stand. „In der letzten *Schatzsuche* habt ihr bereits vom Apostel Paulus gehört. Er hieß eigentlich Saulus und war ein schlimmer Verfolger der Christen, doch dann ist ihm Jesus begegnet und das hat sein ganzes Leben auf den Kopf gestellt. Sogar sein Name hat sich geändert, aus dem Saulus wurde ein Paulus."

Paolo stach mit seinem Zeigefinger in die Luft. „Dieser Paulus ist mein Namensvetter! Ich heiße Paolo!"

Die anderen lachten.

Doch Marco sagte: „Du hast recht, dein Name ist auch eine Form von Paul oder Paulus."

Andreas legte das Blatt Papier wieder auf den Tisch. „Der Apostel Paulus ist mit anderen Christen herumgereist und hat den Menschen von Jesus Christus, dem Sohn Gottes, erzählt. Eines Tages fuhren Paulus und seine Begleiter mit dem Schiff auch nach Europa. Und dort kamen sie dann in eine Stadt, die Philippi hieß."

Ein Junge aus der dritten Reihe, der ungefähr so alt war wie Nadine, meldete sich. „Ich weiß, wo diese Stadt lag. Letztes Jahr war ich mit meinen Eltern in Griechenland im Urlaub. Da haben wir die Ausgrabungen und Ruinen von Philippi besichtigt."

Marco nickte dem Jungen zu. „Damals, als der Apostel Paulus dort hinkam, galten in Philippi die Gesetze der Römer."

„Klaro!", antwortete der Junge. „Zu dieser Zeit bestand ja das römische Weltreich, und Philippi war so etwas wie eine Festung oder Kolonie der Römer. Und die römischen Soldaten haben dafür gesorgt, dass die Leute das machten, was der römische Kaiser ihnen vorschrieb!"

„Wie es scheint", raunte Thea Nadine ins Ohr, „ist das auch so ein Geschichtsfan wie Richard!"

Nadine verdrehte die Augen und kicherte. „Auch ein Historikus Altmodikus."

„Danke, Valentin", sagte Andreas unterdessen. „Der Apostel Paulus und seine Begleiter reisten also nach Philippi und erzählten den Leuten auch dort vom Herrn Jesus.

Als Erstes kam eine Frau namens Lydia zum Glauben. Lydia und viele andere Menschen baten Jesus um Vergebung für alles Böse, das sie getan hatten, ließen sich taufen und waren von nun an Christen."

Marco fuhr fort: „Eines Tages erlebten die Menschen in Philippi, wie Gott Paulus half, eine Frau von einem bösen Wahrsagegeist zu befreien. Einigen Männern passte das nicht, weil sie mit der Wahrsagerei der Frau Geld verdienten. Sie packten den Apostel Paulus und einen seiner Begleiter, den Silas, und schleppten sie auf den Marktplatz zu den obersten Beamten.

Einer der Kläger sagte zu den Stadtrichtern: *Diese Leute kommen hierher und stiften Unruhe.*

Genau so ist es!, schrie ein anderer. *Sie verwirren die Menschen. Sie wollen Gebräuche einführen, die gegen unsere guten, römischen Ordnungen verstoßen!*

Wir sind Römer!, rief ein dritter. *Diese Juden führen Sitten ein, die bei uns verboten sind!*

Auf einmal entstand ein großer Tumult und die ganze Volksmenge schrie: *Unruhestifter! – Störenfriede! – Eindringlinge!*

Die Stadtrichter rissen Paulus und Silas die Kleider vom Leib und befahlen, sie mit Ruten und Stöcken zu schlagen."

Nadine schüttelte sich und murmelte: „Anderen Leuten die Kleider vom Leib reißen ist ja wohl das Letzte!"

„Die spinnen wohl!" Paolo sprang auf. „Paulus bringt den Leuten die beste Botschaft der Welt und was machen die? Die behandeln ihn wie einen Schwerverbrecher! Das ist doch total ungerecht!"

Der Junge mit der Brille, der neben der rothaarigen

Anna saß, wandte sich um. „Tja, so ist das nun mal im Leben! Da gewinnen immer diejenigen, die am meisten Macht haben!“

Paolo holte tief Luft, um etwas zu erwidern, doch Richard fasste ihn am Arm, zog ihn zurück auf seinen Platz und sagte laut: „Aber die Geschichte ist ja noch nicht zu Ende!“

Thea neigte sich zu Nadine herüber. „Warte nur, es kommt noch schlimmer!“

„Was?“ Nadine riss die Augen auf. „Noch schlimmer?“

„Leider.“ Thea zuckte mit den Schultern. „Aber dann ...“

„Pssst!“ Nadine hob den Finger. „Nicht alles verraten!“

Als wieder Ruhe einkehrte, erzählte Andreas weiter: „Paolo hat recht, der Apostel Paulus und Silas wurden behandelt wie Schwerverbrecher. Sie durften sich nicht verteidigen, es gab auch kein ordentliches Gerichtsverfahren. Die Stadtrichter ließen sie einfach ins Gefängnis sperren und befahlen dem Gefängniswärter: *Bewache sie so sicher wie möglich!*

Der Aufseher wusste, was das bedeutete. Er haftete mit seinem Leben für die Gefangenen. Falls sie entkamen, würde man ihn hinrichten. Deshalb brachte er sie in das Innerste des Gefängnisses. Das war ein finsteres, kaltes Loch unter der Erde.“

„Solche gruseligen Löcher gab es auch auf der Stolpener Burg“, rief der Junge mit dem Igelschnitt.

Andreas nickte. „In diesem Verlies legte der Wärter die Fußgelenke der Gefangenen auf einen Holzbalken, der zwei Vertiefungen hatte. Ein weiterer Balken wurde auf den unteren geklappt und festgeschraubt. Damit waren die Füße von Paulus und Silas im sogenannten Block – oder auch Stock – gefesselt.“

Nadine stellte sich vor, wie die beiden Männer, festgeschnallt in so einem Gerät, mit zerrissenen Kleidern und blutenden Wunden in einem dreckigen, feuchten Kerker saßen, und bekam eine Gänsehaut. Sie verschränkte die Arme vor der Brust und stieß Tobias mit dem Ellenbogen an. „Warum hilft Jesus denen nicht? Schließlich haben sie das alles doch für Ihn gemacht!"

„Pssst." Tobias zwinkerte ihr zu. „Warte den Ausgang der Geschichte ab."

„Wie mögen sich der Apostel Paulus und Silas gefühlt haben?" Andreas schaute in die Runde. „Traut sich jemand von euch, mal in die Rolle von Paulus oder Silas zu schlüpfen?"

Marco und Andreas gingen zur letzten Reihe, nahmen jeder einen freien Stuhl und trugen sie nach vorne.

In diesem Moment bellte draußen ein Hund. Sofort sprang Luca auf, blickte in Richtung Fenster und reckte den Hals.

„Klasse, Luca!", sagte Andreas im Vorbeigehen. „Welche Rolle möchtest du übernehmen?"

Luca zuckte zusammen und schaute nach vorne. „Ach du grüne ... ähm ... Schote!" Schnell setzte er sich wieder hin. „Ich? Nee! Ich wollte nur gucken, warum mein Hund da draußen gebellt hat."

Einige Kinder lachten.

Da meldete sich ein Junge aus der dritten Reihe. „Also, ich würde den Silas spielen."

Andreas und Marco stellten die Stühle vorne ab. „Prima!" Andreas winkte den Jungen heran. „Komm, setz dich hierhin. Im Kerker mussten die Gefangenen zwar auf dem nackten Boden hocken, aber das ändern wir jetzt mal, sonst sehen dich die Zuschauer aus den hinteren Reihen nicht."

Der Junge nickte, setzte sich und klopfte auf den leeren Stuhl an seiner Seite. „Mein rechter, rechter Platz ist frei ..."

Nadine machte sich ganz klein, sie wollte auf keinen Fall nach vorne gerufen werden!

„Nun mach schon, Luca", ertönte Paolos Stimme, „spiel uns was Schönes vor! Du schaffst das!"

„Paolo hat recht", wandte sich auch Thea an Luca. „Du machst das bestimmt richtig gut!"

„Ach du grüne ... ähm ... Laus, ich bin aber kein Schauspieler ..."

„Okay, ich spiele den Apostel Paulus." Tobias stand auf. „Aber ich kenne die Geschichte und weiß, wie sie ausgeht."

„Das ist doch super!" Andreas hob den Daumen. „Dann brauche ich nach eurem Vorspiel vielleicht gar nicht mehr viel zu erklären."

Tobias ging nach vorne und nahm neben dem anderen Jungen Platz.

Nadine beugte sich an Thea vorbei zu Luca hinüber und raunte ihm zu: „Das hat er garantiert für dich gemacht!" Dann setzte sie sich kerzengerade hin und heftete ihren Blick auf Tobias.

„Nun, dann sind wir ja erst einmal komplett." Andreas nickte dem anderen Jungen zu. „Es kann losgehen, Frederic!"

Frederic streckte die Beine aus, als steckten seine Füße in einem Holzblock. „Ich hab da mal 'ne Frage. Waren die Hände der beiden auch gefesselt?"

„Genau weiß man das nicht, aber ich nehme es an", antwortete Andreas.

Sofort legte Frederic die Hände auf den Rücken, verzog das Gesicht, als hätte er große Schmerzen, und wand sich hin und her.

Silas: Ohhh, mir tut alles weh. Die Schläge waren fürchterlich. Ich habe eine Wut auf diese Leute! Warum tun sie uns das an? Wir haben doch nichts Böses getan – im Gegenteil! Warum, Paulus, warum?

Tobias streckte ebenfalls die Beine aus und legte die Hände auf den Rücken.

Paulus: Wir haben von Jesus gesprochen und Jesus ist das Licht. Aber wenn jemand Böses tut, dann ist das so, als würde er im Finstern sitzen. Er will das Licht nicht, weil ihm das Licht zeigt, wie böse und dreckig er ist.

Silas: Und deshalb müssen wir nun im Gefängnis sitzen? Das ist ungerecht! Das ist gemein! Diese Leute sind Verbrecher! Sie haben die Strafe verdient, nicht wir! Wir haben doch nur Gutes getan!

Paulus: Das kann man so nicht sagen, Silas. Kein Mensch ist ohne Sünde. Jeder hat in seinem Leben schon mal etwas Böses getan. Ich jedenfalls habe schon ziemlich schlimme Dinge gemacht. Ich wüsste nicht, wie ich weiterleben sollte, wenn Jesus mir nicht vergeben hätte. Ich könnte niemandem mehr in die Augen sehen.

Silas: Wenn kein Mensch ohne Sünde ist, warum müssen dann ausgerechnet wir im Gefängnis sitzen? Wenn es die Strafe für etwas richtig Schlimmes wäre, würde ich es ja verstehen. Aber wir wollten doch Gott dienen und haben dieser armen Frau geholfen. Warum, Paulus, warum?

Paulus: Das weiß ich nicht, Silas. Aber alles, was wir erleben, hat einen Sinn.

Silas: Einen Sinn? Was soll das hier für einen Sinn haben?

Paulus: Das weiß ich jetzt auch noch nicht. Vielleicht erfahren wir es später. Und vergiss nicht: Jesus ist da! Auch wenn wir im Finstern sitzen, auch wenn wir eingesperrt sind, auch wenn wir Schmerzen ertragen müssen – Jesus ist bei uns.

Silas: Aber ich merke es nicht. Ich spüre nichts von Ihm!

Paulus: Er ist immer da, auch wenn wir Ihn nicht sehen. Das hat Er versprochen. Er ist hier bei uns. Wir sollten uns nicht auf Gefühle verlassen, sondern auf Sein Versprechen.

Silas: Und was wird nun? Wie geht es weiter? Was können wir tun?

Paulus: Wir werden mit Jesus reden. Das können wir tun. Wir werden beten und singen.

Silas: Häh? Singen? Haben die dir zu heftig auf den Kopf gehauen oder was? Du hast wohl ein Rad ab?

Die Zuschauer lachten.

Und die rothaarige Anna rief: „Das hat Silas bestimmt nicht gesagt!"

„Na und?" Frederic warf ihr einen düsteren Blick zu. „Das meiste von dem, was wir hier sagen, hat garantiert keiner von beiden gesagt. Niemand kann wissen, was die beiden im Kerker genau gesprochen haben."

„Du hast recht." Andreas lächelte ihn an. „In der Bibel

steht nichts davon, wir können es nur erahnen. Aber wenn wir versuchen, uns in ihre Lage zu versetzen, hilft uns das beim Verstehen. Und nun spielt bitte weiter."

Frederic stöhnte vernehmlich und verdrehte die Augen.

Silas: Ich bin geschlagen worden, alles tut mir weh. Ich fühle mich sterbenselend. Mir ist kalt. Ich liege in diesem feuchten, stinkenden Loch. Ich habe Hunger und Durst. Nicht mal aufs Klo kann ich gehen. Ich weiß nicht, was noch kommt. Vielleicht werden wir hingerichtet. Und da soll ich singen?

Paulus: Mir geht es auch nicht besser. Sie haben uns gedemütigt. Sie haben uns geschlagen. Sie haben uns die Freiheit genommen. Aber eines werden sie nie können. Nicht, wenn wir es nicht zulassen. Sie können uns nicht von unserem Herrn und Heiland Jesus Christus trennen. Deshalb sollten wir Gott loben und singen.

„Was hat Tobias da nur für komische Ideen?" Nadine neigte sich zu Thea hinüber und stieß dabei mit dem Kopf gegen ihren Hut. „Das ist ja total abgefahren! Wie kann man singen und Gott loben, wenn man sich voll mies fühlt?"

Thea schob ihren Hut zurecht. „Diese Idee stammt nicht von Tobias, sondern von Paulus und Silas."

„Echt?" Nadine fuhr sich durchs Haar und blickte wieder nach vorne.

Tobias deutete mit dem Kopf in Richtung der Instrumente. „Also singen muss jemand anderes. Darin bin ich nicht besonders gut."

Da trat Marco hinter Tobias und Frederic. „Ich werde an dieser Stelle mal als Erzähler fungieren."

Erzähler: Um Mitternacht stimmten der Apostel Paulus und Silas ein Lied an. Sie lobten Gott und dankten Jesus Christus für alles, was Er für sie getan hat. Denn der Herr Jesus hat sich aus Liebe zu allen Menschen – und damit auch aus Liebe zu Paulus und Silas ganz persönlich – schlagen, verspotten und sogar kreuzigen lassen. Weil jeder Mensch Böses tut, aber Jesus Christus, der Sohn Gottes, ohne Sünde war, hat Er die Strafe für die Schuld der Menschen auf sich genommen, damit alle, die an Ihn glauben, mit Gott versöhnt werden und ewiges Leben bekommen.

Marco deutete auf Frederic.

Erzähler: Und auch, wenn unser Silas hier diese Idee zunächst etwas komisch fand, betete und sang er tatsächlich mit. Und während die beiden beteten und sangen, passierte etwas.

Marco machte einen Schritt auf die Zuschauer zu. „Nun brauchen wir noch ein paar weitere Mitspieler. Ihr müsst nichts weiter tun, als euch in die Lage der Mitgefangenen von Paulus und Silas zu versetzen: Stellt euch vor, ihr sitzt im Kerker. Es ist mitten in der Nacht. Es ist finster und kalt. Vielleicht konntet ihr trotz der schlimmen Bedingungen ein bisschen schlafen, weil ihr so fertig und erschöpft wart. Und auf einmal hört ihr, dass jemand singt. Der Gesang kommt nicht von draußen, er kommt mitten aus dem Gefängnis. Was könnten die anderen Gefangenen also gesagt haben?“

Paolo sprang auf. „Kein Problem, das mach ich!“

„Okay, okay!“ Marco hob die Hände. „Du brauchst dazu nicht nach vorne zu kommen, bleib einfach auf deinem Platz sitzen.“

„Alles klar!“ Paolo ließ sich wieder auf seinen Stuhl fallen.

„Wer macht noch mit?“ Auch Andreas trat näher an die Zuschauer heran.

Einige Arme schnellten nach oben.

Andreas nickte. „Gut, dann spielen wir jetzt weiter. Die Bibel verrät uns leider nicht, ob und was die anderen Gefangenen gesagt haben. In der Bibel steht aber, dass sie dem Gesang zugehört haben. Vielleicht haben sie etwas zu Paulus und Silas gesagt, denn woher sonst hätten Paulus und Silas wissen können, dass die anderen es gehört haben? – Im Prinzip kann jeder, der möchte, irgendetwas einwerfen, auch wenn er sich noch nicht gemeldet hat. Paulus und Silas sehen ihre Mitgefangenen ja nicht, sie hören nur die Stimmen.“

Marco stellte sich wieder zu Tobias und Frederic. „Dann also noch mal.“

Erzähler:	Um Mitternacht beteten Paulus und Silas und lobten Gott. Das hörten die anderen Gefangenen.
Paolo:	Hey, was soll das Geträller? Hat man hier nicht mal in der Nacht seine Ruhe?
Ein Junge:	Ruhe! Ich bin krank und will pennen!

Richard: Hallo! Danke! Ich danke euch!

Marco schaute Tobias und Frederic an. „Vielleicht haben Silas oder der Apostel Paulus den Mitgefangenen geantwortet. Wir wissen es nicht, aber möglich ist es."

Frederic nickte. „Okay."

Silas: Wer spricht denn da?

Richard: Ein Zellennachbar. Ich bin auch hier gefangen. Euer Lied hat mir ein wenig Licht gebracht.

Luca: Singt weiter! Dann fühle ich mich nicht mehr so allein.

Ein Mädchen: Ich will mitsingen.

Thea: Singt ein einfaches Lied – mit Wiederholungen. Dann können wir alle zusammen singen.

Ein Junge: Ihr müsst ziemlich stark sein, wenn ihr im Gefängnis Gott lobt und für Ihn singt.

Richard: Der Herr Jesus ist bei uns! Ihr habt mich daran erinnert! Singt weiter!

Tobias wandte sich Frederic zu.

Paulus: Hörst du das, Silas? Lass uns ein neues Lied singen, eines, das alle mitsingen können.

Silas: Alles klar, Paulus. Ich merke jetzt, dass das Singen doch keine sooo schlechte Idee war.

Paulus: Gott zu loben ist immer eine gute Idee, ganz egal wie es einem geht.

Erzähler: Der Apostel Paulus und Silas sangen weiter. Vielleicht stimmten die anderen Gefangenen sogar in ihren Gesang ein.

Daaa – plötzlich schwankte der Boden, die Mauern des Gefängnisses erzitterten und die Türen sprangen auf. Das Mauerwerk bröckelte, die Fesseln an den Armen lösten sich und Paulus und Silas konnten ihre Füße aus dem Block ziehen und aufstehen.

Tobias und Frederic standen auf, schüttelten ihre Arme und Beine aus und streckten sich.

Erzähler: Ein Erdbeben hatte das ganze Gefängnis erschüttert.

Frederic hob die Arme in die Höhe und sprang herum.

Silas: Wir sind frei! Gott hat uns befreit!
Ein Junge: Hurra! Wir können hier raus!
Paolo: Los! Lasst uns abhauen!
Paulus: Nein! Wir warten hier!
Ein Junge: Hier warten? Du tickst wohl nicht ganz richtig!
Paulus: Gott hat uns befreit, Er wird uns nun auch zeigen, wie es weitergeht.
Paolo: Na, da bin ich aber gespannt!
Erzähler: Durch das Erdbeben wurde der Gefängnisaufseher – in der Bibel wird er Kerkermeister genannt – geweckt. Er fuhr hoch, sprang auf und sah, dass alle Türen des Gefängnisses offen standen.

Andreas trat neben Marco. „Ich spreche jetzt mal den Gefängnisaufseher."

Aufseher: Jetzt ist alles aus! Die Gefangenen sind frei. Sie sind bestimmt alle weg. Für diesen Paulus und seinen Begleiter habe ich sogar mit meinem Leben gebürgt. Die Stadtrichter werden mich töten lassen. Da kann ich mich auch gleich selbst umbringen. Ich werde mich in mein Schwert stürzen!

Tobias sprang zu Andreas und packte ihn am Arm.

Paulus: Halt! Nein! Tu dir nichts an! Wir sind alle noch hier!

Aufseher: Diener! Schnell! Bring mir ein Licht!

Erzähler: Der Diener des Kerkermeisters brachte ihm eine Fackel und begleitete ihn zu den Gefangenen. Der Aufseher fiel vor Paulus und Silas auf die Knie.

Aufseher: Jetzt weiß ich es! Ihr hattet recht. Dieser Jesus, von dem ihr gesprochen habt, lebt! Er ist wirklich Gottes Sohn. Ich will auch zu Ihm gehören! Ich will auch gerettet werden. Was muss ich tun?

Paulus: Glaube an den Herrn Jesus, und du wirst errettet werden. Sage Ihm, dass du von nun an zu Ihm gehören willst. Sage Ihm alles Böse, das du getan hast, bekenne Ihm deine Sünden. Er wird es dir vergeben und dich aufnehmen. Und dann kannst du dich taufen lassen und dadurch zeigen, dass du nun zu Jesus Christus gehörst.

Aufseher: Ja, das will ich! Kommt in mein Haus, seid meine Gäste!

Erzähler: Paulus und Silas folgten dem Kerkermeister in

sein Haus. Der Aufseher reinigte und versorgte ihre Wunden und gab ihnen neue Kleidung. Dann holte er seine ganze Familie zusammen, dazu die Knechte und Mägde.

Aufseher: Ihr müsst hören, was diese Männer zu sagen haben! Sie bringen uns eine gute Botschaft, die lebenswichtig ist.

Erzähler: Paulus und Silas erzählten von Jesus Christus. Der Kerkermeister und seine Familie und alle, die in seinem Haus wohnten, glaubten an den Herrn Jesus und ließen sich taufen. Anschließend ließ er den Tisch decken und für Paulus und Silas ein Essen zubereiten.
Am Morgen kam ein Gerichtsdiener und überbrachte dem Aufseher einen Befehl der Stadtrichter: *Lass die Gefangenen frei!*

„Super! Danke fürs Mitmachen!", rief Andreas und nickte Tobias und Frederic zu.

Während die beiden an ihre Plätze zurückkehrten, holte Marco noch einmal die Bibel.

„Zu Beginn haben wir über die schweren Zeiten in unserem Leben gesprochen. Auch Paulus und Silas wurden nicht von Schwierigkeiten verschont. Aber sie haben fest daran geglaubt, dass der Herr Jesus immer bei ihnen ist."

„Wegen ihres Verhaltens und ihrer Worte", fuhr Andreas fort, „glaubten der Kerkermeister, seine Familie und auch all seine Angestellten an den Herrn Jesus. Vielleicht auch einige der Mitgefangenen, aber darüber steht in der Bibel nichts."

Marco hielt die Bibel hoch. „Wenn wir mit dem Herrn

Jesus gehen, dann hat alles im Leben einen Sinn. Auch das Leiden, Krankheiten oder sonst irgendwelche Probleme haben einen Sinn. Manchmal zeigt Gott uns, wozu diese schweren Zeiten gut sind oder waren. Manchmal erfahren wir es nicht. Aber ob es uns nun gut geht oder nicht – niemals sollten wir Jesu Versprechen vergessen: *Ich bin bei euch alle Tage bis an der Welt Ende.*[4]"

Auf Marcos Zeichen griffen die jugendlichen Musiker wieder zu ihren Instrumenten.

„Es wäre schön, wenn ihr alle aufsteht", sagte einer von ihnen. „Ihr habt es gehört, dass der Herr Jesus gesagt hat: *Ich bin bei euch alle Tage bis an der Welt Ende.* Zu diesem Bibelspruch wollen wir noch ein Lied singen."

Als sie aufstanden, bemerkte Nadine, dass die rothaarige Anna einen schicken, schwarzen Rock mit metallisch schimmerndem Gürtel trug. Und ihre zierlichen Sandalen hatten dieselbe Farbe wie die Bluse.

„Perfekt", murmelte Nadine. „Einfach perfekt. Möchte wissen, wo die einkauft. Mit dieser Anna muss ich mich unbedingt unterhalten."

„Na, dann viel Spaß", brummte Thea.

An der weißen Wand erschien wieder der Liedtext und die Jugendlichen an ihren Instrumenten begannen zu spielen. Nach der ersten Strophe konnte Nadine die Melodie bereits und sang gut gelaunt mit.

---

4 Matthäus 28,20

30

Ungeduldig reckte Luca sich und versuchte, aus dem Fenster zu schauen. Hoffentlich war mit Karlson alles in Ordnung.

„Wir treffen uns nun draußen im Garten zu einem Geländespiel“, kündigte Marco endlich an. „Dabei wird der Schatz gesucht und am Ende aufgeteilt.“

Als Luca aus dem Haus trat, hockte Esther gerade bei Karlson und streichelte ihn. Außerdem hatte sie ihm eine Schüssel Wasser hingestellt. Luca war erleichtert, er hatte sich also unnötig Sorgen gemacht.

Kaum machte Luca ein paar Schritte auf die beiden zu, sprang Karlson in die Höhe, fing an zu bellen und an der Leine zu zerren.

Esther schaute sich um und stand auf. Lächelnd löste sie die Leine vom Zaun und kam ihm entgegen. Karlson begrüßte Luca, als hätte er ihn monatelang nicht gesehen.

Während Luca den Hund knuddelte, nickte er Esther zu. „Vielen Dank!“

„Gern geschehen!“ Esther übergab Luca die Leine, hob den Daumen und ging in Richtung der Haustür davon.

In diesem Moment trat Thea an Lucas Seite und Karlson sprang nun auch um sie herum, bellte und wedelte so heftig mit dem Schwanz, als hätte er einen Motor im Hintern.

Als der Hund sich einigermaßen beruhigt hatte, sagte Luca: „Kaum kommst du, schon hat Karlson mich vergessen. Der tanzt um dich herum, als wollte er dich nie wieder weglassen.“

„Ja, ich mag dich auch, Karlson!“ Thea klopfte dem Hund das Fell. Dann sah sie Luca an. „Wenn wir gleichzeitig bei ihm angekommen wären, hätte ich garantiert keine Chance gehabt. Du bist und bleibst seine Nummer eins!"

„Und du kommst gleich danach." Luca gab dem Hund etwas mehr Leine. „Wenn es nach ihm ginge, könntest du glatt bei uns einziehen."

„Aber dir würde das bestimmt nicht gefallen." Thea schenkte ihm ein verschmitztes Lächeln.

„Also ich ..." Luca spürte, wie er rot wurde. „... ich fände das auch nicht schlecht."

„Aber ich kann ganz schön anstrengend sein." Thea schob ihren Hut zurecht. „Das behauptet zumindest Richard."

„Ach was." Luca winkte ab. „Geschwister finden sich gegenseitig immer anstrengend. Meine Schwester und mein Bruder nennen mich auch ständig *Nervensäge*."

Thea deutete auf die Kinder und Jugendlichen, die sich am Gartentor sammelten. „Die Schatzsuche geht los. Dazu nimmst du Karlson doch mit, oder?"

„Klaro!" Er wickelte sich die Leine ums Handgelenk.

„Wenn du willst, nehme ich Karlson auch mal. Dann kannst du mit Tobias, Richard und Paolo nach dem Schatz suchen."

„Und Nadine?" Luca zog die Augenbrauen hoch. „Die meckert doch wieder voll los, wenn du mit dem Hund ankommst."

Thea zog ein Gesicht, als hätte sie eine Handvoll supersaure Gummibonbons im Mund. „Von der werde ich wohl für den Rest der Schatzsuche nicht mehr viel zu sehen bekommen."

Luca schaute sich um. „Wieso das?"

„Die hat jemanden gefunden, mit dem sie über Mode und Klamotten plaudern kann."

Da entdeckte Luca Nadine. Sie stand mit der rothaarigen Anna zusammen und schien sich angeregt mit ihr zu unterhalten. „Bist du sauer auf sie?"

Thea schüttelte den Kopf, grinste und zwinkerte ihm zu. „Ich hab ja Karlson ... und dich."

Luca räusperte sich. „Wir können gern zusammen auf Schatzsuche gehen ..."

„Sagtest du *gehen*?" Thea zwickte ihn in die Seite. „Ich hör wohl nicht richtig! Ich bin doch keine alte Oma! Los, komm!"

Schon rannte sie los und Luca hatte Mühe, sie mit Karlson einzuholen.

31

Nach der Schatzsuche trafen Luca und Thea sich mit den anderen an der Haltestelle. Paolo stürmte als Erster in den Bus und besetzte die ganze hintere Sitzreihe. Luca rückte auf den äußersten rechten Platz und Karlson tauchte unter die Sitze ab.

„Wir lassen unseren Protokollführer auf den Mittelplatz“, sagte Thea und setzte sich neben Luca.

„Alles klar!“ Paolo rückte nach links außen und Tobias nahm neben ihm Platz.

Richard holte sein Notizbuch aus der Tasche und setzte sich in die Mitte.

„Wo ist Nadine?“ Tobias beugte sich vor und schaute die Sitzreihe entlang.

Thea deutete nach vorne. „Die steigt gerade erst ein. Sie hatte doch so viel mit diesem rothaarigen Modepüppchen zu besprechen.“

„Super, dass sie sich mit dieser Anna unterhalten hat.“ Tobias stand auf und winkte mit beiden Armen, doch Nadine schien ihn trotzdem nicht zu bemerken. „Vielleicht hat sie dabei etwas Wichtiges herausgefunden.“

„Das bezweifle ich“, murmelte Thea, nahm ihren Hut ab und legte ihn auf den Schoß.

„Ich auch“, brummte Luca und zog die Umschläge mit den Fotos, die er gestern gemacht hatte, aus seiner Jackentasche. Dabei rutschte die Taschenlampe heraus, auf die er heute Morgen zufällig in seinem Schrank gestoßen war und die er kurzerhand eingesteckt hatte. Rasch schob er sie wieder in die Tasche und richtete seinen Blick nach vorne.

Endlich entdeckte Nadine den noch immer mit den Armen wedelnden Tobias, warf ihr Haar zurück, fing an zu strahlen und schlängelte sich durch den voll besetzten Bus auf sie zu.

„Die Reihe hat nur fünf Plätze." Tobias trat in den Gang. „Nadine kann sich hierhin setzen; ich bleibe stehen."

„Komm schon, Alter, wir machen uns dünn wie Barbies, dann passt unsere Prinzessin schon noch dazwischen." Paolo grinste. „Oder du nimmst sie auf den Schoß."

Tobias wurde rot. „Es macht mir nichts aus, wenn ich stehen muss. Hauptsache ich bekomme Richards neue Zusammenfassung mit."

Luca schaute von Tobias zu Nadine und wieder zurück. *Ach du grüne Spinne! Tobias und Nadine. Wie es scheint, bin ich nicht der Einzige, der wegen eines Mädchens rot wird!*

Endlich kam Nadine bei ihnen an. „Sorry, ich habe mich ein bisschen verplaudert", flötete sie.

Tobias deutete auf den freien Platz. „Für dich."

„Danke." Nadine schenkte ihm ein strahlendes Lächeln, schob sich an Tobias und Richard vorbei und setzte sich.

„Tobi ist extra für dich aufgestanden!", verkündete Paolo. „Aber wenn wir alle etwas zusammenrücken, kann er sich noch dazwischenquetschen."

„Von mir aus."

Nadine rutschte näher an Paolo heran und Richard drängte Thea so dicht an Luca, dass er kaum wagte, Luft zu holen.

„Nun setz dich schon, Tobi" Nadine fingerte an ihrer Handtasche herum. „Es ist genug Platz."

„Hm ... wenn ihr meint." Tobias zwängte sich zwischen Nadine und Richard. „Nur gut, dass das kein Reisebus ist, da wäre das nicht erlaubt."

„Ist doch besser, wenn die Leute eng sitzen, als wenn sie stehen." Thea setzte sich ihren Hut wieder auf. „Das dürfte wohl auch unserem Busfahrer klar sein." Dann schaute sie Luca an. „Geht es so, oder quetsche ich dir die Luft ab?"

„Alles paletti!" Luca hob den Daumen.

Der Bus fuhr los und Richard schlug sein Notizheft auf.

„Also, eins kann ich euch sagen", fing Nadine an. „Diese Johanna ist total nett und hat garantiert nichts mit den Schweinereien im Zehrgarten zu tun."

„Wieso Johanna?" Luca beugte sich vor, um Nadine sehen zu können. „Timo hat gesagt, sie heißt Anna. Das habe ich mir genau gemerkt!"

„Da hast du dich sicher verhört." Nadine holte ihr Smartphone aus der Handtasche. „Ich habe schließlich *mit* ihr gesprochen und nicht nur über sie. Und sie hat mir gesagt, dass sie Johanna heißt."

Richard kritzelte etwas in sein Heft. „Anna ... Johanna ... klingt ziemlich ähnlich. Da kann man sich schon mal verhören."

„Ich bin mir aber ganz sicher, dass Timo *Anna* gesagt hat." Luca zog die Brauen zusammen. „Schließlich heißt meine große Schwester auch so."

„Ist doch völlig Wurscht, ob sie Anna oder Johanna heißt", tönte Paolo. „Lasst Nadine lieber erzählen, was dieses Rotköpfchen noch so gesagt hat."

„Johanna ist kein Rotköpfchen!", empörte Nadine sich. „Sie hat wundervolles, kupferrotes Haar und das ist echt!"

Luca lehnte sich zurück und raunte Thea ins Ohr: „Deine Freundin ist ja richtig Feuer und Flamme für diese Anna-Johanna."

„Kein Wunder", flüsterte Thea zurück, „die hat ja schließlich feuerrote Haare!"

Beide fingen an zu lachen.

Richard streifte sie mit einem raschen Blick und machte dann eine Handbewegung in Nadines Richtung. „Also, was hast du noch über diese Johanna herausgefunden?"

„Ihr Outfit ist einfach perfekt." Nadine seufzte und tippte dabei auf ihrem Smartphone herum. „Und sie hat, wie ich bereits sagte, garantiert nichts mit den Anschlägen auf das Café zu tun."

„Boah!" Paolo stöhnte vernehmlich. „Ihr Outfit ist uns piepegal, von mir aus kann sie im Lagerfeld-Look über einen Laufsteg tänzeln."

„Pfff." Nadine winkte ab. „Was verstehst du schon von Fashion und Karl Lagerfeld!"

„Hört auf zu streiten!" Richard klopfte mit dem Stift auf sein Notizbuch. „Von Luca wissen wir, dass Johanna die Enkelin von Elektriker Schraubmann ist. Das erklärt, warum sie manchmal auf der Burg ist, wenn ihr Großvater dort arbeitet."

„Ja, das stimmt", antwortete Nadine. „Johanna wohnt in Altensteig und geht in Pirna zur Schule. Aber sie ist oft bei ihren Großeltern in Stolpen. Am liebsten würde sie in Stolpen wohnen, weil in Altensteig nichts los ist. Und sie war genau wie ich zum ersten Mal bei der Schatzsuche; ein Bekannter hat sie dazu überredet."

„Super, Nadine!" Tobias streckte seine Beine in den Gang. „Da hast du doch schon allerlei herausgefunden."

Luca beugte sich erneut vor und legte die Unterarme auf seine Oberschenkel. „Hast du sie gefragt, ob sie eine Katze hat?"

„Eine Katze?" Nadine schaute ihn an, als hätte er gefragt, ob sie Karlson auf den Schoß nehmen wolle.

Luca deutete auf Richards Heft. „Stichwort: Katzenstreu."

Nadine zeigte ihm einen Vogel. „Du glaubst doch nicht im Ernst, dass Johanna so etwas tun würde? Selbst wenn sie eine Katze hätte ... denkst du etwa, die fährt mit dem Katzenklo unter dem Arm im Bus nach Stolpen, trägt es zur Burg und ..."

„Nee, natürlich nicht!" Luca bewegte seine Hand wie einen Scheibenwischer im Schnelllauf hin und her. „Aber sie kann die Katzenstreu in einen Plastikbeutel umgefüllt haben, vielleicht sogar in eine schicke Einkaufstüte ihres Lieblings-Modegeschäfts. Und dann ..."

„Das würde Johanna nie tun!", rief Nadine so laut, dass sich die zwei älteren Frauen in der Sitzreihe vor ihnen umwandten und sie mit weit aufgerissenen Augen ansahen.

Tobias zog die Beine wieder an. *„Ein Mensch sieht, was vor Augen ist; der HERR aber sieht das Herz an.*[5]"

„Was willst du damit sagen?", fragte Nadine nicht mehr ganz so laut, schaute wieder auf ihr Smartphone hinab und wischte darüber.

„Das ist ein Spruch aus der Bibel." Tobias deutete auf Nadines Smartphone, auf dessen Display ein Foto des rothaarigen Mädchens zu sehen war. „Der Spruch besagt, dass wir die anderen Leute nur nach dem Äußeren beurteilen können. Gott aber schaut dem Menschen bis ins Herz."

„Na, das hätte ich mir ja denken können, dass du wieder mit einem deiner Sprüche kommst!" Nadine fuhr sich durchs Haar. „Willst du etwa behaupten, dass alle hübschen Mädchen einen schlechten Charakter haben?"

5 1.Samuel 16,7

„Du drehst mir die Worte im Mund herum." Tobias schüttelte den Kopf. „So etwas habe ich nicht gesagt und würde ich nie behaupten. Und so steht es auch nicht in der Bibel."

„Und was willst du dann mit diesem Spruch sagen?" Nadine blickte ihn herausfordernd an.

„Mannomann!" Paolo klatschte sich an die Stirn. „Das ist doch ganz einfach! Niemand außer Gott kann wissen, ob diese ... diese Rotschopf-Modepuppe etwas mit den Anschlägen auf Frau Säuberling zu tun hat!"

„Pfff." Nadine schaute wieder auf ihr Smartphone. „Wenn ihr wollt, könnt ihr sie ja später beobachten. Sie will nämlich nachher auch noch zum Burgfest kommen."

Paolo hob den Daumen. „Das werden wir, Prinzessin, darauf kannst du dich verlassen!"

Nadine hob die Hand, als wollte sie ihn schlagen; und Paolo duckte sich bereits und kniff die Augen zusammen. Einen Moment lang schwebte Nadines Hand in der Luft, dann ließ sie den Arm wieder sinken. Paolo blinzelte sie an und richtete sich grinsend wieder auf.

Richard schrieb noch etwas in sein Notizheft, dann schob er den Stift hinters Ohr. „Ich habe festgehalten: *Johanna ist die Enkelin von Elektriker Schraubmann. Luca fand sie frech, Nadine fand sie total nett. Sie wohnt in Altensteig, geht in Pirna zur Schule und ist oft bei ihren Großeltern in Stolpen. Am liebsten würde sie in Stolpen wohnen.*"

Nadine nickte. „Das ist richtig."

„Hat sie sonst noch etwas über ihre Familie erzählt?", fragte Richard. „Über ihre Eltern oder Geschwister?"

„Danach habe ich nicht gefragt, das hätte nicht gepasst ..." Nadine steckte das Smartphone ein und zupfte ihr Shirt zurecht. „Wir hatten andere Themen."

„Schon klar“, murmelte Paolo. „Die neuste Mode im Allgemeinen und im Besonderen und ...“

„Hör auf damit!“, brummte Tobias. Dann wandte er sich lächelnd Nadine zu. „Ich kann gut verstehen, dass du ihr solche Fragen nicht so aufdringlich stellen wolltest.“

„Genau!“ Nadine sah ihn an wie das arme Mädchen im Märchen ihren Prinzen.

„Gleich müssen wir aussteigen.“ Richard klappte sein Notizheft zu. „Meine komplette, neue Zusammenfassung lese ich euch später vor.“

Luca wedelte mit den Umschlägen. „Die Fotos wolltet ihr euch auch noch anschauen.“

„Wir sollten uns dazu in den Zehrgarten setzen“, schlug Thea vor. „Dann können wir nebenbei die anderen Gäste beobachten.“

„Gute Idee!“ Richard stand auf und steckte sein Notizheft ein. „Und wenn Frau Säuberling mal eine ruhige Minute hat, können wir mit ihr über die Sache mit der Sicherung sprechen.“

32

Karlson an der kurzen Leine haltend, betrat Luca als Erster den Zehrgarten. „Hier ist ja noch jede Menge Platz!"

„Stimmt!" Thea machte eine ausladende Handbewegung. „Das hier ist gar nicht zu vergleichen mit dem Gedränge, durch das wir uns eben kämpfen mussten. Ich hatte Mühe, euch im Blick zu behalten."

„Ist doch voll logisch." Paolo breitete die Arme aus. „Die Leute wollen was erleben! Ich würde auch lieber dem Feuerschlucker zusehen, als hier zu sitzen und Cola zu schlürfen."

„Tu dir keinen Zwang an." Nadine deutete auf den Durchgang zum Burghof. „Wir können uns auch ohne dich austauschen."

Paolo fuhr herum. „Quatsch mit Soße! Das war doch nur ein Vergleich. Klar bleibe ich hier und rede mit euch über die neusten Erkenntnisse in unserem Fall! Sicher haben wir später noch genügend Zeit, um uns in den Trubel zu stürzen."

„Ich stürze mich in keinen Trubel", entgegnete Nadine. „Ich mag es nicht, eingekeilt zwischen fremden Leuten zu stehen und den Qualm einzuatmen, den irgend so ein Typ mit seinem Feuer fabriziert. Am Ende klaut mir in dem Gedränge noch jemand mein Smartphone!"

„Wollt ihr euch etwas zu trinken holen?" Richard wies auf den Verkaufsstand vor dem Café. „Ich habe keinen Durst und kann inzwischen einen Tisch frei halten."

Luca schüttelte den Kopf. „Ich finde es besser, wenn wir uns erst einmal austauschen und beraten, bevor wir mit Frau Säuberling sprechen."

Thea schob ihren Hut zurecht. „Das finde ich auch."

„Ach, das ist doch kein Problem.“ Paolo winkte ab. „Ich kann euch die Getränke holen, mich kennt Frau Säuberling noch nicht.“

„Tobias und mich kennt sie auch nicht.“ Nadine warf ihr Haar zurück.

„Also gut.“ Tobias klatschte in die Hände. „Was wollt ihr trinken? Wir bringen es euch.“

„Ich nehme eine Cola.“ Luca kramte einige Geldstücke aus der Hosentasche und reichte sie Tobias.

Dabei blickte Karlson ihn erwartungsvoll an, wedelte mit dem Schwanz und bellte.

„Sitz!“, befahl Luca.

Sofort setzte der Hund sich hin und Luca gab ihm ein Leckerli.

Indessen nahm Thea den Hut ab, öffnete einen Reißverschluss, der sich an der Seite ihrer Kopfbedeckung befand, und zog ebenfalls einige Münzen hervor. „Ich hätte gern ein Zitronenwasser.“

„Zitronenwasser?“ Paolo verzog das Gesicht. „Werde bloß nicht zu sauer!“

„Ich habe keinen Durst“, wiederholte Richard.

Während Paolo, Tobias und Nadine zur Theke gingen, folgten Luca und Karlson den Zwillingen, die auf einen freien Tisch im hinteren Teil des Zehrgartens zusteuerten.

Es dauerte nicht lange, bis Nadine und Tobias die Getränke brachten.

Tobias stellte die Cola vor Luca auf den Tisch. „Paolo kommt auch gleich, er holt schnell noch eine Schüssel Wasser für Karlson.“

„Cool, dass er daran gedacht hat!“ Luca hob den Daumen.

„Das war Nadines Idee.“ Tobias setzte sich.

Luca schaute Nadine mit weit aufgerissenen Augen an. „Echt?“

Nadine bekam einen roten Kopf und wedelte mit der Hand. „Ist doch nichts dabei. Aber tragen wollte ich die olle Schüssel nicht. Wer weiß, wie viele Hunde schon ihre Zunge da reingehängt haben!“

„Übrigens wurden wir am Stand von einer jungen Frau bedient“, sagte Tobias. „Frau Säuberling selbst ist hinten im Café.“

Als endlich alle am Tisch saßen, schlug Richard sein Notizbuch auf. Zuerst zeigte er Tobias seine Eintragungen, die die anderen vier bereits kannten, und erklärte ihm, warum er Herrn Wachhaupt und Herrn Mondlöckchen von der Liste der Verdächtigen gestrichen hatte.

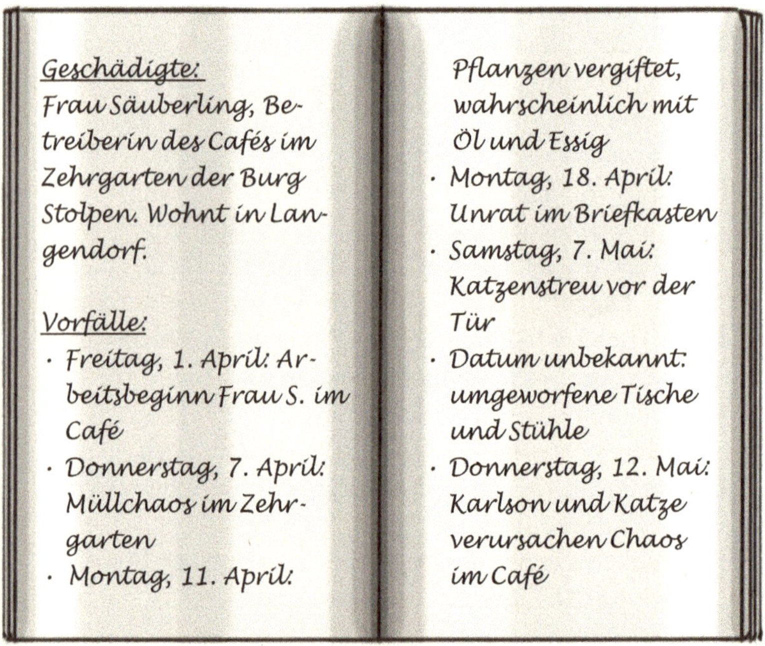

Personen, die Frau Säuberling vor oder nach den Angriffen im Zehrgarten gesehen hat	Von uns im Zehrgarten oder in der Umgebung gesehene Personen
· **Professor Knorrholz** (Geschichtsprofessor) · **Unzufriedene Gäste** ~~· **Herr Wachhaupt** (Burgwächter)~~ · **Einige Kinder** · **Schwarzkappen!!!** · **Fünf Maurer** · **Elektriker Schraubmann** mit **Lehrling** ~~· **Herr Mondlöckchen** (Burgverwaltung, wohnt in Langendorf)~~	· **Professor Knorrholz**, sehr knurrig, ärgert sich über Knallerei, ist nicht bereit, uns zuzuhören, schlägt mit seinem Stock an Nadines Selfiestick ~~· **Herr Wachhaupt**, sehr nett zu Frau S.~~ · **Florian F.** mit dem rothaarigen Mädchen im Zehrgarten und auf dem Spielplatz, außerdem mit den **Schwarzkappen** im Tiergarten · **Siggi Sauer** und **Olli** mit den Knallern · **Rothaariges Mädchen**, wurde sowohl im Zehrgarten als auch auf dem Spielplatz zusammen mit **Florian F.** gesehen. Sie hat die Kleidung gewechselt.

„Also gut." Richard hüstelte und tippte mit dem Stift in sein Heft. „Dann lese ich noch mal die neusten Erkenntnisse aufgrund der Berichte von Luca und Nadine vor.

- Der Lehrling von Elektriker Schraubmann heißt Timo.
- Professor Knorrholz mag Falken und große Hunde. Er hat eine besondere Vorliebe für das Mittelalter.
- Eine der Sicherungen im Café war kaputt. Herr Wachhaupt hat Frau Säuberling eine neue gegeben.
- Frau Springer, die Eierverkäuferin, war noch da, als Frau Säuberling das Café kurz verlassen hat, um dem Elektriker etwas zu zeigen.
- Professor Knorrholz kam kurz darauf in den Zehrgarten, schimpfte und stapfte ins Café. Dort war er eine Weile allein.
- Frau Säuberling wechselte die Sicherung, trotzdem funktionierte der Herd nicht.
- Später stellte Elektriker Schraubmann fest, dass die neue Sicherung auch kaputt war.
- Der Elektriker war in Begleitung des rothaarigen Mädchens, Johanna, sie ist seine Enkelin. Luca fand sie frech, Nadine fand sie total nett. Sie wohnt in Altensteig, geht in Pirna zur Schule und ist oft bei ihren Großeltern in Stolpen. Am liebsten würde sie in Stolpen wohnen.
- Folgende mögliche Lösungen für das Sicherungsproblem hat Luca notiert:
  1. Herr Wachhaupt hat Frau Säuberling eine kaputte Sicherung gegeben.
  2. Jemand hat die Sicherung ausgetauscht, während Frau Säuberling telefoniert oder mit dem Elektriker gesprochen hat.

Luca deutete auf Richards Aufzeichnungen. „Ehrlich gesagt glaube ich nicht, dass Herr Wachhaupt Frau Säuberling eine kaputte Sicherung gegeben hat. Ich habe das nur als theoretische Möglichkeit aufgeschrieben."

„Klar ist das möglich!", rief Paolo. „Ich habe mal einen Film gesehen, da hat so ein Kerl einer Frau, in die er sich verguckt hatte, immer wieder geschadet. Er wollte, dass sie ihn um Hilfe bittet und dann ..."

„So ein Unsinn!" Nadine schob ihr Glas ein Stück zur Seite. „Das passt nicht zusammen, wir haben Herrn Wachhaupt doch schon von unserer Liste der Verdächtigen gestrichen! Ich tippe eher auf diesen ollen Knorrholz."

Paolo beugte sich vor, legte die Unterarme auf den Tisch und schaute Nadine an. „Wir sind hier aber nicht bei der Sendung *Tippen Sie mal!* – wir sollten uns an die Fakten halten!"

„Das tu ich doch!", fauchte Nadine und öffnete ihre Handtasche. „Schließlich hat der olle Knorrholz beinahe mein Smartphone kaputt gemacht. Und im Café war er auch."

Paolo deutete mit dem Finger auf sie. „Deine neue Freundin, Fräulein Rotschopf, war auch im Café! Sie kann es genauso gut gewesen sein!"

„Das sagst du nur, um mich zu ärgern!" Nadine schlug nach Paolos Hand.

Doch Paolo zog seine Hand blitzschnell weg, lehnte sich zurück und klatschte sich lachend auf den Oberschenkel. Karlson sprang auf, fing an zu bellen und hüpfte vor Paolo herum. Während Luca beruhigend auf den Hund einredete, legte Tobias Paolo die Hand auf den Arm und schaute Nadine in die Augen.

„Wer Streit anfängt, gleicht dem, der dem Wasser den Damm aufreißt. Lass ab vom Streit, ehe er losbricht! [6]"

„Cooler Spruch!" Paolo grinste schief.

Und Nadine senkte den Kopf und holte ihr Smartphone aus der Tasche.

Richard räusperte sich. „Wir sollten uns jetzt Lucas Fotos ansehen."

„Das finde ich auch." Thea beugte sich zu Karlson hinab und fing an, ihn hinter den Ohren zu kraulen. Der Hund wandte sich ihr zu, winselte und wedelte mit dem Schwanz.

„Kannst du mal die Leine halten?", fragte Luca.

Thea nickte lächelnd. „Wenn du ihn mir wieder anvertrauen willst, nachdem er mir neulich entwischt ist?"

„Klaro!" Als Luca ihr die Leine reichte, berührten sich ihre Hände. Er spürte, wie er einen roten Kopf bekam. Rasch zog er die zwei Umschläge mit den Fotos aus seiner Jackentasche und versuchte, sich auf die Bilder zu konzentrieren.

---

6 Sprüche 17,14

33

Zunächst ließ Luca einige Aufnahmen des Raums hinter der Theke des Burgcafés herumgehen. Dann zog er die drei wichtigsten Fotos aus dem Umschlag mit den Bildern für seine Freunde heraus und beschloss, das allerwichtigste davon zuletzt zu zeigen. Als Erstes nahm er das Bild, auf dem eine der Schwarzkappen zu sehen war, und reichte es Richard.

Sofort rief Paolo, der an Richards anderer Seite saß: „Oh, da haben wir ja unseren Knallerknolli!"

Richard betrachtete das Foto und wandte sich Tobias zu. „Dieser Junge heißt Olli. Bei unserem Zusammenstoß mit den Schwarzkappen hat er Karlson mit seinen Knallern erschreckt. Und ..."

„Das habe ich ihm schon erzählt." Luca winkte ab. „Tobias kennt die Fotos besser als ihr, schließlich sind wir heute früh zusammen mit dem Bus gefahren."

„Na dann." Richard gab das Foto weiter und lehnte sich auf seinem Stuhl zurück. „Okay, Luca. Zeig uns, was du noch herausgefunden hast."

„Hier haben wir unseren Professor Knorrholz. Er diskutiert mit Herrn Wachhaupt." Luca reichte Richard das nächste Bild.

„Hm. Ich weiß nicht, ob sie diskutieren. Herr Wachhaupt hat ein Buch oder ein Heft in der Hand ..." Richard setzte sich wieder gerade hin und fasste sich ans Kinn. „Das ist übrigens der dritte Burghof, die beiden stehen vor dem Seigerturm."

Thea trank einen Schluck ihres Zitronenwassers. „Aber Frau Säuberling hat gesagt, dass Professor Knorrholz sich ständig mit Herrn Wachhaupt streitet."

Paolo beugte sich über das Bild. „Nee, Alter, die sehen echt nicht so aus, als würden die streiten."

Tobias nickte. „Es sieht aus, als würde der Burgwächter Herrn Knorrholz etwas erklären."

„Ich hab's euch ja gesagt!" Paolo hob den Finger. „Wir sollten Herrn Wachhaupt wieder auf unsere Liste schreiben, womöglich machen die zwei alten Sturköppe gemeinsame Sache und wollen Frau Säuberling vertreiben!"

„Das passt nicht zu Herrn Wachhaupt." Richard schüttelte den Kopf.

Thea stellte ihr Glas ab. „Herr Wachhaupt war echt um Frau Säuberling besorgt, das war nicht gespielt."

Inzwischen zappelte Luca auf seinem Stuhl herum; er wollte endlich das letzte Bild zeigen.

„Wir kennen ihn ja schon von unserem letzten Abenteuer." Tobias gab Nadine das Foto. „Dieser Mann ist die Korrektheit in Person. Er ist stets auf Ordnung und Sauberkeit bedacht und würde sicher nie etwas tun, was dem Ruf der Burg schadet."

„Okay, okay, ihr habt mich überzeugt." Paolo trank einen Schluck Cola.

„Wer weiß, was der Burgwächter dem alten Knurzelprofessor da gerade zeigt." Nadine hielt das Foto so, dass Thea mit darauf schauen konnte. „Vielleicht ist es so eine Art Burgordnung, damit dieser Mann endlich kapiert, wie er sich zu benehmen hat."

„Das wäre möglich." Tobias nahm sein Glas in die Hand. „So ein Schnappschuss fängt ja nur einen kurzen Augenblick ein, womöglich haben sie sich schon wenig später heftig gestritten."

Als Thea das Bild schließlich an Luca zurückgab, wedelte

er mit dem wichtigsten Foto und verkündete: „Passt auf! Jetzt kommt die sensationellste Neuigkeit!“

Richard nahm das Bild und legte es so auf den Tisch, dass alle es sehen konnten. „Das ist Florian Filderstädt, allerdings ohne sein Basecap! Er steht im Zehrgarten. – Wann, sagtest du, ist das Bild entstanden, Luca?“

„Kurz bevor ich dort hingegangen bin und Frau Säuberling mir von ihrem Problem mit der Sicherung erzählt hat.“

„Und wer ist der Kerl in der blauen Latzhose, mit dem sich unser Flori da unterhält?“ Paolo formte mit Zeigefinger und Daumen eine Lupe, die er sich vor die Augen hielt und dann über dem Bild kreisen ließ.

„Bingo! Das war die richtige Frage!“ Luca hob den Daumen. „Das ist Timo, der Lehrling des Elektrikers. Und Elektriker – das dürfte jedem klar sein – haben ab und zu mit Sicherungen zu tun.“ Er nahm ein weiteres Bild aus dem Umschlag und legte es neben das andere. „Hier noch eine Nahaufnahme von Timo, da schleppt er gerade eine Leiter durch den Zehrgarten.“

Richard tippte auf das Bild, das Timo und Florian zusammen zeigte. „Es könnte sein, dass sich die beiden hier zum ersten Mal unterhalten.“ Er wedelte mit der Hand, um eine Wespe zu verscheuchen. „Es könnte aber auch sein, dass sie sich schon länger kennen. Falls das der Fall ist, ergeben sich daraus weitere interessante Ansätze.“

„Mach's nicht so spannend, Brüderchen!“ Thea gab Karlson einen Klaps. „Welche *Ansätze* meinst du?“

„Wir haben Florian zweimal mit dieser Johanna gesehen, der Enkelin von Schraubmann.“

„Für mich heißt sie immer noch Anna.“ Da die Wespe nun um seine Cola herumbrummte, deckte Luca sein Glas mit einem der Fotos ab. „Ich bin mir sicher, dass Timo sie so genannt hat!"

Nadine warf ihr Haar zurück. „Dann irrt sich dieser Timo eben! Ich habe mich schließlich mit ihr unterhalten; sie heißt Johanna!"

Paolo schlug mit der flachen Hand auf den Tisch. „Das ist doch jetzt egal, ob ihr Name drei Buchstaben mehr oder weniger hat! Lasst Richard weiterreden!"

Richard nahm wieder sein Notizheft zur Hand. „Auf unserer Verdächtigenliste stehen sowohl die beiden Elektriker als auch die Schwarzkappen und das rothaarige Mädchen. Und auch Frau Säuberling sind all diese Personen aufgefallen. Falls Florian den Lehrling Timo tatsächlich kennt, hat er möglicherweise über ihn die Enkelin des Elektrikers Schraubmann kennengelernt."

„Boah!", rief Paolo. „Vielleicht ist sie in ihn verknallt? Und deshalb konnte Florian sie überreden, bei den Schwarzkappen mitzumachen und ..."

„Jetzt spinnst du aber total!", fuhr Nadine auf. „Johanna ist nie und nimmer in Florian verknallt! Sie schwärmt für den Jungen, der sie zur Schatzsuche mitgenommen hat. Nur deshalb ist sie heute mit dort gewesen. Das hat sie mir selbst erzählt!"

„Und nach Florian hast du sie nicht zufällig gefragt?" Luca schaute Nadine an. „Immerhin haben wir sie zweimal mit ihm gesehen und ..."

„Nein, hab ich nicht!", schimpfte Nadine. „Man kann ja schließlich nicht an alles denken! Hast du vielleicht deinen Professor Knorrholz gefragt, ob er eine Katze besitzt?"

Luca zog die Brauen zusammen und nahm das Foto

wieder von seinem Glas herunter. „So ein Quatsch, der Professor besitzt garantiert keine Katze."

„Siehst du!" Nadine beugte sich vor und richtete den Zeigefinger auf Luca, als wollte sie ihm damit ein Loch in die Brust bohren. „Du hast die Sache mit der Katzenstreu auch vergessen. Aber von mir verlangst du, dass ich an alles denke. Und im Übrigen finde ich es total überholt, Fotos auszudrucken. Wenn du ein ordentliches Handy hättest, könntest du dir das sparen."

„Eh, Prinzessin, jetzt fang nicht schon wieder an, einen Damm aufzureißen!" Paolo stieß Tobias in die Seite. „Sag doch noch mal deinen coolen Bibelspruch auf!"

„Okay." Tobias grinste. „*Wer Streit anfängt, gleicht dem, der dem Wasser den Damm aufreißt. Lass ab vom Streit, ehe er losbricht!*"

„Ich habe den Streit gar nicht angefangen!", schmollte Nadine und fing an, auf ihrem Smartphone herumzutippen. „Dann sag ich eben gar nichts mehr!"

„Sorry, Nadine." Tobias holte tief Luft. „Paolo meint es sicher nicht so, es ist nur ..."

„Vergiss es! Du hast doch nur deine Bibelsprüche im Kopf!" Nadine rückte ein Stück von Tobias weg und drehte ihm den Rücken zu.

Paolo beugte sich über den Tisch. „Das ging echt nicht gegen dich, Prinzessin. Aber irgendwie müssen wir hier mal zum Ende kommen. Ich will noch ein bisschen mehr vom Burgfest sehen als nur diesen Zehrgarten!"

„Dann geh doch!", knurrte Nadine und rückte ihren Stuhl noch weiter herum.

Richard räusperte sich und deutete auf den anderen Umschlag. „Zeigst du uns auch noch die restlichen Fotos, Luca?"

Luca zuckte mit den Schultern und gab Richard die Bilder. „Das sind nur die Turmfalkenfotos für Professor Knorrholz. Vielleicht treffe ich ihn ja heute noch."

„Dem alten Stänkeronkel würde ich nichts schenken", brummte Nadine.

Bevor Luca antworten konnte, sagte Paolo: „So etwas nennt man Strategie." Dann stieß er Tobias in die Seite. „Hey, Alter, hast du dazu nicht wieder ein Sprüchlein auf Lager?"

„Oh, die Bibel ist ein Buch von unerschöpflicher Tiefe, dazu würden sicher viele Sprüche passen." Tobias kratzte sich an der Stirn. „Leider ist mein Hirn kein Computer, der auf ein Stichwort hin alle passenden Sprüche ausspuckt. Aber wie wäre es damit: *Streitigkeiten sind hart wie der Riegel einer Burg.*[7]"

„Häh?" Paolo schüttelte den Kopf. „Den Zusammenhang kapier' ich nicht."

„Ich glaube, ich weiß, was er meint." Richard schaute von den Fotos auf. „Wie wir gemerkt haben, legt der Professor sich mit vielen Leuten hier auf der Burg an. Streit und Zank sind Beziehungskiller. Die Leute grenzen sich voneinander ab, sie machen dicht, wie Türen, die verriegelt und verrammelt werden. Aber Luca hat einen Zugang zum Professor gefunden, eine offene Tür sozusagen – über eine gemeinsame Vorliebe."

„Genau so ist es." Luca fuhr Karlson durchs Fell. „Ich mag Tiere und der Professor ist ein Fan von Falken und Hunden."

„Ich finde es spitze, dass Luca das macht!" Thea zupfte an der Hundeleine herum. „Es bringt nichts, wenn wir sauer auf den Professor sind und uns mit ihm streiten!"

7 Sprüche 18,19

Tobias nickte. „Streit ist wie der Riegel an einer Tür. Wenn wir uns von dem Professor abschotten und sauer auf ihn sind, ist das, als würden wir noch mehr Türen verriegeln."

„Ach so, jetzt habe ich es gerafft." Paolo trank erneut einen Schluck Cola. „Ich dachte eher an so einen Spruch mit *etwas schenken* und so ..."

„Hm, na gut." Tobias legte die Hände auf den Tisch. „Wie wäre es mit: *Eine heimliche Gabe stillt den Zorn und ein Geschenk im Verborgenen den heftigen Grimm.*[8] Luca macht ihm zwar kein heimliches Geschenk, trotzdem denke ich, dass der Professor sich über die Fotos freuen wird."

„Klar freut der sich, auch wenn er es nicht zugibt. Und diese Freude hat garantiert Auswirkungen auf seine Laune." Paolo stellte sein Glas ab.

Nadine warf ihr Haar zurück und sagte, ohne Paolo anzusehen: „Pfff, du musst es ja wissen."

„Klar weiß ich das!" Paolo umfasste sein Glas mit beiden Händen, als wollte er verhindern, dass es ihm jemand wegnimmt. „Schließlich habe ich das selbst erlebt. Es gab eine Zeit, da hatte ich mit allen Leuten Streit. Viele hatten Angst vor mir, aber in Wirklichkeit ..." Er schüttelte den Kopf und fuhr dann mit leiser Stimme fort: „... in Wirklichkeit habe ich mich total mies gefühlt. Allein. Eingesperrt in mir selbst. Meine Wut ... mein Zorn ... waren riesengroß ... ich hatte eine Mauer um mich gebaut ... fühlte mich als Opfer und war doch selbst mit schuld an allem ..."

„Ach du grüne ... Ameise, erinnere mich nicht an diese Zeit!" Luca strich Karlson über den Kopf. „Ich habe damals viel Mist gebaut, wegen mir hattest du 'ne Menge Ärger, ich habe ..."

8 Sprüche 21,14

„Das ist Gott sein Dank vorbei!" Thea berührte Lucas Hand, die noch immer auf Karlsons Kopf lag.

Er schaute auf und ihre Blicke trafen sich.

„Ist alles vergeben und vergessen." Paolo winkte ab. „Schließlich habe auch ich damals anderen Leuten geschadet, und ich bin froh, dass der Herr Jesus und die meisten Leute mir vergeben haben."

„Die Aufnahmen der Falken sind richtig klasse geworden, Luca!" Richard gab die Fotos an Paolo weiter.

Während Paolo die Bilder rasch durchblätterte, murmelte er: „Ich brauche nun langsam mal ein bisschen Bewegung. In den Burghöfen tobt das bunte Leben und wir sitzen hier wie die Omas und Opas beim Kaffeekränzchen." Er schob die Bilder zu Nadine hinüber.

Nadine gab sie ungesehen an Thea weiter.

„Wir sollten uns jetzt trennen." Richard klopfte auf sein Notizbuch. „Ich würde gern noch mal mit Frau Säuberling sprechen, aber das kann ich auch allein tun – oder nur mit Thea."

„Ja, ich komme mit." Thea legte die Aufnahmen der Falken vor Luca auf den Tisch. „Vier Ohren hören mehr als zwei."

Luca steckte die Falkenbilder in einen der Umschläge und dann in seine Jackentasche. Anschließend schob er die Fotos der Verdächtigen in den anderen Umschlag und gab sie Thea. „Vielleicht braucht ihr die, wenn ihr mit Frau Säuberling sprecht. Ich werde mir in der Zwischenzeit mit Karlson ein bisschen die Marktstände ansehen und dabei nach Professor Knorrholz Ausschau halten. Und falls ich Timo treffe, werde ich ihn nach Florian fragen."

„Ich komme mit!" Paolo rieb sich die Hände und stand auf. „Am meisten interessiert mich der Feuerschlucker!"

„Zum Feuerschlucker musst du ohne mich gehen.“ Luca trank den Rest seiner Cola aus. „Karlson hat panische Angst vor Feuer.“

„Okidoki, dann gehe ich besser allein.“

Luca nickte. „Du kannst ja dabei mal die Augen offen halten, ob du die Schwarzkappen irgendwo entdeckst. Die treiben sich bestimmt auch da herum, wo es was zu sehen gibt.“

„Wir sollten vorher eine Zeit und einen Treffpunkt ausmachen.“ Thea stand ebenfalls auf.

Richard blickte auf seine Uhr. „Es ist jetzt 14.30 Uhr. Reicht euch eine Stunde?“

„Klaro.“ Paolo tappte von einem Fuß auf den anderen. „Das kann sich doch jeder einrichten.“

„Das denke ich auch.“ Luca ließ sich die Hundeleine von Thea zurückgeben und wickelte sie sich ums Handgelenk.

Als auch Tobias und Nadine nickten, sagte Richard: „Also gut. Dann treffen wir uns in einer Stunde wieder hier im Zehrgarten.“

34

Nadine schaute Thea nach, die hinter ihrem Bruder auf den Eingang des Cafés zusteuerte und dachte: *Sie hätte mich wenigstens fragen können, ob ich mitkomme. Wahrscheinlich ist sie eingeschnappt wegen Johanna. Ich wünschte, Johanna käme jetzt hierher!*

„Na, bist du immer noch sauer?“ Tobias' Stimme riss sie aus ihren Gedanken.

Ihr Stuhl stand noch so, dass sie Tobias den Rücken zukehrte. „Du brauchst nicht hierzubleiben“, antwortete sie, ohne sich umzusehen. „Warum gehst du nicht mit Luca auf die Suche nach diesem knurrigen Professor? Der Alte freut sich bestimmt, wenn du ihm ein paar Bibelverse um die Ohren haust!“

Tobias schwieg eine Weile. Dann sagte er: „Es tut mir leid, wenn ich dich verletzt habe.“

Nadine wusste nicht, was sie darauf antworten sollte. Schließlich hatte er ihr nichts getan, er hatte nur seine Bibelverse zitiert und damit versucht, Paolo, Luca und sie vom Streiten abzuhalten. Sie wusste, dass sie selbst mit schuld an den Streitereien war. Ihre Worte waren oft spitz und gemein wie vergiftete Pfeile. Doch im Moment fiel es ihr schwer, ihre Gefühle zu sortieren. Einerseits war sie traurig, weil sie es wieder nicht geschafft hatte, sich zurückzuhalten. Dabei hatte sie sich doch so fest vorgenommen, freundlicher zu sein. Andererseits war sie sauer auf die anderen. Paolo und Luca hätten ...

„Nadine?“ Tobias tippte ihr auf die Schulter. „Ist es dir lieber, wenn ich gehe?“

„Ach, mach doch, was du willst“, brummte sie.

„Okay, dann bleibe ich hier. Aber ich fände es besser, wenn wir normal miteinander reden könnten.“

„Was heißt *normal*?“ Nadine schlug die Beine übereinander und tippte wieder auf ihrem Smartphone herum.

Anstatt zu antworten, nahm Tobias seinen Stuhl, trug ihn um sie herum und setzte sich so, dass er ihr Gesicht sehen konnte. Dann lächelte er sie an. „So ist es besser.“

Mit zusammengepressten Lippen musterte Nadine ihre Schuhe – sie sahen ziemlich schmutzig aus. Am liebsten hätte sie sie mit einem Taschentuch blank poliert, aber so etwas gehörte sich nicht, wenn man in einer Gaststätte saß. Zwar gehörte es sich auch nicht, sich mit dem Rücken zum Tisch hinzusetzen, aber das wollte sie im Moment nicht ändern.

Tobias deutete auf ihre leeren Gläser. „Soll ich uns noch etwas zu trinken holen?“

Nadine schüttelte den Kopf, wobei sie weiterhin vermied, ihn anzusehen. „Ich brauche nichts. Aber wenn du etwas willst ...“

„Zurzeit möchte ich einfach nur mit dir reden.“ Tobias lehnte sich auf seinem Stuhl zurück und schaute sie an.

Nadine öffnete ihre Handtasche und steckte das Smartphone hinein.

Tobias atmete tief durch. „Du findest also, dass ich zu viel von der Bibel rede?“

Nadine hielt den Blick weiterhin gesenkt und winkte ab. „Vergiss es.“

„Darf ich dir erklären, warum ich das tue?“

Nadine fingerte am Verschluss ihrer Handtasche herum. „Ist doch logisch. Du bist schließlich der Sohn des Pfarrers.“

„Seit ich denken kann, bekomme ich das zu hören!" Tobias setzte sich gerade hin und schlug sich auf den Oberschenkel. „Immer diese Vorurteile! Wenn jemand erfährt, dass ich der Pfarrerssohn bin, steckt er mich gleich in diese Schublade. Ich dachte eigentlich, du kennst mich inzwischen besser!"

„Oh." Erschrocken hob Nadine den Kopf und schaute ihn an. „Ich ... Ich wollte nicht ... Ich habe ..."

„Schon gut." Tobias deutete auf den Tisch. „Wollen wir uns nicht wieder normal hinsetzen?"

Als Nadine aufstand und ihren Stuhl umdrehte, setzte Tobias sich ihr gegenüber an den Tisch. Nadine umfasste ihr leeres Glas, als wollte sie sich daran festhalten. „Erzähl mir, warum du so viel von der Bibel redest – falls du es noch willst."

Tobias fuhr sich durch sein kurz geschnittenes Haar. „Klar will ich das."

Wie es schien, lag ihm wirklich etwas an ihr. Nadine versuchte, sich nicht anmerken zu lassen, dass sie sich darüber freute. Er sah toll aus und war sportlich, bestimmt gab es viele Mädchen, die gern seine Freundin wären. Warum benahm sie sich nur manchmal so zickig? Sie wusste doch ganz genau, dass sie damit bei ihm nicht punkten konnte.

„Du hast heute wieder total schicke Sachen an", sagte Tobias schließlich.

„Danke." Nadine spürte, wie sie rot wurde. „Aber du wolltest mir doch etwas ganz anderes erzählen."

Tobias grinste. „Tja, zwischen diesen beiden Themen gibt es einen Zusammenhang."

„Was redest du denn da?" Nadine lachte. „Was haben meine Klamotten mit deinen Bibelsprüchen zu tun?"

Er zwinkerte ihr zu. „Darf ich dir auf diese Frage wieder mit einem Bibelspruch antworten?"

„Na, da bin ich aber gespannt!" Nadine schob das Glas zur Seite und beugte sich vor.

„Denn wo euer Schatz ist, da wird auch euer Herz sein.[9]"

„Hm", überlegte Nadine laut. „Du meinst, die Klamotten und so – sind meine Schätze? Und zu deinen Schätzen gehören die Bibelsprüche?"

„Ja, so ungefähr meine ich das." Tobias legte die Arme auf den Tisch und beugte sich ebenfalls vor. „Und an unseren Schätzen hängt unser Herz. Und das, woran unser Herz hängt, davon reden wir. Der Herr Jesus sagte es so: *Denn aus der Fülle des Herzens redet der Mund.*[10]"

„Hm, das stimmt." Nadine nickte. „Ich rede gern über Klamotten und Smartphones und so. Und du redest gern über die Bibel. Aber ..." Sie warf ihm einen fragenden Blick zu. „Aber hast du nicht noch andere Schätze?"

„Klar. Aber das sind vergängliche Schätze."

„Alle Schätze sind vergänglich." Nadine zupfte an ihrem Shirt. „Meine Klamotten auch. Sie werden altmodisch oder gehen kaputt. Sogar Schmuck aus Gold und Silber hält nicht ewig."

„Die Bibel ist nicht vergänglich, denn sie ist Gottes lebendiges Wort, das in Ewigkeit besteht. Und deshalb kann es dein und mein Leben dauerhaft verändern. Es berichtet darüber, dass der Herr Jesus die Strafe für meine Schuld auf sich genommen hat. Er ist am Kreuz dafür gestorben

---

9 Lukas 12,34

10 Matthäus 12,34 – Revidierte Elberfelder Bibel (Rev. 26)

und Gott hat Ihn drei Tage später auferweckt. Seit ich zum Herrn Jesus gehöre, weiß ich, dass mich nichts von Ihm trennen kann, auch nicht der Tod."

„Wow!" Nadine grinste. „Jetzt fängst du an zu predigen."

Tobias stützte die Ellenbogen auf, legte das Kinn in seine Hände und schaute ihr in die Augen. „So ist das eben mit unseren Schätzen. Wie du selbst schon festgestellt hast – was uns lieb und teuer ist, davon reden wir."

„Ich kann das alles nicht glauben. Das mit eurem Jesus und so." Nadine lehnte sich auf ihrem Stuhl zurück. „Aber ich verstehe, was du meinst. Und eigentlich ... eigentlich stören mich deine Sprüchlein auch gar nicht. Es war nur ... Ich war ..."

„Du hattest schon recht." Tobias seufzte. „Manchmal übertreibe ich es damit. Ich hätte merken müssen, dass du verletzt warst ..."

„Vergiss es." Nadine wedelte mit der Hand. „Ich war vorhin ziemlich schlecht drauf. Am liebsten würde ich das jetzt durchstreichen – oder besser gleich ausradieren."

„Kein Mensch ist perfekt." Tobias zuckte mit den Schultern. „Wichtig ist, dass wir das Böse, das wir getan haben, zugeben ... vor uns selbst, vor denjenigen, die unter uns zu leiden hatten, und – vor Gott."

Nadine nickte schwach. Sie wusste nicht, was sie sagen sollte.

Plötzlich stand Tobias auf. „Hier im Zehrgarten merkt man heute fast gar nichts von dem Burgfest. Wollen wir ein Stück gehen?"

„Ja, gern!" Nadine schenkte ihm ihr strahlendstes Lächeln und stand ebenfalls auf. Sie war erleichtert, dass sie nicht weiter über dieses heikle Thema reden musste.

Als sie den Zehrgarten verließen, stießen sie hinter dem Tor beinahe mit Professor Knorrholz zusammen, der offenbar gerade hineinwollte.

35

Luca schob sich durch die Menschenmenge, immer darauf bedacht, dass Karlson nicht getreten wurde. Womöglich biss er dann noch jemanden ins Bein und solchen Ärger konnte er überhaupt nicht brauchen.

Hinter dem Durchgang zum dritten Burghof stieg ihm der Geruch von gebratenem Fleisch in die Nase. Die Leute standen hier so dicht gedrängt, dass Luca sich auf die Zehenspitzen stellen musste, um zu sehen, was es hier gab – ein Spanferkel, das auf einem langen Spieß über offenem Feuer gedreht wurde. Karlson sah winselnd zu ihm auf und wedelte wie wild mit dem Schwanz.

„Nein, Karlson. Das ist nichts für dich. Außerdem wollen wir den Professor suchen."

Als sie in der Nähe eines anderen Grills vorbeigingen, auf dem Fleischspieße lagen, hielt Karlson schnuppernd die Nase in die Höhe und zerrte an der Leine, als hätte er eine ganz besondere Spur aufgenommen.

„Bei Fuß!" Luca blieb stehen und zog den Hund an seine Seite. „Mach ja keinen Unsinn heute! Ich hätte dich wohl besser zu Hause gelassen! Aber verstehen kann ich dich, bei diesen Gerüchen wird ja jeder schwach."

Ein paar Stände weiter duftete es verführerisch nach frisch gebackenem Kuchen, doch auch da stand eine lange Schlange, sodass Luca nicht erkennen konnte, welche Sorten es gab. Gleich darauf ließ ihm der Duft nach Pizza das Wasser im Mund zusammenlaufen, doch dann sah er, dass das, was der Bäcker da aus seinem Ofen zog, gefüllte Teigtaschen oder so etwas Ähnliches waren. War ja eigentlich auch logisch, denn Pizza gab es im Mittelalter bestimmt noch nicht.

„Kein Wunder, dass im Zehrgarten so wenig los ist“, sagte Luca zu Karlson. „Die Leckereien von Frau Säuberling kann man dort auch an jedem normalen Tag genießen, aber was hier draußen alles angeboten wird, gibt es nur zum Burgfest. Eigentlich kann ich genauso gut nach dem Professor Ausschau halten, während ich mich hier irgendwo anstelle.“

Luca überlegte, ob er sich lieber etwas Herzhaftes oder etwas Süßes kaufen sollte. Außer Kuchen, Kartoffelpuffern und Eis gab es noch süßen Brei, gebrannte Mandeln, in Schokolade getauchte Früchte und irgendwelche Bonbons. Er bezweifelte allerdings, dass es das alles schon im Mittelalter gegeben hatte, doch mit solchen Fragen mochten sich Richard oder Professor Knorrholz auseinandersetzen. Ihm war jetzt wichtiger, seine drei Euro so anzulegen, dass er möglichst lange etwas davon hatte, satt wurde und etwas genoss, was nicht alltäglich war und woran er sich später noch lange erinnern konnte.

Doch neben den Fressalien gab es ja auch noch andere Stände mit Dingen, die man sonst in den Geschäften nicht bekam. Vielleicht sollte er sich, bevor er sich für eine Leckerei entschied, erst einmal bei diesen Sachen umschauen. Ganz in seiner Nähe umstanden etliche Kinder eine Verkaufsbude, an der sie kleine Katapulte ausprobieren konnten, die aussahen wie mittelalterliche Steinschleudern. Außerdem gab es dort Holzschwerter, Ritterhelme und Schilde, kleine Armbrüste und vieles mehr.

Eine Armbrust hatte Luca sich schon als kleiner Junge gewünscht, aber dafür reichte sein Geld nicht. Außerdem lehnten seine Eltern jegliches Kriegsspielzeug ab, und dazu gehörten leider auch Armbrüste, Pfeil und Bogen sowie Steinschleudern.

Kaum waren sie ein paar Schritte weitergegangen, fing Karlson erneut an, an der Leine zu zerren und zu bellen. Luca fuhr herum und entdeckte Käfige mit Hühnern und Gänsen, die gackernd, schnatternd und schreiend mit den Flügeln schlugen.

„Aus!" Luca riss an der Leine. „Komm hierher!"

Doch es war aussichtslos. Offenbar war Karlsons Jagdinstinkt erwacht und da gab es kein Halten.

Luca packte das Halsband des Hundes und zog ihn mit aller Kraft von dem Geflügel weg.

Plötzlich ertönte ganz in der Nähe ein wilder Trommelwirbel, woraufhin Karlson zusammenzuckte und sich eng an Lucas Bein drängte. Als dazu noch eine Flöte und ein Streichinstrument einsetzten, fing der Hund an zu winseln und zu zittern.

Luca legte dem Hund den Arm um den Hals und strich ihm beruhigend durchs Fell. „Dir bekommt der ganze Trubel hier ganz und gar nicht. Komm Karlson, ich bring dich nach Hause!"

Auf dem Weg zum Burgtor machte er einen großen Bogen um den Feuerschlucker und den Schmied – sonst würde Karlson sicher endgültig durchdrehen.

36

Der Duft nach Gebackenem und Gebratenem ließ Paolo das Wasser im Mund zusammenlaufen und sein Magen fühlte sich an, als hätte er seit Wochen keinen Happen mehr bekommen. Dabei hatte es bei der Schatzsuche sein Leibgericht gegeben – Nudeln mit Tomatensoße – und er hatte sich mächtig den Bauch vollgeschlagen. Und trotzdem wünschte Paolo sich, er hätte sein letztes Geld nicht eben im Zehrgarten für die Cola ausgegeben. Neben den Leckereien gab es hier heute auch noch so viele andere Dinge, die er sich gern gekauft hätte.

Warum nur musste man immer und für alles Geld bezahlen?! Warum bekam man nicht ab und zu mal etwas geschenkt?! – Nun ja, eigentlich hatte er heute ja schon ganz schön viel geschenkt bekommen, denn die Teilnahme an der Schatzsuche und das Essen dort kosteten nichts.

Aber nun war er hier und hatte wieder neue Wünsche. Mit den Wünschen war es wie mit dem Essen: Eine Zeit lang fühlte man sich satt und zufrieden, doch schon bald wurde man wieder hungrig. Und wenn man etwas geschenkt bekam, freute man sich eine Weile, aber bald schon hatte man neue Wünsche. Hörte das denn niemals auf?

Paolo schlenderte weiter und kam an einem Backofen vorbei, der leckeren Kuchenduft verströmte. Dann begegnete er einem Mädchen, das genüsslich an einem großen Eis schleckte, und schaute ihm sehnsüchtig nach. Die Kleine bemerkte seine Blicke und streckte ihm die Zunge heraus.

Er tat, als hätte er es nicht gesehen und wandte den Blick

ab. In Gedanken ermahnte er sich selbst: *Hey, so geht das nicht! Wenn ich weiter hier von einer Futterbude zur nächsten schleiche und all die leckeren Sachen schnuppere, fange ich am Ende noch an, wie Karlson zu winseln, zu sabbern und zu betteln. Ich muss schnellstens weg von diesen Essensständen. Außerdem wollte ich doch dem Feuerschlucker zusehen!*

Zielstrebig bahnte Paolo sich einen Weg durch die Menschenmenge. Um nicht wieder neue Wünsche zu nähren, gönnte er den Ständen und Buden rechts und links keinen Blick mehr und musterte stattdessen die Leute, die sich wie im Fieber gegenseitig von einem Stand zum nächsten schoben. Dabei entdeckte er einen Lehrer seiner Schule mit Frau und Kindern, zwei Mädchen aus seiner Parallelklasse und einen alten Nachbarn mit Rollator. Der grauhaarige Mann stieß, wenn es ihm zu eng wurde, den Leuten einfach mit seinem Gefährt an die Beine, schaute anschließend in eine andere Richtung und tat so, als hätte er die von ihm verursachte Kollision gar nicht bemerkt.

Paolo grinste. „Guten Tag, Herr Humpert", rief er dem Alten zu.

Der Mann blieb stehen, schaute ihn mit zusammengekniffenen Augen an und brummte: „'n Tag, Jungchen."

„Cooles Fest hier, was?" Paolo trat einen Schritt auf ihn zu. „Haben Sie zufällig den Feuerschlucker gesehen?"

„Alles Kokolores." Herr Humpert löste eine Hand vom Griff seines Rollators und winkte ab. „Ich suche das Spanferkel. Irgendwo muss doch das Spanferkel sein!"

„Der Spieß mit dem Spanferkel ist dort hinten." Paolo deutete in Richtung des Durchganges zum Zehrgarten. „Es riecht total lecker, aber leider konnte ich nicht davon kosten, weil ich kein Geld mehr habe."

„Gibt es Tische beim Spanferkel? Und Stühle?“

Paolo kratzte sich am Kopf. „Also, ich habe da nur so ’n paar Stehtische gesehen. Sie wissen schon, die hohen, wo man zum Essen dran stehen muss.“

„Gedankenloser Klimbim“, schimpfte der Alte. „An unsereins denkt niemand. Da macht man sich die Mühe, mit dem Bus hierherzukommen ... das war nicht einfach ... wirklich nicht einfach mit dem Ding da“ – er rüttelte an seinem Rollator – „und dann gibt es nicht mal ordentlich was zum Hinsetzen!“

„Sie können sich in den Zehrgarten setzen. Dort war vorhin noch jede Menge Platz.“

„In den Zehrgarten? Gibt es da denn auch Spanferkel?“

Paolo schüttelte den Kopf. „Nein, aber Sie können ihre Portion doch mit dahin nehmen.“

„Mit dahin nehmen? Ich? Mit dem Rollator?“ Herr Humpert deutete mit dem Kopf auf die Leute, die an ihnen vorbeidrängten. „Die fegen mir doch das Essen von meinem Gefährt, bevor ich auch nur daran gerochen habe!“

Sehnsüchtig ließ Paolo seinen Blick zum Johannisturm wandern, neben dem sich der Durchgang zum nächsten Burghof befand, in dem er den Feuerschlucker vermutete. Am liebsten würde er den alten Mann einfach stehen lassen und dorthin eilen. – Ja, der alte Paolo hätte das getan! Aber der neue Paolo wusste, dass das gemein war. Er erinnerte sich an einen Spruch Jesu, den Richard ihm mal in der Bibel gezeigt hatte: *Alles nun, was ihr wollt, dass euch die Leute tun sollen, das tut ihnen auch!* [11] Und was sein alter Nachbar sich wünschte, das konnte er sich denken. Der wünschte sich garantiert, dass ...

11 Matthäus 7,12

„Nu komm schon, Jungchen, mir tropft der Zahn!" Herr Humpert stieß ihm mit dem Rollator ans Bein. „Zeig mir den Weg zu diesen Tischen im Zehrgarten und dann bring mir was vom Spanferkel! Ich lasse auch 'ne Portion für dich springen – Kerle wie du haben immer Hunger, das weiß man doch!"

„Okay, ich komme mit." Und während Paolo sich vor Herrn Humpert einen Weg durch die Menge bahnte, betete er: *Herr Jesus, weil Du es so willst, helfe ich dem alten Brummbart. Eigentlich wollte ich ja zum Feuerschlucker. Ich hoffe, Du weißt, was für ein Opfer das für mich ist! Hm ... na ja, aber ich will auch nicht undankbar sein. Dafür was zu futtern zu kriegen, ist auch nicht schlecht. Und vielleicht entdecke ich dabei ja sogar was Verdächtiges, was mit unserem neuen Fall zu tun hat. Du kannst mir dabei helfen, denn weil Du Gottes Sohn bist, weißt und siehst Du doch alles. Oder etwa nicht? Na, das war's dann erst einmal. Amen.*

Plötzlich erhielt Paolo einen Stoß gegen die Ferse, der ihn fast zu Fall brachte.

„Hey!" Er wandte sich zu dem alten Mann um und schimpfte: „Sie brauchen mir mit Ihrem Rollgestell nicht in die Hacken zu fahren, dadurch geht es auch nicht schneller! Wenn Sie so weitermachen, brauche ich bald auch so ein Dingsda!"

„Schon gut, Jungchen", brummte der Alte. „Lass mich mal vor. In meinem Windschatten bist du sicherer!"

37

Als Richard und Thea das Café betraten, war kein einziger Platz in dem kleinen Raum besetzt. Aber das hatte Richard bei dem schönen Wetter auch nicht anders erwartet.

„Guten Tag, Frau Säuberling“, sagten die Zwillinge gleichzeitig. So etwas passierte ihnen manchmal, ohne dass sie es vorher abgesprochen hatten.

Frau Säuberling, die gerade den Geschirrspüler ausräumte, richtete sich auf, stellte einen Stapel Teller auf die Theke und wandte sich um. „Ach, ihr seid es!“ Ein Lächeln huschte über ihr Gesicht. „Ich werde gleich deinen Hut holen, Thea. Bitte lasst die Tür offen, damit ich höre, wenn meine Kollegin nach mir ruft.“

„Das mit dem Hut hat Zeit, Frau Säuberling.“ Thea hob die Hände. „Ich würde den Hut lieber erst abholen, wenn wir nach Hause fahren.“

„Ah, ich verstehe, ihr wollt euch erst noch ein wenig auf der Burg umschauen.“ Die Betreiberin des Cafés deutete auf Theas Kopf. „Und zwei Hüte kannst du dabei schlecht brauchen.“

„Genau.“ Thea kicherte. „Denn schließlich habe ich nur einen Kopf und mein Bruder weigert sich leider, einen meiner Hüte aufzusetzen.“

Richard räusperte sich. „Luca hat uns die merkwürdige Sache mit der Sicherung berichtet. Haben Sie darüber noch etwas Neues herausgefunden?“

„Leider nicht.“ Frau Säuberling seufzte. „Dafür gab es heute Morgen einen weiteren Zwischenfall.“

„Schon wieder? Bitte erzählen Sie uns, was passiert ist.“

Richard setzte sich an den Tisch, der der Theke am nächsten stand, und holte sein Notizbuch heraus.

Währenddessen trat Thea zu Frau Säuberling. „Darf ich Ihnen helfen? Ich könnte die Spülmaschine weiter ausräumen und ..."

„Danke, das ist nett von dir, aber das mache ich später." Frau Säuberling ging zu Richard und nahm neben ihm Platz. „Die Vorkommnisse heute Morgen ... Sie haben mir meine Gäste vertrieben ... Es war schrecklich ... Ich bin nur froh, dass Herr Wachhaupt nicht dabei war ... aber ... aber sicher wird es sich herumsprechen und dann ... dann ... vielleicht werde ich gekündigt ..."

„Was ist denn passiert?" Thea ließ sich neben Frau Säuberling auf einen Stuhl fallen.

„Mein Waffelteig ..." Frau Säuberling fuhr sich über die Augen. „Er war mir heute besonders gut gelungen, ich hatte schon die erste Waffel gebacken und gekostet ... doch dann ... dann wurde ich hinaus gerufen ... kurz bevor die Burg für die Besucher öffnete ..."

„Wer hat Sie gerufen?" Richard schlug sein Büchlein auf und nahm den Stift.

„Na, dieser Lehrling von Herrn Schraubmann ... Er war gekommen, um drei defekte Birnen der Partybeleuchtung auszuwechseln ..."

Richard setzte an, um zu schreiben, hielt dann aber inne. „War er allein?"

„Ja. Herr Schraubmann hatte noch im Seigerturm zu tun ... Und dann ..." Frau Säuberling stützte die Ellenbogen auf und legte ihr Gesicht in die Hände, als wollte sie sich in ihnen verkriechen. „... dann bin ich wieder hineingegangen ... habe die Waffeln gebacken und ... und die ersten Gäste kamen ... und die Waffeln waren versalzen ... ganz schlimm versalzen ... Ich hätte sie vor dem Verkauf noch mal kosten sollen ... aber der Teig war doch vorher in Ordnung gewesen ... die Gäste haben geschimpft ...“

„So eine Gemeinheit!“ Thea klatschte mit der flachen Hand auf den Tisch. „Wer macht denn so etwas? Haben Sie gesehen, ob jemand ins Café gegangen ist, als Sie draußen waren?“

Frau Säuberling schüttelte den Kopf. „Die kaputten Birnen befanden sich ganz hinten, in der Ecke des Zehrgartens. Von da aus konnte ich die Tür nicht sehen. Und ich habe ja auch nicht mit so etwas gerechnet ... Ich war doch nur ganz kurz weg ... und als ich zurückkam, war niemand im Café.“

„War die junge Verkäuferin zu dieser Zeit schon draußen am Stand?“, erkundigte Richard sich, während er schrieb.

„Nein, sie ist erst gegen Mittag gekommen.“

Richard schaute von seinem Heft auf. „War zu dieser Zeit sonst noch jemand im Zehrgarten?“

„Nur der Lehrling ... und Professor Knorrholz.“

Thea legte ihren Hut auf den Tisch. „Ich frage mich, warum der heute hier herumsteigt, wo er sich doch so über diese Feste ärgert ...“

38

Im Kassenbereich herrschte großes Gedränge, viele Leute standen an, um eine Eintrittskarte zu kaufen.

Luca packte Karlson mit beiden Händen, hob ihn hoch und murmelte: „Das ist nur zu deinem Besten, alter Junge. Wenn ich dich laufen lasse, trampeln die dir womöglich eine deiner Pfoten zu Brei – oder noch mehr. Also verhalte dich still, im Tiergarten kannst du wieder rennen, das verspreche ich dir!"

Während Luca sich mit dem Hund auf dem Arm einen Weg durch die Menschenmassen suchte, verhielt Karlson sich tatsächlich erstaunlich ruhig. Wahrscheinlich spürte er, dass das im Moment das Beste für ihn war.

Auf einmal lachte jemand hinter ihnen. „Schau an, schau an! Das Lucachen trägt sein Hundchen an der Brust wie eine Mutter ihr Baby!"

Luca fuhr herum und stieß fast mit Florian Filderstädt zusammen. Dicht hinter Florian stand die rothaarige Anna – oder Johanna.

„Kann ich voll verstehen, dass du deinen Hund hier trägst!" Das Mädchen lächelte Luca an. „Florian meint das nicht so, der ist nur ein Scherzkeks, der immer ein Späßchen machen will, stimmt's, Flori?"

Luca strich Karlson beruhigend über den Kopf. „Sogenannte *Späßchen* auf Kosten der anderen findet nur der lustig, der sie macht."

Florian öffnete den Mund, um etwas zu erwidern, doch das Mädchen knuffte ihn in die Seite. „Wir sollten weitergehen, sonst schieben uns die Leute wieder in den zweiten Burghof zurück!"

BURGFEST STOLPEN
WILLKOMMEN

„Na dann, schieb los, Hundevater!“ Florian stieß Luca in den Rücken. „Bring dein Baby in Sicherheit!“

Während Luca nach einer passenden Antwort suchte, drehte sich ein entgegenkommender, dicker Mann zur Seite und schlug ihm dabei seinen Rucksack gegen den Kopf.

„So passen Sie doch auf!“, rief die Mädchenstimme hinter Luca. „Sonst brauchen Sie sich nicht zu wundern, wenn der Hund sie beißt!“

„Tschuldigung“, brummte der Mann.

Florian stieß Luca erneut an. „Nun mach mal bisschen Tempo!“

Luca presste Karlson noch fester an sich, steuerte auf den Ausgang zu und raunte Karlson ins Ohr: „Jetzt wird’s noch mal eng, alter Junge. Aber sobald wir hier durch sind, wird es besser. Garantiert!“

Nachdem sie das Tor passiert hatten, ließ Luca den Hund wieder herunter, bog nach rechts ab und schlüpfte mit ihm durch die Pforte, die in den Tiergarten hinabführte. Florian und das Mädchen gingen an ihm vorbei und spazierten auf eine Bank zu.

Karlson blieb an einem Baum stehen, fing an zu schnuppern, hob sein Bein und markierte ihn.

Währenddessen setzten sich Florian und Anna – oder Johanna – auf die Bank.

Karlson tappte, am Boden schnüffelnd, ein paar Schritte weiter, steckte seine Nase in ein Mauseloch, zog sie wieder heraus, nieste und fing an zu buddeln. Normalerweise gestattete Luca ihm das nicht, aber heute kam es ihm gerade recht. Aus den Augenwinkeln beobachtete er das rothaarige Mädchen und Florian Filderstädt.

Sie steckten die Köpfe zusammen und unterhielten sich.

Dabei schauten sie immer wieder zu ihm und Karlson herüber.

Garantiert sprachen sie über ihn, das konnte Luca förmlich spüren! Aber vielleicht war diese Anna – oder Johanna – gar nicht so übel, wie er bisher angenommen hatte? Immerhin war sie vorhin total nett zu ihm gewesen. Sie hatte ihn angelächelt, Florians spitze Worte entschärft und diesem Rucksackmann die Meinung gesagt.

Karlson scharrte weiter in dem Mauseloch. Inzwischen war es so groß, dass der ganze Hundekopf hineinpasste.

Luca bückte sich und klopfte ihm auf den Rücken. „Treib's nicht zu doll, alter Junge! Ich habe keine Lust, dich heute noch zu baden!"

Karlson schaute zu ihm auf, nieste erneut, wedelte mit dem Schwanz und buddelte weiter.

Luca beschloss, das Mädchen Anna zu nennen, solange er es nicht besser wusste. Und falls er dazu kam, sie anzusprechen, würde er sie einfach fragen.

Offenbar war Anna nach der Schatzsuche noch einmal zu Hause oder bei ihren Großeltern gewesen, denn sie hatte sich umgezogen. Jetzt trug sie Turnschuhe, abgewetzte Jeans und ein verwaschenes grünes T-Shirt, das mit einem Smiley und der Aufforderung *Lach mal wieder!* bedruckt war. Ihre roten Haare hatte sie zu einem Pferdeschwanz zusammengebunden.

Luca verkniff sich ein Grinsen. Wahrscheinlich hatte sie während der Schatzsuche gemerkt, dass die schicken Klamotten total unpraktisch waren. Nadine würde Augen machen, wenn sie ihre neue Freundin so sehen könnte!

Auf einmal zog Anna ein Handy aus ihrer Hosentasche, tippte darauf herum und fing an zu telefonieren. Dann gab sie das Handy an Florian weiter. Während Florian sprach, schaute er immer wieder zu Luca herüber.

Karlsons Loch hatte inzwischen die Größe von Frau Säuberlings Waffelteigschüssel. Luca überlegte, ob er mit dem Hund zu Florian und Anna spazieren und ein Gespräch anfangen sollte. Vielleicht könnte er so etwas Neues über dieses Mädchen oder die Vorkommnisse im Zehrgarten in Erfahrung bringen.

Aber was sollte er tun, falls die anderen Schwarzkappen plötzlich auftauchten? Möglicherweise hatten sie sich an dieser Bank mit Florian und Anna verabredet. Und wenn dieser Olli wieder Knaller dabeihätte, wären Luca und Karlson ihnen hilflos ausgeliefert.

39

Paolo passierte hinter Herrn Humpert den Durchgang zum Zehrgarten, überholte den alten Mann und steuerte auf einen freien Tisch zu. Dabei entdeckte er Professor Knorrholz, der in der hintersten Ecke stand und mit zusammengezogenen Brauen die wenigen Gäste musterte.

Nachdem Herr Humpert sich umständlich hingesetzt hatte, kramte er seine Geldbörse heraus, öffnete sie und reichte Paolo einen 20-Euro-Schein. „Nu los! Hol uns beiden zwei ordentliche Portionen Spanferkel, Jungchen."

Paolo nahm den Schein und trat von einem Bein auf das andere. „Ähm ... Ich esse eigentlich lieber Bratwurst – oder Kuchen – oder ..."

„Bratwurst? Kuchen? Pfff!" Der alte Herr rümpfte die Nase. „Das kann man doch alle Tage essen. Spanferkel musst du kosten! Das ist was Besonderes!"

„Das weiß ich." Paolo nickte. „Trotzdem schmeckt mir Bratwurst besser."

„Ach, mach doch, was du willst!" Herr Humpert wedelte mit der Hand. „Hauptsache du bringst mir mein Spanferkel."

Paolo deutete auf den Geldschein. „Das heißt, ich darf mir von dem restlichen Geld was zu Essen aussuchen?"

„Sag ich doch, Jungchen. Von mir aus auch mehreres. Wurst und Kuchen und Eis." Der Alte hob den Finger. „Aber vorher holst du mir mein Spanferkel!"

„Wird gemacht, Herr Humpert! Bin gleich wieder da!" Damit wandte Paolo sich um und spurtete auf den Durchgang zum Burghof zu.

Beim Spanferkelgrill standen viele Leute an. Paolo stellte sich ans Ende der Schlange und überlegte, während er wartete, was er für sich zu Essen holen sollte. Vielleicht ein Stück Apfelstrudel mit Eis oder Vanillecreme? Oder doch lieber eine Bratwurst? Ein knuspriges halbes Hähnchen wäre auch nicht zu verachten. Nun ja, er hatte noch etwas Zeit, um sich zu entscheiden.

Als er endlich mit einer großen Portion Spanferkel zu seinem alten Nachbarn zurückkehrte, betraten unmittelbar vor ihm zwei Männer in mittelalterlicher Kleidung den Zehrgarten. Der eine trug eine Art Geige – so etwas nannte man wohl Fiedel oder so ähnlich. Der andere hatte ein Blasinstrument, das wie ein Zwischending aus Flöte und Trompete aussah.

Paolo eilte zu Herrn Humpert, stellte den Pappteller mit dem Essen vor ihm ab und legte das Plastikbesteck daneben. „Soll ich Ihnen noch was zu trinken holen?"

Der Alte strahlte übers ganze Gesicht und leckte sich die Lippen. „'n kühles großes Bier wäre gut! Und such dir auch was aus!"

Da fingen die Musikanten an zu spielen, und Paolo musste schreien, damit Herr Humpert ihn verstand. „Wenn es Ihnen recht ist, hole ich mir 'ne Cola und 'ne Waffel. Frau Säuberling macht nämlich nach allem, was ich gehört habe, die besten Waffeln weit und breit; die wollte ich schon immer mal kosten. Und vielleicht kann ich mir später ja noch 'ne Bratwurst holen – falls das Geld reicht."

„Red nicht so viel, Jungchen! Mach einfach." Der Alte wischte mit dem Arm das Plastikbesteck zur Seite. „Und bring mir ordentliches Besteck! Das Zeug hier ist ein Witz."

40

„Jetzt ist es aber genug, Karlson! Du brauchst kein Nachtquartier für uns beide zu buddeln, wir haben schon ein Zuhause!"

Während Luca den Hund zur Seite zerrte und mit dem Schuh etwas Erde zurück in das große Loch beförderte, kam Anna auf ihn zugeschlendert. Florian folgte ihr.

„Darf ich ihn mal halten?" Anna deutete auf den Hund. „Dann kannst du in Ruhe die Flurschäden beseitigen, die er angerichtet hat."

„Okay." Luca zog Karlson noch ein Stück weiter von dem Loch weg und reichte Anna die Hundeleine. „Er ist total heiß auf Mauselöcher. Normalerweise lasse ich ihn nicht so herumbuddeln, aber nach dem Stress, den er auf der Burg hatte, habe ich heute mal eine Ausnahme gemacht."

„Das verstehe ich." Anna lächelte, beugte sich zu Karlson hinab und strich ihm über den schmutzigen Kopf. „Hey du, wie heißt du denn?"

Luca schob noch mehr Erde zurück in das Loch. „Er heißt Karlson."

„Karlson." Sie hockte sich neben den Hund und klaubte ein paar Dreckklumpen aus seinem Fell.

Das war die Gelegenheit, endlich herauszufinden, wie das rothaarige Mädchen wirklich hieß. „Und wie heißt du?", fragte Luca.

„Anna. Und du?"

„Luca." Er ging um das Loch herum und schob von der anderen Seite her noch eine Ladung Erde hinein. „Nadine hat behauptet, dass du Johanna heißt ..."

„Johanna ist ..."

„... ist ihr zweiter Vorname", beendete Florian Annas Satz. Dann bückte er sich und umfasste ihren Arm, als wollte er sie hochziehen. „Nun komm endlich weiter, Anna!"

Sie schob seine Hand weg. „Mann, nerv mich nicht! Ich liebe Hunde!"

Florian richtete sich auf. „Aber wir wollten doch ..."

„Später." Anna kraulte Karlson hinter den Ohren. „Ach Karlson, du bist so ein süßes Knuddelchen! Ich wünschte, ich hätte auch so einen wie dich! Aber meine Mutter erlaubt das nicht, da ist sie total stur!"

„Das ist schade", sagte Luca. „Hast du wenigstens ein anderes Haustier?"

„Leider nicht", seufzte Anna. „Meine Oma hat eine Katze, aber die stromert meist draußen herum."

„Was nicht ist, kann ja noch werden." Das Loch war nun wieder geschlossen und Luca betrachtete seine Schuhe. Die mussten dringend geputzt werden. „Meine Eltern wollten früher auch keinen Hund, doch irgendwann haben sie es sich anders überlegt. Allerdings hätte ich gern noch mehr Tiere, aber das erlauben sie nicht."

„Anna!" Florian klang genervt.

„Ich habe SPÄTER gesagt! Wenn dir das nicht passt, dann geh doch!"

Karlson leckte Annas Hand und legte sich ihr zu Füßen.

„Aber du wolltest doch auch sehen, was hinter dieser geheimnisvollen Tür ist." Florian schaute auf seine Armbanduhr. „In einer Stunde muss ich den Schlüssel meinem Cousin zurückgeben."

Luca horchte auf. „Wollt ihr etwa in einen dieser unterirdischen Gänge kriechen?"

„Vielleicht?“ Anna schaute zu ihm auf. „Kennst du diese Gänge?“

„Einige davon kann sich jeder ansehen, der in den Burgkeller geht. Aber es gibt auch welche, die man lieber nicht betreten sollte. Meine Freunde und ich haben einmal miterlebt, wie ein paar Schatzsucher in so einem Gang verschüttet wurden.[12]“

Florian klopfte Luca auf die Schulter. „Und dann habt ihr diesen Leuten das Leben gerettet!“

Luca wunderte sich, dass Florian auf einmal so freundlich war und nicht von dieser Geschichte ablenkte. Denn schließlich hatten seine Freunde, die Schwarzkappen, bei dieser Sache keine gute Rolle gespielt.

„Echt?“ Anna setzte sich neben dem Hund ins Gras. „Dann seid ihr ja richtige Helden!“

„Klar sind sie das!“, sagte Florian. „Danach stand sogar ein fetter Artikel über sie in der Zeitung.“

„Wow!“ Anna schnippte mit den Fingern. „Erzähl mal, Luca!“

Karlson rollte sich auf den Rücken und reckte Anna seinen Bauch entgegen.

„Diese Geschichte kann Luca dir später erzählen.“ Florian schaute erneut auf seine Uhr. „Jetzt sollten wir gehen und ...“

„Drängel doch nicht so!“ Anna tätschelte den Bauch des Hundes. „Karlson ist gerade dabei, mein Freund zu werden.“

Luca schaute zu Anna hinab. *Sie scheint Karlson echt zu mögen. Und er genießt es. Karlson ist klug, so lässt er sich nur von jemand anfassen, der wirklich tierlieb ist.*

---

12 Was Luca und seine Freund damals erlebt haben, kannst du im Buch *Richard – Das BurgKellerGeheimnis* nachlesen.

„Dann geh ich eben allein!" Florian wandte sich Luca zu. „Oder willst du mitkommen?"

Luca schreckte hoch. „Ich? Mitkommen? Wieso fragst du gerade *mich*?"

Florian zuckte mit den Schultern. „Warum nicht? Allein macht so etwas doch keinen Spaß. Und meine anderen Freunde sind gerade nicht da."

„Ph, Freunde!" Anna machte eine wegwerfende Handbewegung. „Ich weiß ja nicht, ob man die Schwarzkappen als Freunde bezeichnen kann."

Mit zusammengekniffenen Augen sah Luca erneut zu Anna hinab – er war sich nicht sicher, ob sie das ernst meinte. Doch das Mädchen kraulte bereits wieder hingebungsvoll Karlsons Fell.

„Ach, Anna!" Florian seufzte. „Du verstehst das nicht. Es stimmt schon, manchmal ist der Siggi ziemlich gemein. Aber er und die anderen haben auch ihre guten Seiten."

„Na", brummte Luca, „ich hab bisher noch keine guten Seiten von denen kennengelernt."

„Müssen wir uns jetzt über die Schwarzkappen unterhalten?" Florian seufzte noch lauter. „Mann! Die Zeit drängt, ich will endlich erkunden, was hinter dieser Tür steckt! Eigentlich wollte Anna ja mitkommen, aber dann kamst du mit deinem Hund und ..."

„Ich habe dir doch erklärt, dass ich Tiere liebe!" Anna nahm Karlsons Kopf in beide Hände und knuddelte ihn. „Und es kommt schließlich nicht alle Tage vor, dass ich die Gelegenheit habe, Freundschaft mit einem Hund zu schließen."

Florian trat einen Schritt auf Luca zu. „Was ist nun, kommst wenigstens du mit?"

Luca musterte Florian. *Wenn ich nur wüsste, ob ich ihm*

trauen kann! Nun ja, in der Schule hat er sich mir gegenüber ziemlich normal verhalten. Vielleicht will er wirklich keinen Streit mehr. Andererseits gehört er zu den Schwarzkappen und bezeichnet sie als seine Freunde. Aber was kann schon passieren, wenn ich mitgehe? Er ist ja allein. Und diese versteckten Gänge und Räume sind voll cool. Richard und die anderen laufen vor Neid sicher grün an, wenn ich Gänge erkundet habe, von denen sie nicht mal etwas gehört haben.

„Na, was ist?“ Florian klapperte mit den Schlüsseln, die er unter seinem Shirt um den Hals hängen hatte.

Luca hockte sich hin und zupfte ein trockenes Blatt aus Karlsons Fell. „Ist es ein Raum oder ein Gang?“

„Das will ich ja gerade herausfinden.“ Florian trat von einem Bein auf das andere. „Mein Cousin hat die geheimnisvolle Tür durch Zufall entdeckt, als ihm während der Arbeit etwas von oben – also von der Burg – heruntergefallen ist. Als er in den Tiergarten hinuntergegangen ist, um es zu suchen, ist er auf diese Tür gestoßen. Und dann hat er festgestellt, dass einer der Schlüssel passt, die er von seinem Chef bekommen hat.“

Luca wiegte den Kopf hin und her. „Wenn er den Schlüssel probiert hat, muss er doch wissen, ob es ein Raum oder ein Gang ist.“

„Das weiß er eben nicht!“ Florian stampfte mit dem Fuß auf. „Er hatte keine Taschenlampe dabei und auch keine Zeit genauer nachzusehen, weil er zurück an seine Arbeit musste! Er hat nur die Tür aufgesperrt und sofort wieder verschlossen.“

„Komisch“, brummte Luca. „Warum hat er die Tür dann überhaupt erst aufgeschlossen?“

Florian atmete schnaufend ein und verdrehte die Augen.

„Das weiß ich doch nicht! Ich weiß nur, dass ich der Sache auf den Grund gehen will. Kommst du nun mit?"

Luca hockte sich neben Anna. „Eigentlich wollte ich Karlson jetzt nach Hause bringen, damit er sich von dem Trubel auf der Burg erholen kann."

„Hm, dieser Krach da oben war bestimmt nichts für deine empfindlichen Lauscher." Anna zupfte den Hund an den Ohren. „Aber meine Streicheleinheiten gefallen dir und sind auch eine gute Therapie, stimmt's, Karlson?"

Luca grinste. „Ja, wenn es nach ihm ginge, könnte das bis morgen so weitergehen."

„Dann gönn' ihm doch die Freude." Anna nickte Luca lächelnd zu. „Du kannst ruhig mit Florian gehen. Ich bleibe inzwischen bei Karlson."

Luca atmete tief durch. *Soll ich Annas Angebot annehmen? Ich könnte Karlson ja auch zu der geheimnisvollen Tür mitnehmen. Aber das wäre schon wieder neuer Stress für ihn. Dabei fühlt er sich gerade so wohl bei Anna. Außerdem würde er garantiert wieder überall herumschnuppern, sodass alles viel länger dauert. Und dann schaffe ich es vielleicht nicht, rechtzeitig wieder oben auf der Burg zu sein, um mich mit den anderen zu treffen.* Er wandte sich Florian zu. „Wie weit ist es denn bis zu dieser Tür?"

„Sie ist gleich dort hinter der Ecke." Florian deutete in Richtung der Burgmauer.

Luca stand auf. „In Ordnung. Es darf aber nicht zu lange dauern. Meine Freunde warten."

„Dann komm!" Florian winkte ihn mit beiden Händen zu sich. „Es dauert garantiert nicht lange."

Anna schaute zu Luca auf. „Ich freu mich, wenn ich noch ein bisschen mit Karlson zusammen sein darf."

Noch einmal zögerte Luca. Sollte er Karlson wirklich diesem Mädchen anvertrauen, das er kaum kannte? Aber es war ja nur für ein paar Minuten. „Bleib unbedingt hier mit ihm, Anna! Ich werde hinterher keine Zeit haben, nach euch zu suchen!"

„Versprochen! Wir rühren uns nicht vom Fleck!"

Luca bückte sich und strich Karlson über den Kopf. „Sei schön brav, alter Junge! Ich bin gleich wieder da!"

Karlson wedelte mit dem Schwanz, dann streckte er Anna wieder seinen Bauch hin.

„Na endlich!" Florian klatschte in die Hände und lief los.

Luca folgte ihm. Doch bevor sie um die Ecke bogen, schaute Luca sich noch einmal um – Karlson lag noch immer auf dem Rücken und ließ sich von Anna kraulen. Das war ein gutes Zeichen. Er vertraute ihr und versuchte nicht einmal, ihm nachzulaufen.

„Komm! Weiter!" Florian stieß ihn in die Seite und flitzte um die Ecke.

Luca rannte ihm nach. Sie hielten sich dicht an der Burgmauer. Schließlich blieb Florian stehen und begann in seinen Taschen herumzusuchen.

„Ich ... Ich weiß nicht, ich hatte ihn doch ... Ah, natürlich!" Er fasste sich in den Halsausschnitt, fummelte ein Band mit ein paar Schlüsseln heraus und grinste. „Extra gut gesichert!"

„Hast du eine Taschenlampe dabei?", fragte Luca.

„Klar!" Florian lachte.

Luca klopfte auf seine Jackentasche. „Ich hab auch eine."

Unterhalb des Johannisturms schob Florian einige Zweige zur Seite und verschwand im Gesträuch. „Nun komm schon!"

Als Luca ihm ins Dickicht folgte, entdeckte er dahinter eine Tür im Mauerwerk. Sie reichte ihm nur bis an die Hüfte und war voller Spinnwebenfetzen. Er dachte an Thea, die sich so vor Spinnen ekelte, und wünschte, sie wäre hier. Für sie würde er jeden einzelnen Spinnwebfaden mit der Hand wegfegen, er würde ...

„Und nun lüften wir das Geheimnis!" Florian steckte einen der Schlüssel ins Schloss und öffnete die Tür.

„Hier muss es sein, Leute!", ertönte auf einmal Siggi Sauers Stimme von der anderen Seite des Gebüschs. „Da oben ist der Johannisturm. Und Anna hat gesagt, dass Florian dahin wollte. – Florian?"

Luca fuhr herum. „Was macht der denn hier?"

Florian schob ihn auf die offene Tür zu und zischte ihm ins Ohr: „Schnell, versteck dich da drin! Siggi ist nicht gut auf dich zu sprechen!"

Das wusste er selbst. Außerdem hatte Siggi mit jemandem gesprochen, also waren die anderen Schwarzkappen wahrscheinlich auch da. Vielleicht bemerkten sie ihn nicht, wenn er durch diese geheime Tür in das Gewölbe kroch.

Trotzdem stemmte Luca sich gegen Florian. Tausend Gedanken schossen ihm durch den Kopf. Was, wenn das eine Falle war? Was, wenn Florian die Tür hinter ihm zuschloss? Worauf hatte er sich da nur eingelassen? Womöglich hatten Florian und Anna das alles geplant? Vor seinem inneren Auge sah er plötzlich wieder, wie die beiden auf der Bank saßen, miteinander tuschelten, zu ihm herüberschauten und dann telefonierten.

Während Luca sich einen Dummkopf schalt und überlegte, was er tun sollte, krachte es. Offenbar war auch Olli dabei und hatte wieder einen Knaller gezündet.

Erneut hörte er Siggis Stimme: „Sag mal, Olli, hast du unser Hundeherrchen gesehen? Wenn der Köter da vorne bei Anna ist, kann sein Dompteur ja nicht weit sein."

„Nee, hab ihn auch nicht gesehen. Schade, dass das gerade mein letzter Kracher war. Sonst würde ich dem Vieh noch mal einen vor die Pfoten werfen, dann käme unser Lucachen bestimmt aus seinem Versteck gesprungen."

Der Chef der Schwarzkappen lachte. „Das wäre toll gewesen. Ich will dem Köterfritzen und seinen Freunden nämlich mal zeigen, was passiert, wenn man sich mit Siggi Sauer anlegt! Und als Erstes werden wir uns den kleinen, dicken Tierfreund vornehmen, der es gewagt hat, seinen Kläffer nach mir schnappen zu lassen!"

Florian stieß Luca in den Rücken und raunte: „Na los, mach schon! Kriech da rein!"

„Nein!" Luca fuhr herum und wollte hinter dem Gesträuch hervorhechten, doch Florian packte ihn am Arm.

Während sie miteinander rangen, tauchte Siggi Sauer hinter dem Busch auf.

Florians Griff lockerte sich ein wenig. „Hallo Siggi!"

„Okay, Florian." Siggi klatschte in die Hände. „Endlich beweist du mir mal, dass du 'ne echte Schwarzkappe bist!"

Luca versuchte, sich loszureißen und an Florian vorbeizudrängen, doch der hob sein Knie und stieß es ihm in den Bauch.

„Tut mir leid", murmelte er. „Bist selbst schuld, wenn ich dir wehtun muss!"

Während Luca sich vor Schmerzen zusammenkrümmte, sprang Siggi ihm von hinten auf den Rücken, sodass er auf die Knie fiel. Dann schubste der Schwarzkappen-Chef ihn durch die Öffnung und schloss hinter ihm die Tür.

„Na endlich!", tönte Florian. „Das hättest du auch leichter haben können! Du bleibst da drin, bis Siggi entschieden hat, wie du dich bei ihm entschuldigen darfst."

„Nein!", schrie Luca. „Aufmachen!" Doch er wusste, dass das vergeblich war. Er war hinter dicken Mauern gefangen. Und diese hinterhältige Anna hatte seinen Karlson.

41

„Geht klar, Herr Humpert!“, rief Paolo, um die Musiker zu übertönen, und deutete auf den Verkaufsstand. „Bier und Besteck für Sie und ’ne Waffel mit Cola für mich!“

„Hm.“ Herr Humpert kniff die Augen zu Schlitzen zusammen und schaute an ihm vorbei. „Warte, Jungchen!“

„Ja?“ Ungeduldig trat Paolo von einem Fuß auf den anderen.

Der alte Herr nahm das Plastikmesser und deutete damit auf Professor Knorrholz. „Geh mal zu dem Mann da! Das ist mein Schulfreund Kunibert. Sag ihm, er soll zu mir kommen!“

Paolo runzelte die Stirn. „Der Mann mit dem Stock in der Hand?“

„Häh?“ Herr Humpert hielt sich die Hand hinter das Ohr.

Paolo trat einen Schritt näher zu ihm und fragte noch lauter: „Sie meinen Professor Knorrholz?“

„Wen sonst, Junge? Oder siehst du da noch einen anderen Mann?“ Er nahm die Plastikgabel, musterte sie und schüttelte den Kopf.

„Und Sie denken, *der* kommt an Ihren Tisch?“

„Sag ihm, er soll zu Hannes, seinem alten Kumpel kommen.“ Herr Humpert stach die Gabel in das Fleisch. „Und frag ihn, ob er ein Bier oder einen Kaffee will.“

„Bier oder Kaffee.“

„Genau. Und dann bringst du das Bier oder den Kaffee gleich mit.“ Der alte Herr zog seine Geldbörse hervor, nahm einen weiteren 20-Euro-Schein heraus und reichte ihn Paolo. „Und nun los, beeil dich! Sonst muss ich mein Spanferkel doch noch mit diesem Spielzeugbesteck essen."

Paolo nickte und spurtete los. Unterwegs bemerkte er aus den Augenwinkeln ein rothaariges Mädchen, das gerade den Zehrgarten betrat. Rasch wandte er sich zu ihr um, während er langsam weiter auf den Professor zulief.

Es war Johanna, immer noch in denselben Klamotten, die sie bei der Schatzsuche angehabt hatte. Sie kam hereingeschritten, als wäre sie eine Prinzessin.

Schließlich erreichte Paolo den Professor und sah ihn an. „Hallo. Ich soll Sie bitten, zu Ihrem alten Kumpel Hannes Humpert an den Tisch zu kommen."

„Hannes?" Der Professor blickte blinzelnd in die von Paolo angedeutete Richtung. „Hannes Humpert?"

Paolo nickte. „Genau der. Er lässt fragen, ob Sie ein Bier oder einen Kaffee möchten."

„Hm. Hannes Humpert." Kunibert Knorrholz rückte an seiner Brille herum. „Bier oder Kaffee? Hm. Trinke hier nie etwas. Nie!"

Paolo legte den Kopf schief. „Vielleicht können Sie ja heute mal eine Ausnahme machen!? Ihr alter Kumpel möchte Ihnen was ausgeben."

Professor Knorrholz deutete mit seinem Stock auf die Musikanten und schwenkte ihn anschließend in Richtung des Cafés. „Das alles sollte es gar nicht geben! Moderner Schnickschnack! Gehört nicht hierher! Wenn es nach mir ginge, dann ..."

„Ich weiß, dass Ihnen das Café nicht passt." Paolo hob die Hände. Am liebsten hätte er den Professor gepackt und zu Herrn Humpert geschoben. „Aber heute ist Ihr Schulfreund da und will Ihnen was ausgeben."

„Hm. Hannes Humpert." Der Professor schwang den Stock herum und deutete auf den Tisch, an dem Paolos Nachbar saß. „Ist er das? Der Alte mit dem Rollgestell?"

„Ja, Herr Humpert hat einen Rollator, weil er nicht mehr so gut laufen kann. Und er wünscht sich, dass Sie ihm Hallo sagen."

„*Hallo sagen*. Hm." Kunibert Knorrholz ließ seinen Stock wieder sinken und brummte mit zusammengezogenen Brauen: „Setze mich nie in den Zehrgarten. Nie!"

„Manchmal muss man einfach über seinen Schatten springen!" Paolo klatschte in die Hände. „Wenn das mein alter Kumpel wäre, würde ich hingehen. Der kommt vielleicht nie wieder hierher, ist nämlich ziemlich schwierig, mit so 'nem Rollator. Wer weiß, ob Sie ihn in diesem Leben noch mal wiedersehen. Oder haben Sie vor, ihn mal in Polenz zu besuchen?"

„Polenz? Neee!" Der Professor guckte Paolo an, als hätte er gefragt, ob er morgen nach Australien auswandern wollte.

„Nun sagen Sie schon!" Paolo klopfte mit dem Fuß auf den Boden. „Wollen Sie ein Bier oder einen Kaffee? Wenn Sie 'ne Weile bei Herrn Humpert bleiben, kommt inzwischen bestimmt auch mein Freund Luca zurück. Sie wissen schon, das ist der, mit dem Sie die Falken beobachtet haben. Und Luca hat ein paar richtig tolle Fotos für Sie. Von den Falken."

„Hm. Na gut", grummelte der Professor. „Einen Kaffee. Schwarz mit Zucker."

„Na endlich!" Paolo wirbelte herum und flitzte zum Verkaufsstand. Der Gedanke an eine frische Waffel ließ ihm das Wasser im Mund zusammenlaufen.

An der Außentheke standen nur zwei Frauen an. Offenbar bevorzugten die meisten Burgbesucher heute eine der vielen anderen Köstlichkeiten, die draußen in den Burghöfen angeboten wurden. Die rothaarige Johanna drückte sich inzwischen bei den Musikanten herum und musterte sie von oben bis unten.

Als Paolo an der Reihe war, leckte er sich über die Lippen. „Also, ich möchte ein Bier, einen ..."

„Bier darf ich dir nicht verkaufen." Die junge Frau hinter der Theke schüttelte den Kopf.

„Sehen Sie den alten Herrn dort mit dem Rollator?" Paolo deutete auf Herrn Humpert. „Der hat Durst auf ein Bierchen, aber es dürfte schwierig werden, das volle Glas auf dem Rollator ohne Unfall bis zum Tisch zu ..."

„Schon gut." Die Verkäuferin winkte ab. „Ich kann ja von hier aus beobachten, ob du das Bier wirklich zu ihm bringst."

„Okay. Dann möchte ich noch einen Kaffee, schwarz mit Zucker, eine Cola und eine Waffel mit Nougatcreme."

„Tut mir leid. Waffeln gibt es heute nicht. Darf es vielleicht ein Stück Schokoladenkuchen sein? Oder ein Würstchen? Oder ..."

„Nein." Paolo winkte ab. „Dann nehme ich nur die Getränke."

Während die Verkäuferin zur Kaffeemaschine ging, kam die rothaarige Johanna herbei und blieb neben ihm an der Theke stehen. Ihr folgte eine Parfümwolke.

„Hallo." Paolo grinste. „Da hast du aber Glück, dass du dich nicht anstellen musst."

Sie warf ihr Haar zurück. „Ist Nadine auch hier?"

„Nadine ist irgendwo auf der Burg unterwegs. Aber wir treffen uns später wieder hier im Zehrgarten."

Die Verkäuferin stellte den Kaffee vor Paolo auf der Theke ab und deutete auf ein Regal, das ein Stück entfernt stand. „Du solltest dir ein Tablett holen, damit du alles auf einmal tragen kannst. Ich mache inzwischen die Cola und das Bier fertig."

42

Während Nadine sich hinter Tobias durch die Menschenmassen schlängelte, umklammerte sie krampfhaft ihre Tasche. *Was finden die Leute nur so toll an solch einem Fest? Nirgends gibt es etwas zu kaufen, was man heutzutage als chic bezeichnen könnte; der Schmied macht einen Krawall, dass einem fast das Trommelfell platzt; dem Gefauche des Feuerschluckers muss man ausweichen, sonst werden einem die Haare angesengt; und auf halb nackte Männer, die sich in Badezubern abschrubben lassen, kann ich auch verzichten.*

Da blieb Tobias vor einem Kuchenstand stehen und wandte sich zu ihr um. „Hast du Lust auf etwas Süßes?"

Nadine schüttelte den Kopf. „Ich will nur raus aus diesem Gedränge! Am Ende klaut mir noch jemand mein Smartphone. Das wäre eine Katastrophe!"

„Wollen wir da hochsteigen?" Tobias deutete auf den Siebenspitzenturm. „Von da aus können wir alles gut überblicken, ohne uns selbst in Gefahr bringen zu müssen." Er zwinkerte ihr zu.

„Oh ja." Sie seufzte. „Dort herrscht bestimmt nicht solch ein Andrang wie hier."

Endlich erreichten sie das Plateau im hinteren Bereich des vierten Burghofs und betraten den Siebenspitzenturm. Als sie im Inneren die Kräuterküche der Kurfürstin Anna durchquerten, atmete Nadine auf.

„Ich hatte recht. Hier ist es viel ruhiger als in den Burghöfen."

Tobias blieb an der Treppe stehen, die zur Aussichtsplattform hinaufführte. „Na, dann los! Steig mit, bleib fit!"

„Steht dieser Spruch etwa auch in der Bibel?"

Tobias grinste schief. „Nicht dass ich wüsste."

„Tja, bei dir weiß man nie."

„Was weiß man nie?" Tobias begann, die Treppe hinaufzusteigen.

Nadine folgte ihm. „Man weiß nie, ob du nicht bald dazu übergehst, dich nur noch in Bibelsprüchen zu äußern."

„Falls das der Fall sein sollte, wärst du bestimmt die Erste, die das kritisiert, Prinzessin."

Nadine stupste ihn in den Rücken. „Du sollst mich nicht Prinzessin nennen!"

„Nicht?" Tobias eilte bis zum nächsten Treppenabsatz und wandte sich um. „Aber das passt doch so gut zu dir, Prinzessin."

„Nein!" Nadine zwickte ihn in die Seite.

Blitzschnell packte Tobias ihr Handgelenk.

„Hey, was soll das?" Nadine schlug mit der freien Hand nach ihm.

Aber Tobias war schneller und packte auch ihr anderes Handgelenk.

„Lass mich sofort los!", zeterte sie.

„*Wer Wind sät, wird Sturm ernten.*" Endlich ließ Tobias ihre Arme los.

Nadine holte aus, um ihm eine Ohrfeige zu verpassen, aber er wich zurück und rannte, immer zwei Stufen auf einmal nehmend, die Treppe hinauf.

43

„Hilfe!“, brüllte Luca. „Hiiilfe! Ich bin hier in ...“

Ein harter Schlag von außen gegen die Tür. „Klappe halten!“ Das war der Junge, den sie Knallerolli nannten. „Hier draußen kommt heute eh keiner vorbei. Und oben tobt das Fest, das übertönst du nie und nimmer.“

„Warum macht ihr das?“, schrie Luca. „Warum?“

Olli donnerte erneut gegen die Tür. „Wenn du nicht still bist, rufe ich Siggi und dann kriegst du 'nen Knebel verpasst.“

Luca fuhr sich mit der Zunge über die Lippen und dachte: *Ein Knebel ist das Letzte, was ich jetzt noch brauche. Ich habe so schon Durst, als hätte ich seit Tagen keinen Tropfen getrunken. Wenn doch wenigstens Karlson bei mir wäre! Aber den hat diese Anna mir geschickt abgeluchst. Also steckt die mit den Schwarzkappen unter einer Decke.*

Draußen fing Olli an, eine Melodie zu pfeifen. Mal klang es lauter, dann wieder etwas leiser, als käme das Pfeifen von weiter weg. Wahrscheinlich lief Olli draußen auf und ab.

Mann, war ich doof! Luca schlug sich mehrmals mit der flachen Hand gegen die Stirn. *Statt mit Karlson nach Hause zu gehen, lasse ich mich von denen an der Nase herumführen und einsperren. Dabei habe ich mir doch gleich gedacht, dass die über mich reden, als sie auf der Bank saßen. Da haben sie wahrscheinlich in aller Ruhe ihren Plan ausgeheckt und Siggi angerufen. Und ich bin so doof, lasse Karlson bei dieser betrügerischen Anna und folge Florian hierher!*

Olli hörte auf zu pfeifen, dann donnerte es erneut an der

Tür. „Denk ja nicht, dass ich weggehe! Ich setz mich nur ’n bisschen neben dem Gebüsch ins Gras. Aber falls ich auch nur einen Mucks von dir höre, kannst du was erleben!“

Die Schläge, die ich bekommen könnte, sind im Moment meine geringste Sorge. Aber was sie wohl gerade mit Karlson anstellen? Diesem Siggi ist alles zuzutrauen! – Und meine Freunde werden sich wundern, wo ich bleibe. Niemand wird mich hier finden. Was soll ich nur machen? Oh Gott, was soll ich nur tun? Wie lange ich es hier wohl aushalten kann, ohne etwas zu essen und zu trinken, ohne Bett und Klo ... – Natürlich, das ist es! Er trat dicht an die Tür. „Lass mich raus, ich muss mal!“

„Guter Versuch!“ Olli lachte laut. „Denkst wohl, darauf falle ich rein? Sei froh, dass ich Humor habe. Sonst wären das deine letzten Worte gewesen!“

Diese Finsternis hier drin! Und dazu ist es so kalt wie in einem Kühlschrank – gut, dass ich wenigstens eine Jacke anhabe. Vielleicht ist das einer der Keller, in dem sie früher ihre Lebensmittel aufbewahrt haben? Luca fing an zu zittern. Er verschränkte die Arme vor der Brust und rieb kräftig darüber. *Vielleicht war das aber auch ein Gefängnis? Dieser Gestank nach Moder und Fäulnis würde total dazu passen. Schön abgelegen und mit dicken, fetten Mauern ist es auch, damit das Gejammer der Gefangenen nicht nach draußen dringt! Ich fühle mich, als hätten sie mich lebendig begraben. Oh nein, wenn ich noch lange hier drinbleiben muss, mache ich mir vor Angst wirklich in die Hose.*

Das Zittern wurde immer stärker, bis Luca am ganzen Körper schlotterte. Er hockte sich hin, schlang die Arme um die Beine, legte den Kopf auf die Knie und begann zu heulen.

44

Auf der Plattform des Siebenspitzenturmes lief Tobias ungeduldig hin und her, bis Nadine gemächlich die Treppe hochkam.

„Na endlich." Er seufzte. „Ich dachte schon, du wärst sauer."

Lächelnd fuhr sie sich durchs Haar. „Eine Dame sollte immer auf ihr Äußeres achten. Das habe ich von meiner Mutter gelernt. Und wenn du mich an den Handgelenken packst und durch das Gerangel meine Kleidung in Unordnung bringst, musst du es in Kauf nehmen, auf mich zu warten."

Bingo, dachte Tobias, sagte aber nichts. *Ich habe keine Lust auf weitere Neckereien. Am Ende mache ich noch etwas Falsches, und sie ist wirklich eingeschnappt. Bei Mädchen weiß man das nie so genau.*

„Was war das vorhin noch mal für ein Spruch?" Nadine kramte in ihrer Tasche und holte ihr Smartphone heraus.

„*Wer Wind sät, wird Sturm ernten.*" Tobias deutete in Richtung Osten. „Komm, wir gehen da rüber. Von da aus kann man die Burghöfe überblicken."

Nadine folgte ihm zur Brüstung. „Ist dieser Spruch eine Tobi-Schöpfung oder steht er in der Bibel?"

„Das ist ein Sprichwort, dem ein Bibeltext zugrunde liegt." Tobias beugte sich vor, um auf das Festgewimmel hinabzublicken. „Der Bibeltext lautet: *Sie säen Wind und werden Sturm ernten.*[13]"

„Und was bedeutet dieses Sprichwort?" Nadine hol-

13 Hosea 8,7

te den Selfiestick aus ihrer Handtasche und befestigte das Smartphone daran.

„Stell dir vor, du besitzt einen Acker und säst Weizen." Tobias deutete über die Burg hinweg auf ein Getreidefeld. „Wenn alles gut läuft, gehen die Samen auf, die Keimlinge wachsen und werden zu Weizenähren. Und irgendwann kannst du dann viel mehr Weizen ernten, als du ausgesät hast."

„Hm, das ist klar", murmelte Nadine, während sie prüfte, ob der Stick richtig mit dem Smartphone verbunden war.

„Nun stell dir mal vor, du hättest anstelle des Weizens Distelsamen ausgestreut."

Nadine schüttelte sich. „Hua, so etwas würde ich nie tun!"

„Das glaube ich dir." Tobias nickte. „Aber nehmen wir mal an, du hättest es getan und zur Erntezeit gehst du zu deinem Feld und rufst enttäuscht: *Was soll das denn sein? Ich will doch keine Disteln ernten, ich will Weizen!*"

Nadine lachte laut. „So ein Unsinn! Es kann doch niemand erwarten, dass aus Distelsamen Weizen wächst! Und überhaupt ... was soll das alles mit diesem Bibelspruch zu tun haben?"

„In diesem Bibelspruch stecken mindestens zwei Bilder", antwortete Tobias. „Das eine Bild betrifft Saat und Ernte, das andere ist das Bild des Windes."

„Warte, ich will selbst versuchen, deinen Rätselvers zu entschlüsseln!", rief Nadine. „Wind kann man nicht aussäen – aber nehmen wir mal an, es ginge, dann würde er wachsen und zum Sturm werden. Wir säen etwas Kleines und es wird groß. Ein bisschen Wind kommt uns nicht so schlimm vor, aber ein mächtiger Sturm kann alles verwüsten und kaputt machen."

„Genau so ist es!" Tobias hob den Daumen. „Und anstelle von Wind kannst du nun Spott einsetzen, oder böse Worte oder ..."

„Ich verstehe!" Nadine lächelte. „Ich habe dich mit deinen Bibelsprüchen aufgezogen, daraufhin hast du mich Prinzessin genannt. Danach habe ich dich gezwickt und du hast meine Handgelenke in den Schraubstock genommen. Es wurde immer heftiger."

„Genau." Tobias deutete auf den Treppenaufgang. „Und wenn ich nicht weggelaufen wäre, hättest du es mir wahrscheinlich noch mal doppelt heimgezahlt und ich hätte es dann wieder schlimmer gemacht und so weiter."

„Hab's schon kapiert."

Tobias grinste schief. „Aber dann hast du dich auf deine Art an mir gerächt, und das fand ich ganz schön schlau."

„Was meinst du damit?" Nadine rückte etwas näher an Tobias heran, richtete das Smartphone mithilfe des Selfiesticks so auf sie beide, dass unter ihnen die Burghöfe zu sehen waren, und drückte auf den Auslöser.

Tobias machte eine ausladende Armbewegung. „Na, du hast mich hier warten lassen. Ich wusste gar nicht, woran ich bin. Damit hast du die Gewaltspirale unterbrochen."

„Gewaltspirale?" Nadine blickte ihn fragend an. „Ich muss schon sagen, du drückst dich ziemlich gewählt aus."

„*Gewaltspirale* ist ein Wort, das mein Vater oft gebraucht. Es heißt, die Gewalt schraubt sich immer weiter hoch wie bei einer Spirale. Also, sie fängt klein an und wird immer größer – genauso wie in dem Vers mit dem Wind und dem Sturm. Es sei denn, einer reagiert anders, als es sein Gegner erwartet. So wie du das vorhin gemacht hast.“ Er zwinkerte ihr zu. „Obwohl das bei uns ja nur Spaß war. Hoffe ich zumindest?“

„Natürlich war das nur Spaß!“ Nadine nahm ihr Smartphone und tippte und wischte darauf herum. „Sonst hätte ich es dir ganz anders heimgezahlt, darauf kannst du dich verlassen!“

„Das kann ich mir vorstellen.“ Tobias runzelte die Stirn und nickte. „Aber die *Gewaltspirale unterbrechen* kann auch bedeuten, einfach mit dem Streit aufzuhören.“

„Das heißt, man steckt Schläge ein, ohne sich zu wehren?“ Nadine schaute sich das Foto an. „Aber wer macht das schon? So was macht doch nur jemand, der feige und schwach ist.“

„Mein Vater sagt, wer das schafft, ist ziemlich stark.“

Nadine hob die Brauen. „Stark?“

„Ja. Weil er es schafft, sein Recht und seine Ehre nicht als das Allerwichtigste anzusehen. Weil ihm der Frieden wichtiger ist als die eigene Rechtfertigung. Das ist kompliziert zu erklären. Mein Vater könnte das besser.“

„Aber so etwas gibt es kaum.“ Nadine runzelte die Stirn. „Ich meine, es wird kaum Leute geben, die so handeln.“

„Oh doch, die gibt es! Ich könnte dir Beispiele von etlichen Christen nennen, die so gehandelt haben oder es heute noch tun. Und der Herr Jesus ist natürlich das allergrößte Beispiel dafür.“

„Euren Jesus kenne ich noch nicht besonders gut.“ Nadine wischte erneut auf ihrem Smartphone herum. „Aber das weißt du ja.“

„Das lässt sich ändern. Ich könnte dir eine Bibel besorgen.“

„Ähm, ich ... ich ...“ Nadine räusperte sich. „Ich überlege es mir. Aber jetzt solltest du dir mal das Foto ansehen.“

Tobias blickte auf ihr Smartphone und zuckte mit den Schultern. „Nun ja, du siehst super aus wie immer.“

„Das meine ich nicht.“ Nadine zoomte den Hintergrund heran und schob das Bild so, dass man darauf den Zehrgarten erkennen konnte.

„Aha, da ist ja Paolo! Und er spricht mit Professor Knorrholz.“

„Ganz genau!“ Nadine verschob das Bild ein Stück nach links. „Oh, das habe ich vorhin noch gar nicht gesehen! Johanna ist auch dort! Sie scheint den Zehrgarten gerade erst betreten zu haben.“

„Tatsächlich!“ Tobias wandte sich um, beugte sich über die Brüstung und schaute zum Zehrgarten hinab. „Ich kann Paolo mit bloßem Auge erkennen. Er läuft in Richtung Verkaufstheke. Und Professor Knorrholz schlurft auf einen der Tische zu.“

„Ich werde noch mehr Fotos machen!“ Nadine visierte mit dem Smartphone erneut den Zehrgarten an. „Wer weiß, was wir dabei noch alles entdecken!“

45

Während Luca in dem finsteren Loch hockte und heulte, drehten sich seine Gedanken im Kreis.

Wäre ich doch nur nicht auf Anna und Florian reingefallen! Wie konnte ich nur so dumm sein! Hätte ich nur mein Handy eingesteckt! Ob Olli überhaupt noch da ist? Was, wenn er sich heimlich davongestohlen hat? Was, wenn heute überhaupt niemand mehr hierherkommt? Keiner weiß, dass ich in diesem Gefängnis sitze. Wahrscheinlich weiß kaum jemand, dass es dieses dunkle Loch überhaupt gibt. Und wer schaut schon hinter einen kratzigen Busch, wenn er dort nichts weiter vermutet als ein Stück Burgmauer!

Er schluchzte und wischte sich die Tränen von den Wangen.

Hoffentlich läuft Karlson dieser Anna weg! Er ist der Einzige, der mich vielleicht finden kann. Wenn er es irgendwie schaffte, meine Spur aufzunehmen, könnte er die anderen zu mir führen – doch er ist leider kein Spürhund. Aber selbst wenn er es schaffte, funktionierte das nur, wenn die anderen sich von ihm führen ließen! Dazu müssten sie verstehen, was er ihnen mitteilen will, und ihm folgen. Doch würde Karlson die anderen überhaupt suchen und finden? Vielleicht läuft er auch nach Hause? Aber ob dort überhaupt jemand ist? Ach, das sind viel zu viele hätte, wenn *und* aber.

Auf einmal musste Luca an seine Oma denken. Von ihr kannte er den 23. Psalm. Und ein Vers daraus passte genau auf seine derzeitige Situation.

„Und ob ich schon wanderte im finstern Tal, fürchte ich kein Unglück; denn du bist bei mir, dein Stecken und Stab

trösten mich", murmelte Luca. Hier, in diesem dunklen Loch, schien er auf einmal selbst in diesem finsteren Tal festzustecken. Man wusste nicht, wie tief man drin war. Man wusste nicht, wie lang das Tal war. Man wusste nicht, ob und wann man wieder herausfand. Man wusste nicht, was noch alles passieren würde. Man konnte sich nur an den *guten Hirten*, den Herrn Jesus, klammern. Luca schluchzte und betete leise: „Oh Herr Jesus. Du bist doch der gute Hirte. Es heißt, dass Du immer da bist. *Immer* und *überall!* Leider merke ich davon gerade nichts. Oh, bitte, bitte hilf mir! Amen."

Der Fußboden strahlte eine Kälte aus, als säße er im Winter in einer vereisten Felsengrotte. Außerdem taten ihm die Beine weh.

Langsam richtete Luca sich auf und tastete mit den Fingerspitzen das kalte, glitschige Mauerwerk ab. Da erinnerte er sich an die Taschenlampe in seiner Jackentasche. Eilig zog er sie heraus, knipste sie an und schaute sich in seinem Gefängnis um.

46

Tobias ging auf der Plattform des Siebenspitzenturmes in Richtung Süden, lehnte sich über die Brüstung und blickte hinab. Auf dem Aussichtsplateau unterhalb des Turmes spazierten etliche Leute herum. Wenn er darüber hinweg schaute, konnte er außerhalb der Burgmauer einen Teil des Tiergartens erkennen.

Auf einmal wurde auf einem schmalen Weg zwischen Büschen und Bäumen ein Hund sichtbar, der wie Karlson aussah. Kurz darauf entdeckte Tobias ein rothaariges Mädchen, das die Leine des Hundes hielt – das war doch diese Johanna! Wie war sie nur so schnell vom Zehrgarten hinunter in den Tiergarten gekommen? Und wie war sie plötzlich an den Hund gekommen? Oder war das vielleicht gar nicht Johanna? Gab es vielleicht ...? – Und dann kamen hinter dem Mädchen zwei Jungen mit schwarzen Basecaps unter einem großen Ahornbaum hervor. Florian Filderstädt und Siggi Sauer!

„Komm mal schnell her!“, rief Tobias zu Nadine hinüber. „Da unten ist Karlson mit dieser ... dieser Anna!“

„Du irrst dich! Und das gleich dreimal!“ Nadine tippte auf ihrem Smartphone herum und machte keine Anstalten, ihren Platz an der östlichen Seite zu verlassen. „Erstens heißt sie Johanna. Und da sie zweitens zurzeit bei Paolo im Zehrgarten ist, kann sie nicht im Tiergarten sein! Außerdem mag sie drittens keine Hunde.“

„Jetzt sehe ich sie ganz deutlich!“ Tobias lehnte sich noch weiter über die Brüstung. „Und ich glaube, ihr hattet beide recht.“

„*Beide recht*? Was meinst du damit?“ Endlich kam Nadine zu ihm herüber. „Ich sehe niemanden.“

„Zu spät!“ Tobias seufzte. „Sie sind gerade hinter den Büschen verschwunden.“

Nadine zuckte mit den Schultern. „Macht nichts. Das kann eh nicht Johanna gewesen sein. Das kann ich dir sogar beweisen. Warte kurz ...“

Während sie erneut auf ihrem Smartphone herumwischte, wandte Tobias sich um und eilte zur Treppe. „Wir treffen uns am Fuß des Turmes! Beeil dich!“

47

In dem Regal, das die Verkäuferin ihm gezeigt hatte, entdeckte Paolo außer dem Tablett auch Besteck für Herrn Humpert. Als er damit zur Theke zurückkehrte, stand Johanna noch immer dort.

Frau Säuberlings junge Kollegin stellte zwei Gläser neben die Kaffeetasse. „Hier sind deine Getränke." Dann wandte sie sich Johanna zu. „Und was möchtest du haben?"

Doch statt zu antworten, schaute das Mädchen Paolo an und deutete auf ihre Uhr. „Wann kommt Nadine zurück?"

„Gegen 15.30 Uhr." Paolo stellte die Getränke auf das Tablett.

„Okay. Danke." Johanna schlenderte wieder zu den Musikanten hinüber, die gerade begannen, ein neues Stück zu spielen.

Paolo sah die junge Frau hinter der Theke an. „Wollte das Mädchen etwa auch eine Waffel haben?"

Die Frau schüttelte den Kopf. „Sie hat gar nichts gesagt, stand einfach nur hier rum."

„Komisch." Paolo zuckte mit den Schultern. „Vielleicht wollte sie was und hat es sich dann anders überlegt."

„Vielleicht."

Paolo nickte der jungen Frau zu, wandte sich um und trug das Tablett zu den beiden alten Herren. Dort stellte er es auf den Tisch und rief: „So, dann hol ich mir mal 'ne Rostbratwurst!"

Herr Humpert winkte ihn zu sich heran und tönte ihm ins Ohr: „Bring mir 'ne Portion Senf mit!"

Paolo nickte und sprintete zum Ausgang des Zehrgartens.

48

Als Richard den Stift zur Seite legte, ertönte aus dem Zehrgarten Musik.

„Ah, die beiden Musikanten sind gekommen." Frau Säuberling schaute zur Tür hinüber. „Ich hoffe, dass dadurch noch einige Gäste hierher gelockt werden. Aber wir können ruhig weitersprechen, wenn meine Kollegin mich braucht, ruft sie mich."

Richard nickte. „Außer dem Professor haben Sie zu der Zeit, als Ihr Waffelteig versalzen wurde, niemanden im Zehrgarten gesehen?"

„Nein." Frau Säuberling holte ein Taschentuch aus ihrer Schürzentasche. „Aber ich habe eine Dummheit gemacht ... Das Fenster im Hinterzimmer stand offen ... Ich wollte noch mal durchlüften ..."

„Es könnte also jemand durch das Fenster gestiegen sein." Richard vermerkte in seinem Heft: *Fenster im Hinterzimmer war offen.*

„Ja." Frau Säuberling wischte sich mit dem Taschentuch über die Augen. „Das Salz ist nicht schwer zu finden ... es steht auf dem Regal mit den Gewürzen ..."

Thea beugte sich vor. „Also, entweder steckt dieser Timo mit in dieser Sache drin. Oder es hat Sie die ganze Zeit jemand beobachtet und einen günstigen Moment abgewartet, um erneut zuzuschlagen."

„Hm." Richard fasste sich ans Kinn. „So eine Aktion mit dem Salz muss man gar nicht besonders planen, das kann eine ganz spontane Idee gewesen sein."

Thea wandte sich ihrem Bruder zu. „Und so spontane

Ideen passen auch zum Professor. Wir haben ja selbst miterlebt, wie er beinahe Nadines Handy zerschlagen hätte."

„Ich weiß nicht." Frau Säuberling wiegte den Kopf hin und her. „Der Professor ist zwar knurrig und oft auch spontan ... und das Café ist ihm ein Dorn im Auge ... aber so etwas Hinterhältiges traue ich ihm eigentlich nicht zu ..."

Thea nahm Lucas Fotos aus dem Umschlag, reichte Frau Säuberling das Bild, auf dem Timo und Florian zu sehen waren, und deutete auf die Schwarzkappe. „Haben Sie diesen Jungen schon mal hier gesehen?"

Frau Säuberling steckte das Taschentuch wieder ein. „Ja, er war schon öfter hier. Soweit ich weiß, ist er ein Cousin des Lehrlings von Herrn Schraubmann."

„Florian ist ein Cousin von Timo?" Richard hob die Brauen. „Das ist ja interessant! Haben Sie ihn heute Morgen auch gesehen?"

„Heute Morgen war Timo allein hier." Frau Säuberling gab Thea das Foto zurück. „Und ob dieser Florian mit seinem Cousin auf die Burg gekommen ist, weiß ich nicht. Gesehen habe ich ihn jedenfalls nicht."

Richard blätterte zurück zu seiner Liste der Verdächtigen und legte sein Heft so hin, dass Frau Säuberling seine Aufzeichnungen lesen konnte. „Gibt es unter diesen Personen welche, die wir ausschließen können?"

Frau Säuberling beugte sich über das Heft. „Herrn Wachhaupt und Herrn Mondlöckchen hast du ja schon gestrichen, das ist in Ordnung. Die unzufriedenen Gäste ..." Sie seufzte und schüttelte den Kopf. „... die hatten heute allen Grund, sich aufzuregen."

„Haben Sie Gäste gesehen, die Ihnen bekannt vorkamen?“, fragte Richard. „Die schon öfter hier waren und geschimpft haben?“

„Nein.“ Frau Säuberling schluckte. „Die Leute, die heute Morgen da waren, kannte ich nicht. Wenn mir vorher schon einmal jemand von ihnen unangenehm aufgefallen wäre, hätte ich mich sicher an ihn erinnert.“

Richard deutete auf den Eintrag *Fünf Maurer.* „Sind diese Männer noch auf der Burg?“

„Ich weiß nicht, ob die Maurer zurzeit etwas auf der Burg zu tun haben“, antwortete Frau Säuberling. „Im Zehrgarten waren sie jedenfalls schon lange nicht mehr.“

„Ist es dann für Sie in Ordnung, wenn ich die Maurer streiche?“ Richard schaute sie fragend an.

„Natürlich ist das in Ordnung.“ Frau Säuberling lehnte sich auf ihrem Stuhl zurück.

Richard zog das Heft wieder zu sich heran, strich die *Fünf Maurer* durch und blätterte weiter. „Als die Sache mit der Sicherung passiert ist, haben Sie die Eierverkäuferin Frau Springer erwähnt. War die heute noch einmal bei Ihnen?“

„Nein, sie hatte im dritten Burghof an ihrem eigenen Stand zu tun.“ Frau Säuberling lächelte. „Und um durch das Fenster zu klettern, wäre sie nicht gelenkig und nicht schlank genug.“

Gerade als Richard darauf hinweisen wollte, dass auch die rothaarige Johanna nicht als Täterin in Betracht kam, da sie ja am Vormittag bei der Schatzsuche war, hörte er von der Tür her ein Geräusch von zersplitterndem Geschirr.

„Unverschämtheit das!“, schimpfte eine Männerstimme. „Wollen mich wohl umbringen oder was!“

„Professor Knorrholz!“ Frau Säuberling schnellte von ihrem Stuhl hoch und eilte hinaus.

Thea sprang ebenfalls auf und lief ihr nach, während Richard seine Sachen zusammenraffte. Dann folgte er den beiden nach draußen.

49

Den Ellenbogen vor sich haltend, drängte Paolo sich durch das Tor zum dritten Burghof. Dort scharten sich die Leute um eine Gruppe von Männern und Frauen in mittelalterlichen Kostümen, die einen Bauerntanz aufführten. Dadurch war am Grillstand nicht so viel los und Paolo bekam schnell seine Bratwurst und eine Extraportion Senf. Während er vorsichtig von der heißen Wurst abbiss, schlenderte er zurück in den Zehrgarten.

Die Musikanten machten eine Pause und vor dem Verkaufsstand hatte sich ein Pulk von Leuten versammelt, die wild gestikulierten und erregt durcheinanderriefen. Mittendrin stand Professor Knorrholz, fuchtelte mit seinem Stock herum und wedelte dabei ein Tablett mit Geschirr von der Theke. Und neben ihm hampelte Johanna herum und schüttelte die Faust in Richtung des Cafés.

Paolo verstand nur wenige Wortfetzen. „Frechheit – Sauerei – platt machen – wollen mich wohl umbringen – beschweren."

Die Musikanten umklammerten ihre Instrumente und beobachteten das Geschehen mit offenen Mündern.

Instinktiv wollte Paolo sofort zum Verkaufsstand laufen, aber dann fiel ihm ein, dass er den Senf noch bei Herrn Humpert abliefern musste. Der saß an seinem Tisch, verzehrte genüsslich sein Spanferkel und beobachtete das Geschehen aus sicherer Entfernung.

Paolo reichte ihm das Pappschälchen mit dem Senf. „Was ist dort los?"

„Das Spanferkel schmeckt vorzüglich!“, schmatzte der alte Herr.

„Aber was macht Professor Knorrholz da vorn?“ Rasch biss Paolo noch mal von seiner Bratwurst ab.

„Hat kleine Nägel in seinem Kaffee.“ Herr Humpert prüfte sein Bier und trank einen Schluck. „Ist nicht gerade gesund so etwas zu verschlucken.“

„Nägel?“ Paolo legte den Pappteller mit der Bratwurst ab, nahm seine Cola und betrachtete das Glas von allen Seiten. Dann stellte er es so heftig ab, dass es überschwappte und eilte auf den Verkaufsstand zu.

Im gleichen Moment ging die Tür des Cafés auf und Frau Säuberling trat mit Thea heraus, einen Augenblick später folgte Richard.

Kaum bemerkte der Professor die Betreiberin des Cafés, schwang er seinen Stock in ihre Richtung. „Werde dafür sorgen, dass dieser Laden dichtgemacht wird! Ist lebensgefährlich!“

Paolo blieb neben Johanna stehen. „Hey, was ist denn hier los?“

Das Mädchen wandte sich zu ihm um. „Das siehst du doch! Die Leute sind sauer. Hoffentlich wird die Alte nun endlich entlassen!“

„Welche Alte?“

„Na, diese Säuberling!“ Johanna zeigte mit ausgestrecktem Arm auf die Betreiberin des Cafés. „Die macht doch hier nur Mist, die hätte diesen Job niemals kriegen dürfen!“

50

Seit Luca die Taschenlampe angeknipst hatte, fühlte er sich ein wenig besser.

Sein Gefängnis war größer, als er angenommen hatte. Es umfasste die gesamte Grundfläche des runden Turmes. Die Decke war so weit über ihm, dass er sie mit ausgestrecktem Arm nicht erreichen konnte. Fenster gab es keine, nur diese kleine Tür, durch die Siggi ihn hereingestoßen hatte.

Um sich besser konzentrieren zu können, schaltete Luca die Lampe wieder aus und schloss die Augen. *Das hier ist der unterste Teil des Johannisturmes. Oben auf der Burg gibt es mehrere Zugänge zum Turm. Wenn man ihn vom dritten Burghof aus betritt, gelangt man in den Wohnturm der Gräfin Cosel. Wenn man aber gleich hinter dem Alten Hauptportal nach links abbiegt und dort den unteren Eingang nimmt, dann ... ähm ... dann gelangt man an einen düsteren Ort.*

Luca spürte, wie er wieder eine Gänsehaut bekam. Trotzdem ließ er die Lampe aus und überlegte weiter: *Dort liegt der Johanniskerker. Im Kerker gibt es eine Bodenluke, unter der sich das Hungerloch befindet. Und Richard hat gesagt, dass dieser Ort früher der schlimmste Ort auf der ganzen Burg war ... Na ja, vielleicht war die Folterkammer noch schlimmer – ich weiß es nicht ... Ich weiß ja nicht einmal, ob das Hungerloch zur selben Zeit benutzt wurde wie die Folterkammer ... Vielleicht hatten die, die ins Hungerloch geworfen wurden, noch ein wenig Hoffnung, dass sie durch ein Wunder wieder herauskämen ... solch ein Wunder, wie es Paulus und Silas erlebt haben ...*

Luca schaltete die Lampe wieder an und richtete den Strahl nach oben.

Also entweder befindet sich das Hungerloch über mir, oder es reichte früher bis hier hinunter. Ich glaube, Richard hat gesagt, dass das Hungerloch später als Abfallgrube benutzt wurde. Womöglich sitze ich hier also in einer alten Mülldeponie – oder Klärgrube!

Bei diesem Gedanken fasste er sich an die Nase und schüttelte sich. Doch dann ließ er den Lichtkegel der Taschenlampe erneut über die Decke gleiten.

Ob es möglich ist, so laut zu schreien, dass man da oben gehört wird? Oder ist die Decke zu dick? Und ob überhaupt jemand dort ist? An normalen Tagen kommen ja viele Neugierige in den Kerker, aber heute, wo das Burgfest ist …? Und vielleicht kann ich nur ein einziges Mal schreien, bevor dieser Olli mich hört und … Diesem Knallerolli ist alles zuzutrauen …

51

Diesmal musste Tobias nicht lange auf Nadine warten. Als sie am Fuß des Siebenspitzenturmes ankam, eilten sie gemeinsam auf die gegenüberliegende Seite der Aussichtsplattform, von wo aus sie auch den Bereich des Tiergartens überblicken konnten, der sich unmittelbar hinter der Burgmauer befand.

„Da ist Siggi Sauer!", rief Nadine. „Und rechts hinter ihm kommt gerade Florian unter den Bäumen hervor."

„Tatsächlich, da sind sie!" Tobias beugte sich so weit wie möglich über die Brüstung. „Schade. Ich kann nicht erkennen, ob weiter rechts noch jemand ist."

„Das werden wir gleich haben!" Nadine tippte auf ihrem Smartphone herum und fuhr den Selfiestick zur vollen Größe aus. Dann hielt sie ihn mit weit ausgestrecktem Arm über die Brüstung, visierte den unteren Bereich der Burgmauer an und machte mehrere Fotos.

Tobias hob den Daumen. „Das ist eine schlaue Idee, Miss Marple!"

„Miss Marple?" Nadine veränderte den Winkel des Selfiesticks zur Burgmauer und fotografierte weiter. „Das klingt ja noch grässlicher als Prinzessin. Sei froh, dass ich gerade alle Hände voll zu tun habe, sonst ..."

„Sag bloß, du kennst Miss Marple nicht?" Tobias grinste. „Sie ist eine Art Detektiv-Oma. Ich hab mal einen alten Film gesehen, da hat sie zur Aufklärung des Falls einen Taschenspiegel am Griff eines Regenschirms befestigt und damit durch ein kleines Fenster geschaut, das zu weit oben für sie war. Nur konnte sie damit leider keine Fotos machen.

Dein Selfiestick-Trick ist also eine geniale Weiterentwicklung ihres Spiegel-Tricks."

„Hm. Ist doch nichts Besonderes." Nadine zog ihr Smartphone zu sich heran und fing an, darauf herumzutippen und -wischen.

Während sie die Fotos anschaute und einige unscharfe löschte, blickte Tobias ihr über die Schulter. Zwischendurch warf er immer wieder mal einen Blick in den Tiergarten. Aber da war zurzeit niemand zu sehen, wahrscheinlich wurden Siggi und Florian durch das dichte Blätterdach der Bäume verdeckt.

„Oh, da ist ja Johanna mit Karlson!", rief Nadine und hielt Tobias das Display ihres Smartphones hin. „Aber ... Aber wie ist sie so schnell in den Tiergarten gekommen? Außerdem hat sie ihre tollen Haare zusammengebunden – das sollte sie nicht tun. Und umgezogen hat sie sich auch, das kann sie unmöglich ..."

„Ich hab doch gesagt, dass das die Anna ist, von der Luca gesprochen hat. Und Annas Schwester Johanna ist wahrscheinlich immer noch im Zehrgarten."

„Na klar! Darauf hätten wir schon früher kommen können!" Nadine schlug sich mit der Hand an die Stirn. „Johanna hat eine Zwillingsschwester! Wie dumm von mir, dass ich mich heute Morgen mit ihr nicht über Geschwister unterhalten habe!"

„Lass uns schnell die anderen Bilder ansehen!" Tobias deutete auf ihr Smartphone. „Ich frage mich die ganze Zeit, wieso Karlson bei Anna ist."

„Ach, Luca wird irgendwo in der Nähe sein." Nadine wischte immer wieder über das Display, aber Luca war auf keinem der Fotos zu sehen.

„Das kommt mir komisch vor." Tobias beugte sich erneut über die Brüstung, konnte aber auch diesmal niemand entdecken.

Nadine entfernte den Selfiestick von ihrem Smartphone. „Vielleicht ist das ein anderer Hund, einer, der Karlson ähnlich sieht."

„Hm", überlegte Tobias laut. „Das ist möglich, aber nicht sehr wahrscheinlich. Wir könnten in den Tiergarten gehen und nach ihnen Ausschau halten."

„Nein, dazu fehlt uns die Zeit." Nadine deutete auf ihr Smartphone. „Wenn wir zum Tiergarten wollen, müssen wir alle Burghöfe durchqueren. Das dauert viel zu lange bei diesem Gedränge. Wir sollten sofort in den Zehrgarten gehen, um uns mit den anderen zu beraten. Vielleicht ist Luca auch schon auf dem Weg dorthin."

52

„Hey, hey, warum regst du dich denn so auf?" Paolo stieß Johanna mit dem Ellenbogen an. „Du hast doch keine Nägel in deinem Kaffee gehabt, du hast ja gar nichts bestellt."

Johanna warf ihre Haare nach hinten. „Ich würde nie etwas essen oder trinken, das diese Frau gemacht hat!"

„Würdest du nicht? Das ist ja komisch." Paolo stemmte die Hände in die Hüften.

„Wieso ist das komisch?" Johanna wies mit dem Kopf auf Professor Knorrholz, der immer noch auf Frau Säuberling einschimpfte. „Du hörst es doch selbst! Hier etwas zu essen, ist lebensgefährlich!"

„Komisch, dass du dich trotzdem hier angestellt hast. Obwohl du von Anfang an nicht vorhattest, etwas zu kaufen."

„Na ja ... Ich ... Ich wollte ... ähm ..." Sie zuckte mit den Schultern. „Ich wollte eben einfach mal gucken, was es so gibt. Außerdem ... Außerdem habe ich dich hier gesehen und wollte dich nach Nadine fragen."

Paolo deutete auf die Kaffeemaschine. „Komisch auch, dass der Kaffee dort rauskommt, Frau Säuberling aber überhaupt nicht hier war, als er in die Tasse für Professor Knorrholz geplätschert ist."

„Na und?" Johanna zeigte auf Frau Säuberling. „Die ... Die hat garantiert ihre Mittel und Wege, anderen Leuten zu schaden! Es weiß doch jeder, dass sie sauer auf den alten Knorrholz ist! Vielleicht wollte sie ihn ja sogar umbringen!"

„So ein Quatsch!" Paolo tippte sich an die Stirn. „Wahrscheinlich hast du selbst die Nägel in den Kaffee getan! Er stand genau vor dir, als ich losgegangen bin, um das Tablett zu holen! Und außer dir war niemand hier!“

Da holte Johanna aus, verpasste ihm eine Ohrfeige und schrie: „Du spinnst wohl! So etwas würde ich nie tun!“

Auf einmal tauchten Richard und Thea hinter Johanna auf.

„Was ist denn hier los?“ Richard sah Paolo mit hochgezogenen Augenbrauen an.

Doch bevor Paolo antworten konnte, zeterte Johanna: „Der provoziert mich die ganze Zeit! Womöglich hat er selbst die Nägel in den Kaffee getan! Ja, so muss es gewesen sein! Ich werde gleich ...“

Paolo packte sie am Handgelenk und raunte: „Du wirst gar nichts! Sonst kriegst du eine gelangt, dass ...“

„Schluss jetzt, Paolo!“ Richard legte seine Hand auf Paolos Arm. „Du wirst doch kein Mädchen schlagen!?“

„Aber sie hat ...“

„Lass Johanna los“, sagte Thea. „Du weißt doch, dass man mit Gewalt keine Probleme lösen kann.“

„Na gut.“ Widerstrebend ließ Paolo Johannas Arm los.

Das Mädchen zeigte ihm einen Vogel und rannte zum Ausgang des Zehrgartens.

„Hey“, rief Paolo ihr nach, „du wolltest doch auf Nadine warten!“

Doch sie lief weiter, ohne einen Blick zurückzuwerfen.

53

Wie ein Tiger im Käfig drehte Luca in seinem Verlies eine Runde nach der anderen. *Ich frage mich, wie lange ich nun schon hier drin hocke. Es kommt mir wie eine Ewigkeit vor. Wenn ich mein Handy dabeihätte, wüsste ich wenigstens, wie spät es ist. Außerdem könnte ich Hilfe holen – falls man hier unten überhaupt Empfang hat.*

Er blieb stehen und leuchtete den Fußboden ab. *Basalt. Vulkangestein. Der Fels, auf den die Burg gebaut worden war. Hier kann man nicht graben. Außer dieser rostigen Eisentür gibt es keine Stelle, durch die man das Turminnere verlassen könnte. Und vor der Tür steht dieser Knallerolli. Falls er dort noch steht! Aber wie kann ich das herausfinden, ohne zu schreien?*

Luca dachte wieder an die Geschichte, die sie heute bei der Schatzsuche gehört hatten, und fing erneut an zu beten: *Herr Jesus, Du hast Paulus und Silas aus dem Gefängnis befreit. Und Du hast versprochen, immer da zu sein, bis ans Ende der Welt. Das haben wir heute sogar gesungen. Bitte, bitte zeig mir, dass das stimmt! Ich habe solche Angst! Bitte hilf mir! Und beschütze bitte auch meinen Karlson. Amen.*

Er atmete tief durch. *Paulus und Silas hatten sicher auch Angst. Trotzdem haben sie Gott gelobt und für Ihn gesungen. – Sie haben gesungen!!!* Dieser Satz war wie ein Blitz, der in der Nacht aufzuckte und einen Moment lang alles hell erleuchtete.

Leise fing Luca an zu singen: „*Ich bin bei euch alle Tage bis an der Welt Ende. Ich bin bei euch alle Tage: Fürchtet euch nicht!*“ Als niemand an die Tür hämmerte, sang Luca lauter.

„*Wenn die Welt mit Schrecken kommt, wenn ihr nicht mehr weiter wisst, wenn ihr einsam und allein seid, wenn man euch ganz vergisst: Ich bin bei euch alle Tage bis an der Welt Ende. Ich bin bei euch alle Tage: Fürchtet euch nicht!* [14]"

Draußen rührte sich immer noch nichts.

Er steigerte die Lautstärke noch mehr. – Jenseits der Tür tat sich nichts.

Nun sang er so laut, wie er konnte, ein Lied nach dem anderen, immer weiter.

---

14 Singt von Hoffnung, Neue Lieder für die Gemeinde, 2015, 10. korr. Aufl., Evangelische Verlagsanstalt, Leipzig

54

„Jetzt ist sie fort!“ Paolo schaute vorwurfsvoll von Richard zu Thea. „Dabei ist diese Johanna seit diesem Vorfall meine neue Hauptverdächtige!“

Thea blickte ihn mit zusammengezogenen Augenbrauen an. „Und wie kommst du darauf?“

Während der Professor weiter herumschimpfte, erklärte Paolo den Zwillingen seine Beobachtungen. „Also kommt für die Nagelattacke nur Johanna in Frage – oder Professor Knorrholz selbst. Ich kann mir aber nicht vorstellen, dass er so etwas macht. Eigentlich wollte er gar keinen Kaffee trinken und ...“

„Wir müssen sofort mit ihm reden!“, rief Richard und eilte auf den Professor zu.

Paolo und Thea folgten ihm.

„Nägel im Kaffee!“, tönte der Professor zum wiederholten Mal. „Das wird ein Nachspiel haben, ich habe ja schon immer gesagt, dass ...“

„Wir müssen mit Ihnen sprechen!“ Richard stellte sich direkt vor den Professor.

„Nicht jetzt!“

Der alte Mann wollte Richard zur Seite schieben, doch da packte Paolo Knorrholz’ Ärmel und rief: „Doch! Jetzt! Sofort!“

„Was fällt dir ein!“ Der Professor stieß seinen Stock auf den Boden. „Ich muss ...“

„Achtung, Achtung! Eine wichtige Durchsage an alle!“, schrie Paolo so laut er konnte. „Frau Säuberling hat nichts mit der Nagelattacke zu tun! Auch nicht die nette Bedienung an der Außentheke! Außerdem sind wir überzeugt, dass der Angriff gar nicht dem Professor galt!“

Dabei schaute Paolo in die Gesichter der umstehenden Leute, die ihn neugierig musterten. Einige murmelten etwas. Die junge Verkäuferin klammerte sich an die Theke, sie sah blass aus. Frau Säuberling stand mit gesenktem Kopf an der Tür und wischte sich mit einem Taschentuch im Gesicht herum.

Ein Mann fragte: „Und wie kommen die Nägel dann in den Kaffee?“

„Wir haben einen Verdacht.“ Richard hob die Hände. „Aber haben Sie bitte Verständnis, dass wir diesen erst prüfen müssen, bevor wir etwas dazu sagen!“

Die Leute fingen wieder an, laut durcheinanderzureden.

„Ha!“ Eine Frau richtete ihren spitzen Finger auf Paolo. „Wahrscheinlich hat dieser Junge die Nägel selbst reingetan! Ich habe genau gesehen, dass er dem Professor den Kaffee gebracht hat!“

„*Ich* war es nicht!“ Paolo schüttelte den Kopf.

„Man sollte die Polizei holen“, brummte ein anderer Zuschauer.

„Bitte, Herr Professor!“ Thea zupfte am anderen Ärmel des alten Mannes. „Bitte kommen Sie mit uns in eine ruhige Ecke und lassen Sie uns reden!“

Auf einmal tauchten Tobias und Nadine hinter Richard auf. Noch im Gehen rief Tobias: „Herr Professor, hören Sie sich bitte an, was meine Freunde zu sagen haben! Sie wollen doch auch, dass auf der Burg alles seine Ordnung hat!“

„Natürlich will ich das!“, knurrte Knorrholz und beschrieb mit seinem Stock einen Kreis über den Zehrgarten.

„Dicht machen muss man diesen Laden hier, und das ganze Volk fernhalten von der Burg!“

Mit grimmiger Miene drauflosweetternd, richtete er seinen Stock auf die Leute, als wollte er jeden Einzelnen von ihnen aufspießen. Diese fingen nun ihrerseits an, lautstark auf den Professor zu schimpfen.

Da drängten sich die Musikanten zwischen Knorrholz und die anderen Besucher des Zehrgartens und fingen an zu singen und zu spielen.

Gleichzeitig zogen und schoben Paolo, Richard und Tobias den wild gestikulierenden und zeternden Professor zum Eingang des Cafés. Frau Säuberling wich erschrocken zurück, und schließlich gelang es den Jungen, Knorrholz hineinzubefördern. Thea und Nadine folgten ihnen und schlossen hinter sich die Tür.

55

Luca sang so lange und laut, bis sein Hals wehtat und der Mund ganz ausgetrocknet war. Und dann fing auch noch die Taschenlampe an zu flackern, sodass er sie lieber ausschaltete, bevor die Batterien ganz leer waren.

Das hat doch alles keinen Sinn. Wenn ich wenigstens etwas zu trinken hätte! Er seufzte. *Meine Freunde werden sich wundern, warum ich nicht zum Treffpunkt komme, und denken womöglich, ich hätte sie im Stich gelassen. So wie damals, als ich mit Karlson im Burgkeller Wache halten sollte. – Karlson. Was mögen diese Anna und die Schwarzkappen mit ihm machen? Olli scheint ja nicht mehr draußen zu sein, sonst hätte er mir längst wieder gedroht, dass ich still sein solle.*

Luca schaltete die Lampe noch einmal ein, ging zur Tür und donnerte dagegen. „Hallo?"

Nichts rührte sich.

„Hey, Olli, bist du noch da?"

Niemand antwortete.

Luca knipste die Lampe wieder aus. *Er ist weg. Deshalb hat er auch nichts gesagt, als ich gesungen habe. Er ist einfach gegangen. Und was nun? Was, wenn mich niemand hier findet?*

„Hilfe!", schrie Luca so laut er konnte. „Hilfe! Ich bin hier eingesperrt!" Er räusperte sich, doch es half nichts. Der nächste Hilferuf glich dem heiseren Krächzen eines Raben.

Wenn ich so weitermache, habe ich bald keine Stimme mehr. Oben auf der Burg tobt das Fest, da hört mich garantiert niemand. Und im Tiergarten gehen an so einem Tag wohl nur wenige Leute spazieren. Außerdem sind die Mauern so dick, dass man unten am Weg wahrscheinlich kaum etwas von mir hören kann. Was haben die Schwarzkappen nur mit mir vor? Die können mich doch nicht hier drin verdursten lassen. Obwohl – diesem Siggi traue ich alles zu. Wie ich Siggi und Florian kenne, haben die gar nicht über die Folgen dieser Aktion nachgedacht. Meine Eltern könnten die Polizei einschalten ... Am Ende vergessen die Schwarzkappen mich einfach. Und Anna steckt mit denen unter einer Decke. Womöglich quält dieser gemeine Knallerolli gerade wieder meinen Karlson. Was soll ich nur tun?

Luca steckte die Taschenlampe in die Jackentasche und hämmerte weiter gegen die Tür, bis die Fäuste schmerzten.

„Wo bist Du, Herr Jesus? Bist Du doch nicht da? Und was ist mit Deinem Stecken und Stab, die mich trösten sollen, Du guter Hirte? Zurzeit merke ich überhaupt kein bisschen davon. Und wo ist das Ende des finsteren Tales? Ich finde, ich bin nun schon lange genug hier drin. Es reicht! Du könntest mich endlich mal rausholen, Jesus! Dem Paulus und dem Silas hast Du doch auch geholfen. Und ich habe es genauso gemacht wie sie, ich habe gesungen – für Dich! Und was tust Du? Nichts! Denk nur nicht, dass ich weiter für Dich singe, jetzt hat es sich ausgesungen."

56

Im Café setzte Nadine sich neben Tobias. Während Paolo, Tobias und Richard auf den Professor einredeten, bemühte Thea sich um Frau Säuberling.

„Meine Kollegin draußen ..." Frau Säuberling kramte mit zitternder Hand einen Schlüssel aus ihrer Schürzentasche. „Jemand muss ihr Bescheid sagen, dass wir hier ein wichtiges Gespräch haben ... und dann die Tür abschließen ..."

„Ich mach das." Thea nahm den Schlüssel und eilte zur Tür hinaus.

Währenddessen fischte Nadine ihr Smartphone aus der Handtasche, um die Fotos aufzurufen, die sie vom Turm und von der unteren Aussichtsplattform aus gemacht hatte. Dabei raunte sie Tobias zu: „Was versprecht ihr euch eigentlich von dem Gespräch mit dem Knorzel-Griesgram?"

Tobias zwinkerte ihr zu. *„Durch Geduld wird ein Fürst überredet, und eine linde Zunge zerbricht Knochen.*[15]"

Nadine verdrehte die Augen. „Du immer mit deinen Sprüchen. Ich kapier' gar nichts."

„Wenn man mit geduldigen Worten sogar Fürsten überreden oder umstimmen kann", erklärte Tobias leise, „so dürfte das auch auf Leute wie den Professor zutreffen. Mit freundlichen Worten kann man sehr viel erreichen."

„Okay." Nadine kicherte. „Mit dem *Knochen* könnte der alte Knorrholz gemeint sein."

„Ts, ts, ts." Tobias drohte ihr scherzhaft mit dem Finger. „Das ist eine etwas freche Auslegung. Außerdem wollen wir

15 Sprüche 25,15

nicht *ihn* zerbrechen, sondern seine Wut und seine schlechte Laune."

„Na, da bin ich aber gespannt!" Nadine tippte auf ihrem Smartphone herum. „Ah, da sind ja die Fotos, die ich eben gemacht habe."

Thea kam zurück an den Tisch und legte den Schlüssel vor Frau Säuberling ab. Diese nickte ihr zu und fing an, mit dem Schlüssel herumzuspielen, als wollte sie damit ihre zitternden Hände von der Aufregung ablenken.

Endlich hatte sich der Professor so weit beruhigt, dass Richard in normaler Lautstärke mit ihm reden konnte. „Herr Professor, ich verstehe Ihr Anliegen sehr gut. Ich selbst bin ein totaler Geschichtsfan und finde es traurig, dass viele Zeugnisse aus alter Zeit zerstört wurden oder noch werden."

„So ist es!" Der Professor hob seinen Finger. „Die Menschheit ist nur noch auf ihren eigenen Vorteil bedacht! Alle wollen nur noch ihren Spaß haben und führen sich auf wie die Könige! Dabei werfen sie die Lehren ihrer Väter genauso über Bord wie die Werte, die diese uns hinterlassen haben."

„Aber ich frage mich", fuhr Richard fort, „ob uns das das Recht gibt, anderen Menschen zu schaden."

„Was meinst du damit?" Der Professor zog die Brauen zusammen. „All diese Leute sind es doch, die der Menschheit schaden!"

„Ich meine nicht den Schaden für die Menschheit im Allgemeinen." Richard holte sein Notizbüchlein aus der Tasche. „Ich meine einen einzelnen Menschen. Ich meine Frau Säuberling."

Frau Säuberling senkte den Kopf und zupfte an ihrer Schürze.

„Unsinn“, knurrte der Professor. „Ich habe nichts gegen diese Frau. Ich habe nur etwas dagegen, dass es dieses Café hier gibt. Und dass ...“

„Das sah aber vorhin ganz anders aus!“ Paolo sprang auf. „Sie haben sie beschimpft und ...“

„Ja, was hätte ich denn tun sollen?!“ Der Professor schlug mit der Faust auf den Tisch. „Hätte ich etwa diese Nägel schlucken sollen?“

Nadine deutete auf den Professor. „Vielleicht haben Sie die Nägel selbst in den Kaffee getan. Eine neue Attacke, um Frau Säuberling zu vertreiben und damit die Schließung des Cafés ...“

„Da hört sich doch alles auf!“ Der Professor stand ebenfalls auf und richtete seinen Stock auf Paolo. „Vielleicht hat sogar einer von euch mir die Nägel verpasst. Ihr wolltet mich außer Gefecht setzen, weil ihr denkt ...“

„So, jetzt beruhigen wir uns alle wieder und setzen uns hin.“ Richard klatschte in die Hände. „Und dann sprechen wir über ...“

Da klopfte es an der Tür und eine tiefe Männerstimme rief: „Frau Säuberling? Kann ich Sie mal sprechen?“

„Das ist Herr Wachhaupt.“ Frau Säuberling stöhnte. „Wir müssen ihn hereinlassen.“

Während Thea mit dem Schlüssel zur Tür lief, zupfte Richard den Professor erneut am Ärmel. „Entschuldigen Sie bitte meine Freunde, Herr Professor. Sie sind manchmal etwas temperamentvoll. Bitte hören Sie uns an, wir erklären Ihnen alles.“

57

Luca hockte auf dem kalten Basaltboden und dachte an seinen Hund. Karlson war treu. Falls es ihm gelänge, dieser Anna zu entkommen, würde er alles daransetzen, ihn zu finden und, sobald er ihn entdeckt hätte, Hilfe zu holen. Ja, auf Karlson konnte man sich verlassen – mehr als auf diesen Jesus, den man nicht sah.

Doch war es richtig, so etwas zu denken? Darf man so mit dem Herrn Jesus reden, wie ich es getan habe? Immerhin ist Er Gottes Sohn. Vielleicht ist Er jetzt sauer auf mich? Andererseits sagen Richard und Tobias immer, man könne mit dem Herrn Jesus reden wie mit einem guten Freund. Eben so, wie einem der Schnabel gewachsen sei. Und man könne Ihm alles sagen, auch die Angst und allen Ärger. Wenn das stimmt, dann darf man Ihm doch sicher auch mal die Meinung sagen und auch mal seine Wut rauslassen. Oder lieber doch nicht?

Bei dem Gedanken, vielleicht bis zum Abend oder noch länger hier drin eingeschlossen zu sein, wurde ihm ganz übel. Er schaltete die Taschenlampe erneut ein, richtete sich auf, lief mehrere Runden an der Wand entlang bis ihm schwindlig wurde. Dann ließ er sich auf die Erde fallen und schaltete das Licht wieder aus.

Nach einer Weile fing er von Neuem an zu zittern. Er stand auf und machte 100 Kniebeugen. Dadurch wurde ihm etwas wärmer.

Als er nach der Anstrengung wieder zu Atem kam, rief er: „Bitte, bitte hilf mir, Herr Jesus!" Dann fügte er leiser hinzu: „Und sei mir bitte nicht böse, weil ich vorhin so ... na, weil ich eben so mit Dir gesprochen habe. Aber wenn

Du mich wirklich lieb hast, dann verstehst Du das vielleicht. Ich habe Angst, mir ist kalt, ich habe Durst und Hunger. Ich sorge mich um Karlson. Ich will einfach hier raus. Oh, bitte Herr Jesus! Bitte!“

Dann fing er trotz der Halsschmerzen wieder an zu singen.

58

Staunend beobachtete Nadine, wie der mürrische Burgwächter mit offenen Armen auf die Betreiberin des Cafés zueilte. „Meine arme Frau Säuberling! Sie müssen nichts sagen, ich habe schon alles von Ihrer Kollegin erfahren. Ich habe die Leute da draußen etwas beruhigen können, indem ich ihnen allen ein Getränk spendiert habe. Dafür komme ich auf, machen Sie sich keine Sorgen."

„Danke, Herr Wachhaupt", antwortete Frau Säuberling mit bebender Stimme. „Ich ... Ich weiß nicht, ob ich das noch länger ... Vielleicht sollte ich kündigen, ich ..."

„Unsinn, Frau Säuberling!" Der Burgwächter zog sich einen Stuhl an den Tisch. „Wir müssen nur in Ruhe über alles reden, dann werden wir herausfinden, was hier los ist. Bitte berichten Sie mir alles!"

Während Herr Wachhaupt sich neben Frau Säuberling setzte, ließ sich auch der Professor wieder auf seinen Stuhl plumpsen. Wahrscheinlich war er genauso erstaunt wie die anderen, denn ausnahmsweise verhielt er sich still.

„Wenn es Ihnen recht ist, Herr Wachhaupt, werden meine Freunde und ich alles erzählen." Richard klappte sein Notizbuch auf. „Frau Säuberling hat eine kleine Pause verdient."

Der Burgwächter fuhr herum und schaute Richard an, als sähe er ihn zum ersten Mal. Dann wanderte sein Blick weiter zu Professor Knorrholz. Er runzelte die Stirn und bellte: „Was machen Sie eigentlich hier! Wie ich hörte, haben Sie die ganze Aufregung da draußen verursacht!"

Der Professor öffnete den Mund, doch bevor er etwas erwidern konnte, rief Paolo: „Es ist wichtig, dass der Pro-

MENU

fessor hierbleibt! Wir werden Ihnen beiden alles erklären!“

Herr Wachhaupt wandte sich Frau Säuberling zu. „Ist das in Ordnung für Sie?“

„Ja“, sagte sie leise. „Die Kinder wissen über alles Bescheid. Sie versuchen, mir zu helfen.“

„Na gut“, knurrte Herr Wachhaupt. „Aber ich will alles wissen, *alles*!“

„Natürlich, Herr Wachhaupt“, antwortete Richard und schob sein Notizbuch in die Mitte des Tischs, sodass alle seine Eintragungen sehen konnten. Dann fing er an, die Geschehnisse der letzten Zeit zusammenzufassen.

Während er sprach, legte Nadine ihr Smartphone zur Seite und las Richards Aufzeichnungen mit:

Geschädigte:
Frau Säuberling, Betreiberin des Cafés im Zehrgarten der Burg Stolpen. Wohnt in Langendorf.

Vorfälle:
- Freitag, 1. April: Arbeitsbeginn Frau S. im Café
- Donnerstag, 7. April: Müllchaos im Zehrgarten
- Montag, 11. April: Pflanzen vergiftet, wahrscheinlich mit Öl und Essig
- Montag, 18. April: Unrat im Briefkasten
- Samstag, 7. Mai: Katzenstreu vor der Tür
- Datum unbekannt: umgeworfene Tische und Stühle
- Donnerstag, 12. Mai: Karlson und Katze verursachen Chaos im Café

Personen, die Frau Säuberling vor oder nach den Angriffen im Zehrgarten gesehen hat	Von uns im Zehrgarten oder in der Umgebung gesehene Personen
· **Professor Knorrholz** (Geschichtsprofessor) · ~~**Unzufriedene Gäste**~~ · ~~**Herr Wachhaupt** (Burgwächter)~~ · **Einige Kinder** · **Schwarzkappen!!!** · ~~**Fünf Maurer**~~ · **Elektriker Schraubmann** mit **Lehrling** · ~~**Herr Mondlöckchen** (Burgverwaltung, wohnt in Langendorf)~~	· **Professor Knorrholz,** sehr knurrig, ärgert sich über Knallerei, ist nicht bereit, uns zuzuhören, schlägt mit seinem Stock an Nadines Selfiestick · ~~**Herr Wachhaupt,** sehr nett zu Frau S.~~ · **Florian F.** mit dem rothaarigen Mädchen im Zehrgarten und auf dem Spielplatz, außerdem mit den **Schwarzkappen** im Tiergarten · **Siggi Sauer** und **Olli** mit den Knallern · **Rothaariges Mädchen,** wurde sowohl im Zehrgarten als auch auf dem Spielplatz zusammen mit **Florian F.** gesehen. Sie hat die Kleidung gewechselt. Ergänzung vom 14. Mai: Das rothaarige Mädchen kann die Waffeln nicht versalzen haben, da sie zur Tatzeit mit uns bei der Schatzsuche war.

Berichte von Luca (Erlebnisse von Freitag, dem 13. Mai) und Nadine (Gespräch mit Johanna am Samstag, dem 14. Mai)

- Der Lehrling von Elektriker Schraubmann heißt Timo.
- Professor Knorrholz mag Falken und große Hunde. Er hat eine besondere Vorliebe für das Mittelalter.
- Eine der Sicherungen im Café war kaputt. Herr Wachhaupt hat Frau Säuberling eine neue gegeben.
- Frau Springer, die Eierverkäuferin, war noch da, als Frau Säuberling das Café kurz verlassen hat, um dem Elektriker etwas zu zeigen.
- Professor Knorrholz kam kurz darauf in den Zehrgarten, schimpfte und stapfte ins Café. Dort war er eine Weile allein.
- Frau Säuberling wechselte die Sicherung, trotzdem funktionierte der Herd nicht.
- Später stellte Elektriker Schraubmann fest, dass die neue Sicherung auch kaputt war.
- Der Elektriker war in Begleitung des rothaarigen Mädchens, Johanna, sie ist seine Enkelin. Luca fand sie frech, Nadine fand sie total nett. Sie wohnt in Altensteig, geht in Pirna zur Schule und ist oft bei ihren Großeltern in Stolpen. Am liebsten würde sie in Stolpen wohnen.
- Folgende mögliche Lösungen für das Siche-

rungsproblem hat Luca notiert:

1. Herr Wachhaupt hat Frau Säuberling eine kaputte Sicherung gegeben.
2. Jemand hat die Sicherung ausgetauscht, während Frau Säuberling telefoniert oder mit dem Elektriker gesprochen hat.

Gespräch von Thea und Richard mit Frau Säuberling über die Vorkommnisse am Samstag, dem 14. Mai

- Versalzene Waffeln
- Frau S. wurde von Timo hinausgerufen.
- Gesehen wurden: Timo und Prof. Knorrholz.
- Fenster im Hinterzimmer stand offen.
- Florian ist der Cousin von Timo.
- Johanna kann es nicht gewesen sein, sie war bei der Schatzsuche.
- Maurer und unzufriedene Gäste von der Liste gestrichen.
- Knorrholz schimpft im Zehrgarten.

„Und damit nicht genug“, beendete Richard seinen Bericht, „hat Professor Knorrholz vorhin auch noch Nägel in seinem Kaffee gefunden, weshalb er erneut heftig auf Frau Säuberling schimpfte.“

„Mich habt ihr also auch verdächtigt? Unverschämtheit!“ Herr Wachhaupt schlug immer wieder mit der Faust auf den Tisch. „Und unsere arme Frau Säuberling! Frechheit, ihr so etwas anzutun! – Diese Verbrecher! Die knöpfe ich mir vor!“

Der Professor schaute mit zusammengezogenen Brauen von einem zum anderen und knurrte: „Lächerlich, mich zu verdächtigen!"

„Sie brauchen sich gar nicht zu wundern, dass wir Ihnen so etwas zugetraut haben!" Nadine deutete auf ihr Smartphone. „Schließlich haben Sie mir das beinahe zerstört, als wir uns im Tiergarten begegneten!"

„Hm, tut mir leid", brummte er. „Gebe zu, dass ich gegen diesen modernen Schnickschnack bin! Auch gegen das Café. Aber diese Angriffe sind gemeiner Kinderkram!"

Paolo klatschte sich mit der flachen Hand an die Stirn und schüttelte den Kopf. „Also, ich kann mir auch nicht vorstellen, dass Sie sich Ihren Kaffee selbst versauen, Herr Professor."

„Eben, eben!" Knorrholz klopfte mit seinem Stock auf den Boden.

„Hey!" Herr Wachhaupt schlug erneut mit der Faust auf den Tisch. „Randalieren Sie gefälligst nicht mit Ihrem Stock hier herum, sonst werfe ich Sie raus!"

„Bitte, Herr Wachhaupt!" Frau Säuberling berührte den Burgwächter am Arm. „Der Herr Professor hat es sicher nicht so gemeint, er ist eben auch aufgeregt wegen der ganzen Sache. Ich will gar nicht daran denken, was hätte passieren können, wenn er die Nägel verschluckt hätte ..."

„Hm." Herr Wachhaupt blickte Frau Säuberling an und nickte. „Dumme Sache das! Müssen wir aufklären!"

„Jetzt bin ich mit Erzählen dran!" Paolo hob die Arme und schnippte mit den Fingern. „Ich habe schließlich den Kaffee geholt und alles miterlebt!"

„Dann rede!", brummte Herr Wachhaupt. „Aber hör mit dem Gehampel auf!"

Paolo ließ die Hände wieder sinken und erzählte von seinen Erlebnissen im Zehrgarten. „Ist doch klar wie Kloßbrühe, dass es diese Johanna war!"

Frau Säuberling seufzte. „Ich habe das Mädchen schon mehrmals hier gesehen, sie war meistens ziemlich frech ... aber so etwas ... Warum sollte sie das tun?"

„Allerdings ..." Thea beugte sich vor. „Wie Richard eben schon erwähnt hat: Mit den versalzenen Waffeln heute Morgen kann sie nichts zu tun haben. Da war sie nämlich mit uns bei der Schatzsuche."

„Aber Johannas Zwillingsschwester kann hier gewesen sein." Nadine tippte und wischte auf ihrem Smartphone herum, bis eins der Fotos von Anna im Tiergarten auf dem Bildschirm erschien.

„Was?" Paolo starrte sie an. „Dieses Rotköpfchen gibt's im Doppelpack?"

Tobias nickte. „Es gibt eine Johanna und eine Anna. Und wie es scheint, stecken sie mit den Schwarzkappen unter einer Decke."

Während Nadine den anderen die Fotos zeigte, die sie von der Aussichtsplattform aus gemacht hatte, berichteten Tobias und sie abwechselnd von ihren Beobachtungen.

Als Nadine schließlich das letzte Bild des Zehrgartens, das sie vom Turm aus gemacht hatte, vergrößerte, zuckte sie zusammen, als hätte sie einen Stromschlag bekommen. „Das gibt es nicht! Das ist der Beweis! Johanna hat die Nägel in die Kaffeetasse fallen lassen!"

Einen Augenblick war es still, sodass der Lärm des Burgfestes bis zu ihnen hineindrang. Dann streckten sich alle Hände gleichzeitig nach Nadines Smartphone aus.

„Zeig das Schnickschnack-Dings her!“ Knorrholz stierte mit weit aufgerissenen Augen auf das Display.

Richard fasste sich kopfschüttelnd ans Kinn. „Das nenne ich mal einen Schnappschuss!“

„Ich habe es euch ja gleich gesagt!“ Paolo sprang auf, dass sein Stuhl krachend zu Boden fiel.

Herr Wachhaupt schlug erneut mit der Faust auf den Tisch. „Unverschämtheit! Diese kleine Verbrecherin! Werde für Bestrafung sorgen!“

„Oh nein!“ Frau Säuberling fuhr sich mit beiden Händen in die Haare. „Dieses Mädchen! Warum tut sie so etwas?“

„Dumme Göre!“ Professor Knorrholz klopfte mit seinem Stock auf einen freien Stuhl, als wollte er ihn verhauen. „Hätte mich umbringen können mit dieser Dummheit!“

„Diese gemeinen Weiber haben uns alle getäuscht!“ Nadine schüttelte den Kopf. „Und ich dachte, ich hätte eine neue Freundin gefunden!“

„Bitte mal herhören, Leute!“ Tobias klatschte in die Hände. „Wir haben noch ein Problem!“

„Noch eins?“ Paolo hob seinen Stuhl auf, setzte sich wieder und stieß Tobias in die Seite. „Nun schieß schon los!“

„Also, wir hatten gehofft, Luca hier zu treffen.“ Tobias machte eine ausladende Armbewegung. „Aber da er immer noch nicht aufgetaucht ist, fürchten wir, dass er seinen Hund nicht freiwillig Anna überlassen hat.“

„Das sagst du erst jetzt?“ Paolo sprang erneut auf. „Ist doch klar wie Kloßbrühe, dass die Schwarzkappen Anna und Johanna helfen! Wer weiß, was die Luca angetan haben. Wir müssen ihn suchen!“

Thea stand ebenfalls auf. „Na, dann los!“

„Ich komme mit.“ Der Professor erhob sich ächzend.

„Geht schon vor! Ich komme gleich nach“, rief Richard und griff nach seinem Stift.

Während Paolo, Tobias und Thea mit dem Professor zur Tür eilten, ergänzte Richard seine Aufzeichnungen, und Nadine verstaute das Smartphone sorgfältig in ihrer Handtasche.

„Nun ist also auch noch ein Junge verschwunden!“ Herr Wachhaupt schüttelte den Kopf und zog ein uraltes Handy aus der Tasche. „Ich werde die Polizei verständigen!“

„Wenn es sein muss ...“ Frau Säuberling seufzte. „Aber ich schäme mich so ... Wenn das alles bekannt wird, dann ... dann werde ich hier mit meiner Arbeit aufhören ...“

„Ich fände es besser, erst einmal nach Luca zu suchen“, sagte Richard. „Vielleicht hat er dieser Anna die Hundeleine ja doch freiwillig gegeben, um mit ihr reden zu können und irgendetwas herauszufinden ...“

„Oder er war ganz in ihrer Nähe und wir haben ihn nur nicht gesehen, weil er von den Bäumen verdeckt wurde“, ergänzte Nadine. „Ich kann mir gut vorstellen, wie schrecklich es sich für Frau Säuberling anfühlt, wenn alle Welt erfährt, was hier passiert ist.“

„Außerdem werden die Leute Fragen stellen.“ Richard steckte sein Notizbuch ein und blickte Herrn Wachhaupt an. „Und die Polizei wird wissen wollen, warum Sie davon bisher nichts bemerkt haben.“

„Hm.“ Der Burgwächter kratzte sich am Kopf. „Das wird sie sicherlich.“

„Auf so einem Fest treiben sich auch immer Leute von der Presse herum.“ Nadine fuhr sich durchs Haar. „Dann könnte schon morgen alles in der Zeitung stehen.“

„Ich ... Ich hätte Ihnen eher davon erzählen sollen, Herr Wachhaupt", stammelte Frau Säuberling. „Aber ich ... ich dachte ... ich wollte ..."

„Schon gut, Frau Säuberling." Herr Wachhaupt legte ihr seine große Hand auf den Arm und räusperte sich. „Wenn es Ihnen lieber ist, warten wir erst einmal ab ..."

„Das wäre mir sehr recht", hauchte Frau Säuberling mit rotem Kopf.

Herr Wachhaupts Pranke ruhte noch immer auf ihrem Unterarm und er blickte sie an, als wäre sie die Schönheitskönigin von Sachsen und er ein zerlumpter Obdachloser.

Nadine stand auf und zwickte Richard in die Seite. „Kommst du mit? Ich will nicht allein nach Luca suchen. Womöglich begegne ich diesem Siggi und dann ..."

„Ja, lass uns gehen." Richard deutete grinsend mit dem Kopf auf Herrn Wachhaupt.

Also hat er es auch gemerkt, dachte Nadine und ging Richard voran, auf die Tür zu. Doch dann wandte sie sich noch einmal um. „Frau Säuberling, ich würde gern Ihre Telefonnummer in mein Smartphone tippen – falls wir uns unterwegs mit Ihnen in Verbindung setzen müssen."

59

Nachdem sie sich durch die Menschenmasse gedrängt und die Burg verlassen hatten, sagte Tobias: „Ich mache mir Vorwürfe, dass ich nicht gleich losgelaufen bin, um Luca zu suchen."

„Unsinn." Thea schob ihren Hut ins Genick. „Du konntest nicht wissen, dass Anna und Johanna hinter der Sache stecken. Das hat sich ja erst während unseres Gesprächs gezeigt."

„Lass das Grübeln, Alter!" Paolo deutete auf eine Weggabelung. „Wir müssen entscheiden, wer wo langgeht!"

Tobias nickte. „Als wir die Fotos gemacht haben, war Anna mit Karlson in der Nähe des ehemaligen Kapellenturms."

Paolo winkte ab. „Das war vor bald einer Stunde. Inzwischen können sie überall sein!"

„Nicht reden, Jungens, weitergehen!" Der Professor schlenkerte seinen Stock auf den mittleren Weg zu und stapfte davon.

„Der Alte hat recht." Paolo trat von einem Fuß auf den anderen. „Wir müssen aber noch festlegen, wann und wo wir uns wieder treffen."

Tobias schaute auf seine Uhr. „In einer halben Stunde auf dem Spielplatz?"

„Okay. Dann lauf ich mal dort lang." Schon rannte Paolo los und war kurz darauf hinter der nächsten Ecke verschwunden.

Thea deutete in Richtung des Stadtteils, in dem Luca wohnte. „Ich könnte bei ihm zu Hause nachschauen."

„Gute Idee!“ Tobias nickte. „Aber traust du dich allein?“

„Klaro!“ Thea lächelte und holte ihr Handy aus der Tasche. „Unterwegs rufe ich noch Nadine an. Damit sie und Richard wissen, wann und wo wir uns treffen.“

60

Tobias nahm den unteren Weg durch das Tiergartenwäldchen. Dabei betete er leise: „Herr Jesus, Du hast versprochen: *Bittet, so wird euch gegeben; suchet, so werdet ihr finden; klopfet an, so wird euch aufgetan.*[16] Ich bitte Dich für Luca. Du weißt, wo er ist. Bitte hilf uns, ihn zu finden. Hm ja – es wäre besser gewesen, wenn wir vor unserer Suche alle gemeinsam gebetet hätten. Aber auf einmal ging alles so schnell und ich habe in diesem Moment nicht daran gedacht – verzeih mir bitte. Bitte, bitte hilf uns trotzdem! Amen."

Er spähte zwischen den Bäumen hindurch, blieb immer wieder stehen, schaute sich um und lauschte. Doch außer dem Gezwitscher der Vögel und dem Rascheln der Blätter war nichts zu hören.

Nachdem er schon eine ganze Weile gesucht hatte, vernahm er auf einmal das Gebell eines Hundes. Es kam vom anderen Ende des Tiergartens her und klang wie Karlson. Dann waren sogar zwei Hunde zu hören, wie es schien, kläfften sie sich gegenseitig an.

Sofort bog Tobias ab und eilte in die Richtung, in der er die Hunde vermutete. Schließlich verstummte einer von ihnen und der bellende schien sich zu entfernen.

Tobias fing an zu rennen und stieß hinter der nächsten Wegbiegung beinahe mit einer kleinen, rundlichen Frau zusammen, die einen schwarzen Pudel an der Leine führte.

„Entschuldigung", keuchte er. „Hat Ihr Hund vielleicht gerade eben einen anderen Hund angebellt?"

„Es war genau anders herum!" Die Frau deutete auf

16 Matthäus 7,7

ihren Pudel. „Mein Blacky wurde von diesem Mischling angekläfft, als hätten wir ihm den größten Knochen aller Zeiten geklaut. Dabei wollten wir doch nur ganz friedlich an ihm vorbeispazieren. Nicht wahr, Blacky?"

Der schwarze Pudel hielt es nicht für nötig, bei der Nennung seines Namens auch nur aufzuschauen. Er schnüffelte weiter am Wegrand herum und hob schließlich das Bein, um einen niedrigen Busch zu markieren.

„Aber dann hat Blacky auch gebellt, oder?" Tobias machte eine Kopfbewegung zu dem schwarzen Pudel hin. „Ich habe das Gebell von zwei Hunden gehört."

„Na, ist doch klar, dass Blacky sich wehren muss, wenn er so mir nichts, dir nichts angegriffen wird!" Die Frau fuchtelte mit den Armen und schaute Tobias an, als hätte er ihren Hund soeben beschuldigt, einen Mord begangen zu haben. „Dieser andere Hund war ein Wüterich, das kann ich dir sagen! Wer weiß, was passiert wäre, wenn der alte Herr ihn nicht so kurzgehalten hätte!"

„Hm, wenn er mit einem alten Mann unterwegs war, dann ist es sicher nicht der Hund, den ich suche", überlegte Tobias laut. „Genau genommen suche ich einen Jungen mit einem Hund. Der Junge ist etwas kleiner und kräftiger als ich. Außerdem suche ich ein rothaariges Mädchen und zwei oder drei Jungs mit schwarzen Basecaps."

„Sag bloß, du bist auch einer von diesen Kerlen?" Die Frau stemmte die Arme in die Hüften.

„Wieso? Was ist mit denen?"

„Ich will wissen, ob du auch einer von diesen Kerlen mit den schwarzen Kappen bist?"

Tobias schüttelte den Kopf. „Ich gehöre nicht zu ihnen, aber ich muss sie etwas fragen."

Sie zog die Brauen zusammen und drohte Tobias mit dem Finger, als sei er einer dieser Rüpel. „Dann kannst du ihnen gleich ausrichten, dass ich das nächste Mal, wenn ich sie sehe, die Polizei hole! Die haben meinen Blacky mit Knallern beworfen, das sind ganz gemeine ...“

„Falls ich sie treffe, sage ich es ihnen." Es war zwar unhöflich, die Frau zu unterbrechen, aber die Zeit drängte. „Haben Sie diese Jungs heute schon gesehen? Waren sie irgendwo hier in der Nähe?"

„Heute noch nicht, aber man kann nie wissen, ob die in der Nähe sind!", keifte sie. „Die verstecken sich irgendwo und plötzlich kracht es neben dir, dass du denkst, dein Herz bleibt stehen! Falls man mich hier mal tot findet, kannst du der Polizei ausrichten, dass diese Kerle daran schuld sind. Ja, das kannst du der Polizei sagen! Einsperren muss man die, das ist nämlich lebensgefährlich, was die ..."

„Vielen Dank, ich muss los!", rief Tobias, winkte ihr zu und rannte davon.

Erst als die Frau außer Sichtweite war, fing er wieder an langsamer zu laufen und sich dabei nach allen Seiten umzuschauen. Aus der Ferne hörte er erneut Hundegebell, aber das konnte genauso gut von dem schwarzen Pudel kommen – die Richtung passte jedenfalls. Und wenn der andere Hund zu einem älteren Herrn gehörte, dann war das sicher nicht Karlson. Soweit er sich erinnern konnte, wohnte Lucas Großvater nicht hier in der Gegend und falls dieser gerade zu Besuch wäre, hätte Luca sicher davon erzählt.

Tobias blieb stehen und schaute auf seine Uhr. Sie wollten sich erst in rund einer Viertelstunde treffen, also hatte er noch Zeit. Er ärgerte sich nur, dass er wieder einmal kein Handy dabeihatte. Sonst hätte er Thea oder Nadine anrufen können, um sich zu erkundigen, ob sie Luca gefunden hatten.

Wo mochten Nadine und Richard jetzt sein? Wenn Thea ihre Freundin erreicht und ihr berichtet hatte, wer von ihnen wo suchte, waren sie vom Burgtor aus vielleicht in der entgegengesetzten Richtung um die Burg herumgegangen. Dann würde er ihnen möglicherweise bald schon begegnen – falls sie denselben Weg benutzten wie er.

Bei dem Gedanken daran, gleich wieder mit Nadine zusammenzutreffen, spürte Tobias, wie sein Herz anfing, schneller zu schlagen. Während er langsam weiterging, murmelte er: „Herr Jesus, ich wünsche mir so sehr, dass Nadine Dich findet. Sie weiß noch nicht viel von Dir, Herr Jesus, aber heute war sie mit bei der Schatzsuche und das fand ich super. Allerdings weiß ich nicht, ob sie Dich kennenlernen möchte oder ob sie nur Thea zuliebe mitgegangen ist. Aber so oder so hat sie Dein Wort gehört, und Du kannst machen, dass sie auf Dich neugierig wird und irgendwann an Dich glaubt. Ich möchte ihr gern noch mehr von Dir erzählen, aber ich habe ein bisschen Angst, dass ich sie mit meiner Begeisterung für Dich vor den Kopf stoße. Und dann will sie womöglich nichts mehr mit mir zu tun haben, und das fände ich ... schade. Bitte hilf mir, die richtigen Worte zu finden. Amen."

Auf einmal hörte Tobias das Geschrei eines Mädchens und dann Paolos wütende Stimme: „Das hast du nun davon, du dumme Gans! Normalerweise verachte ich Kerle, die sich mit Mädchen schlagen, aber du hast es nicht anders gewollt!"

61

Nadine beendete das Telefonat, als sie die Burg durch das Torhaus verließen, steckte ihr Smartphone weg und schaute Richard an. „Thea hat mir gerade erzählt, dass sie nach rechts in den Tiergarten gegangen sind."

Richard beschrieb mit seinem Arm einen Halbkreis. „Dann laufen wir auf der anderen Seite um die Burg herum, überqueren den Markt und biegen hinter der Kirche in den Tiergarten ab."

Nadine nickte und sie gingen in die von Richard vorgeschlagene Richtung.

Oberhalb des Marktes blieb Nadine stehen und holte ihr Smartphone wieder aus der Tasche. „Endlich sind wir aus diesem Gewimmel raus! Ich muss unbedingt ein paar Fotos machen! Von hier oben kann man den gesamten Markt überblicken."

„Na gut, dann werde ich in der Zwischenzeit mal die Leute hier unter die Lupe nehmen."

Während Nadine den Selfiestick an ihrem Smartphone befestigte, schlenderte Richard auf die Basaltsäulen zu. Dort blieb er stehen, hielt schützend die Hand über die Augen und blickte sich um.

Nadine machte zwei Selfies mit dem Markt als Hintergrund und drei Fotos von Richard und den Basaltsäulen. Dann streckte sie ihren Arm aus, hielt das Smartphone so hoch wie möglich und fotografierte damit in alle Richtungen.

Auf einmal tippte ihr jemand auf die Schulter und dann sagte Richard: „Komm schnell! Ich habe Johanna gesehen.

Sie ist gerade in der Gasse verschwunden, die zur Kirche führt!“

Sofort schob Nadine den Stick zusammen und eilte Richard nach.

Als sie in den Weg abbogen, der zur Kirche führte, und dort die letzten Stufen hinaufhasteten, entdeckte Nadine Johanna. Sie war allein. Mit dem Handy am Ohr schlenderte sie an der Kirche vorbei in Richtung Tiergarten.

Schnell schoss Nadine ein Foto des rothaarigen Mädchens und steckte dann ihr Smartphone ein. „Ich werde zu ihr laufen und erst mal allein mit ihr reden. Du solltest langsam nachkommen.“

62

Im Laufschritt passierte Tobias die nächste Wegbiegung, dann sah er Paolo. Er hockte auf Florian, der bäuchlings auf dem Boden lag und mit den Beinen zappelte. Gleichzeitig hielt Paolo mit dem rechten Arm die kniende, wimmernde Anna im Schwitzkasten und schlug mit der linken Faust auf Florian ein.

„Wir wissen genau, dass ihr den Hund hattet“, schimpfte er dabei, „wir haben Beweise! Sagt mir endlich, wo Luca ist, sonst ...“

„Halt!“, rief Tobias und eilte auf die drei zu.

„Gut, dass du kommst, Alter!“, blaffte Paolo. „Kannst dir gleich das Rotköpfchen vornehmen!“

„Nein“, wimmerte Anna. „Bitte lass mich los! Ich sag euch ja alles, was ich weiß. Ich verspreche es!“

„Ja, wir zeigen euch, wo Luca ist!“, japste Florian.

Paolo verpasste Florian eine Kopfnuss. „Ha, wer's glaubt! Erst versprecht ihr alles und dann macht ihr doch was anderes. So was haben wir schon oft ...“

„Lass sie los!“, befahl Tobias.

„Und dann rennen sie weg und wir erfahren nie, wo sie Luca ...“

„Ich sage wirklich alles, was ich weiß. Ganz bestimmt“, schluchzte Anna.

„Ich schlage euch grün und blau, das habt ihr verdient, ihr ...“

„Lass los!“ Tobias trat hinter Paolo und packte seine Arme. „*Ein Mann, der seinen Zorn nicht zurückhalten kann, ist wie eine offene Stadt ohne Mauern.*[17]“

17 Sprüche 25,28

„Na gut.“ Paolo ließ Anna los und stand langsam auf. „Gegen deinen grünen Gürtel und deine Bibelsprüche komme ich nicht an.“

„Danke“, hauchte das Mädchen und richtete sich auf.

Tobias sah Anna fest in die Augen. „Wo ist Luca? Und wo ist der Hund?“

Während Florian sich ebenfalls aufrappelte, nahm Paolo eine Boxerhaltung ein. „Versucht ja nicht, wegzurennen! Tobias hat den grünen Gürtel und ich ...“

„Siggi hat den Hund. Ich hab keine Ahnung, wo er mit ihm hingegangen ist.“ Anna schniefte und wischte sich über die Augen. „Und wo Luca ist – weiß ich auch nicht genau. Ich ... Ich war nicht dabei, als sie ihn eingesperrt haben. Ich war mit Karlson beim Spielpl...“

„Dann zeigst du uns eben den Weg zu Luca!“ Paolo stieß Florian in den Rücken.

63

Nadine erreichte Johanna gerade, als diese aufhörte zu telefonieren. „Warte, bleib stehen! Ich will mit dir reden!"

„Oh, Nadine!" Ein Lächeln huschte über Johannas Gesicht. „Wo kommst du denn her?"

Nadine hakte sich bei ihr unter. „Ich bin dir gefolgt!"

„Du bist mir gefolgt? Warum?" Johanna blieb stehen und schaute sie an.

„Weil ich mit dir reden muss!"

„Worüber?" Johanna versuchte, Nadine ihren Arm zu entziehen.

„Ich bin ziemlich enttäuscht von dir! Ich dachte, wir könnten Freundinnen werden!"

„Ich ... Ich verstehe nicht ..." Erneut versuchte Johanna, sich loszumachen.

„Du wirst es gleich verstehen. Ich lasse dich jetzt los, aber renn ja nicht weg!" Nadine gab Johannas Arm frei. „Alle meine Freunde sind in der Nähe. Bis auf Luca."

„Was willst du überhaupt von mir?" Johanna rieb sich den Arm.

„Wir haben alles herausgefunden!" Nadine baute sich vor Johanna auf und richtete den Zeigefinger wie eine Waffe auf sie. „Ihr steckt hinter den Anschlägen auf Frau Säuberling! Du und deine Zwillingsschwester! Und ihr habt mithilfe der Schwarzkappen den Hund meines Freundes entführt!"

„Du spinnst ja! Gleich kommt Florian mit den anderen, dann kannst du was erleben!" Johanna wandte sich ab und wollte davonlaufen, doch Nadine hielt sie wieder fest.

„Wir haben Fotos, die das beweisen. Ihr seid enttarnt, Frau Säuberling weiß alles, und Herr Wachhaupt auch. Und wenn er die Polizei holt, dann …"

„Herr Wachhaupt?" Johanna riss die Augen auf. „Und die Polizei?"

„Ja, die Polizei!", sagte Nadine langsam, betont und laut, als sei sie eine Lehrerin und Johanna ein schwerhöriges Schulkind. „Gegen die Polizei können auch eure Schwarzkappen nichts ausrichten. Was ihr gemacht habt, war total gemein!"

„Bitte … Bitte nicht – die – Polizei!" Johanna schlug sich die Hand vor den Mund.

„Sag mir, wo Luca ist!" Nadine stemmte die Hände in die Hüften.

„Ich … Ich war nicht dabei, als die anderen … Ich war doch …"

„Genau, du warst währenddessen im Zehrgarten und hast Nägel in den Kaffee des Professors getan!" Nadine deutete auf Johannas Handy. „Und ich habe gesehen, dass du gerade telefoniert hast. Vermutlich mit deinen Schwarzkappen-Freunden."

Johanna wischte sich über die Augen. „Wenn … Wenn die Polizei zu meiner Mutter geht … und wenn mein Opa das erfährt … das ist alles so schlimm … Wir wollten eigentlich gar nicht so schlimme Sachen …"

„Das hättet ihr euch früher überlegen sollen!", fauchte Nadine.

Johanna sackte in sich zusammen und hockte sich dann sogar hin. Sie vergrub das Gesicht in ihren Armen und murmelte: „Das … Das haben wir gemacht, weil … weil … wegen … wegen unserer … ach, das kannst du eh nicht verstehen."

Aus den Augenwinkeln bemerkte Nadine Richard, der langsam auf sie zukam. Sie bedeutete ihm mit der Hand zurückzubleiben und fing an, vor der kauernden Johanna auf und ab zu laufen. „Ich weiß echt nicht, was ich denken soll. Nach der Schatzsuche dachte ich noch, wir könnten Freundinnen werden. Aber dann haben wir herausgefunden, was ihr getan habt. Und nun bin ich ziemlich sauer auf dich! So etwas hätte ich dir nie zugetraut. Was soll ich nur davon halten, dass du jetzt hier hockst und heulst? Vielleicht tust du ja nur so, als würdest du alles bereuen – was weiß ich denn?“

„Nein, nein“, wimmerte Johanna. „Ich ... Es ... Es tut mir wirklich total leid ... Und ich wäre so gern deine Freundin ... echt ... aber ... aber ...“

Nadine blieb stehen und schaute von oben auf sie herab. „Spar dir deine Heul-Show! Und erzähl mir lieber endlich, was du mit diesem *aber* meinst?“

„Das hat nichts mit dir zu tun ... Es ist ... ach ...“ Ohne aufzusehen machte Johanna eine wegwerfende Handbewegung. „Das ... Das kannst du eh nicht verstehen ...“

Während Nadine so auf Johanna herabschaute, stieg auf einmal vor ihrem inneren Auge ein Bild aus der Vergangenheit auf. Sie sah sich selbst, wie sie im Waschraum der Turnhalle hockte und heulte. Sie konnte sich noch genau erinnern, wie sie sich damals gefühlt hatte. Zuerst war da dieser große Schmerz gewesen und der Wunsch, damit allein zu sein. Und dann kam Thea. Ausgerechnet Thea, die Nadine mit ihren Freundinnen so oft geärgert hatte. Nadine hatte Thea angeschrien, doch Thea war geblieben ... und hatte ihr schließlich zugehört ... Und dann wurden sie Freundinnen, richtig gute Freundinnen.

„Ich ... Ich wünschte, ich wäre tot“, schniefte Johanna.

Nadine hockte sich neben sie und sagte leise: „Tot zu sein, solltest du dir nie wünschen, niemals! Es gibt immer einen Ausweg, und auch immer jemand, der dir helfen kann und will.“

„Es gibt keinen Ausweg ... Und es gibt niemand, der uns helfen kann. Ich ... Wir ... Wir haben Mist gebaut, und wenn ... wenn die Polizei kommt, dann ...“

„Vielleicht kann ich dich besser verstehen, als du denkst.“ Nadine legte ihr die Hand auf die Schulter. „Als sich meine Eltern getrennt haben, hatte ich auch das Gefühl, in so einem finsteren Loch zu sitzen, aus dem es keinen Ausweg gibt. Aber dann ...“

„Deine Eltern haben sich getrennt?“ Johanna hob den Kopf, und Nadine sah, dass sie tatsächlich geweint hatte.

„Ja, mein Vater hat uns verlassen. Und ich dachte, es sei meine Schuld.“

„Das ... Ich denke auch, dass es meine Schuld ist ...“, flüsterte Johanna.

„Was meinst du damit?“ Nadine strich Johanna sachte über den Rücken. „Hast du deine Schwester angestiftet, Frau Säuberling zu schaden?“

„Das auch.“ Johanna nickte schwach. „Aber das meine ich nicht. Es ist meine Schuld, dass meine Eltern sich getrennt haben.“

„Das ist Unsinn!“, sagte Nadine lauter als beabsichtigt. „Die Kinder sind nie schuld daran, wenn sich die Eltern trennen. Nie! Das weiß ich inzwischen, und du kannst es mir glauben!“

Johanna öffnete ihre Handtasche, kramte darin herum und holte ein Papiertaschentuch heraus.

„Eltern trennen sich, weil sie sich nicht mehr vertragen", fuhr Nadine fort. „Oder weil einer von ihnen jemand anderen kennengelernt hat. Oder weil der Vater oder die Mutter sich verändert hat, oder weil ..."

„... weil sie ein Kind haben, das absolut unmöglich ist", schniefte Johanna.

„Nein!" Nadine schlug sich auf den Oberschenkel. „Du kannst nichts dafür! Und jetzt möchte ich wissen, was Frau Säuberling mit all dem zu tun hat!"

Johanna putzte sich die Nase, dann stand sie auf. „Frau Säuberling hat unserer Mutter den Arbeitsplatz weggeschnappt."

Nadine richtete sich ebenfalls wieder auf. „Du meinst, eure Mutter hat sich auch um die Stelle im Zehrgarten beworben?"

Johanna nickte. „Es hätte alles perfekt gepasst. Wenn sie diese Arbeitsstelle bekommen hätte, wäre sie vielleicht wieder etwas fröhlicher. Und wir wären nach Stolpen gezogen, ich hätte in der Tanzgruppe mitmachen können und ..."

„Sie hat sich also beworben, diesen Job dann aber nicht bekommen." Nadine fuhr sich durchs Haar.

„Ja." Johanna steckte das Taschentuch in die Handtasche. „Weil ihn diese andere Frau bekommen hat."

„Und da habt ihr euch gedacht: *Wir vertreiben diese Frau Säuberling, damit unsere Mutter den Job doch noch bekommt.*"

Johanna schaute zu Boden und nickte erneut.

Nadine stemmte die Hände in die Hüften. „Habt ihr euch mal überlegt, dass Frau Säuberling gar nichts dafür kann? Wahrscheinlich braucht sie den Job genauso sehr wie eure Mutter! Vielleicht gab es sogar noch viel mehr Bewerber, und wenn sie nicht Frau Säuberling genommen hätten, dann hätten sie noch jemand anderen genommen ..."

„So habe ich das noch gar nicht gesehen", murmelte Johanna.

„Und wahrscheinlich hast du auch keine Ahnung, wie nett Frau Säuberling ist", sagte Nadine. „Ich wette, dass sie sogar Mitleid mit euch hat, wenn sie eure Geschichte hört."

„Oh nein!" Johanna schlug sich die Hände vors Gesicht. „Bitte sag es ihr nicht!"

„Natürlich nicht! Ich bin doch keine Petze! Aber du wirst es ihr wohl oder übel selbst erzählen müssen." Nadine stellte sich auf die Zehenspitzen und winkte Richard. „Aber jetzt möchte ich erst mal, dass du uns zu Luca bringst!"

64

Luca hatte schon so viele Lieder gesungen, dass ihm kein neues mehr einfiel. Also sang er zum wiederholten Mal: „*Wenn die Welt mit Schrecken kommt, wenn ihr nicht mehr weiter wisst, wenn ihr einsam und allein seid, wenn man euch ganz vergisst: Ich bin bei euch alle Tage bis an der Welt Ende. Ich bin bei euch alle Tage: Fürchtet euch nicht!*“

Auf einmal hörte er lautes Gebell.

„Karlson!“, schrie er und rüttelte an der Tür. „Karlson, ich bin hier!“

Wenig später hörte er eine Männerstimme: „Ist hier jemand?“ – Das war Knorrholz!

Während der Hund weiterbellte, winselte und an der Tür kratzte, rief Luca: „Hilfe! Ich bin hier eingesperrt!“

„... Frechheit!“ Die Stimme des Professors übertönte Karlsons Gebell. „... dummer Streich ... Hintern versohlen ...“

Dann hörte Luca, wie ein Schlüssel ins Schloss gesteckt und umgedreht wurde. Kurz darauf sprang die Tür auf; Karlson schoss herein und begrüßte Luca so stürmisch, dass er es gar nicht schaffte, sein Gefängnis zu verlassen.

Schließlich tauchte in der Türöffnung der strubbelige Kopf des Professors auf. „Hey, Junge! Willst du hier wohnen bleiben oder was?“

„Auf keinen Fall, Herr Professor!“ Luca lachte. „Vielen, vielen Dank, dass Sie gekommen sind!“

„Hm, muss schließlich meine Fotos holen!“, brummte der Professor und zog sich wieder nach draußen zurück.

Endlich gelang es Luca, den aufgeregten Hund durch

die niedrige Tür zu schieben und selbst hinterherzukriechen. Das Tageslicht blendete ihn, schützend hielt er seine Hand über die Augen und stand langsam auf.

Der Professor schloss hinter ihm ab und grummelte: „Unerhört ist das. Das Schloss muss gewechselt werden. Werde sofort mit Herrn Wachhaupt reden. Es geht nicht an, dass Hinz und Kunz einen Schlüssel für solche Türen haben."

Als Luca wieder etwas erkennen konnte, schaute er sich um – von den Schwarzkappen war weit und breit nichts mehr zu sehen. Er atmete tief durch, holte die Falkenfotos hervor und reichte sie dem Professor.

„Danke ... ähm ... Luca." Knorrholz warf nur einen kurzen Blick auf die Bilder und steckte sie dann in die Innentasche seiner abgeschabten Jacke. „Die Fotos sind gut. Wichtiger ist aber, wie es dir geht. – Geht es dir gut?"

„Ja." Luca streckte sich und grinste. „Ich glaube fast, es ist mir noch nie besser gegangen als jetzt ... Ich meine, ich war auch noch nie in so einem finsteren Loch eingesperrt ..."

„Gut." Der Professor klopfte ihm auf die Schulter. „Nun aber raus aus dem Gebüsch!"

Luca schob sich hinter dem Professor zwischen den Büschen hindurch, wobei Karlson ihm nicht von der Seite wich.

„Wie haben Sie mich gefunden?" Luca betrat nach Knorrholz den Wanderweg. „Und wieso ist mein Hund bei Ihnen?"

Der Professor deutete in Richtung des Waldes. „War an einem Baum angebunden. Frechheit so etwas! Habe sein Gebell gehört und ihn losgemacht. Wusste, dass es dein

Hund ist, hatte ihn auf den Fotos deiner Freundin gesehen."

„Meiner Freundin?" Luca schaute den Professor fragend an.

Der alte Herr runzelte die Stirn. „Hm, die hübsche Blonde mit diesem modernen Dingsda – ähm, Handy!"

Luca lachte. „Sie meinen sicher Nadine mit ihrem Smartphone?"

„Hm." Der Professor deutete mit seinem Stock die Burgmauer hinauf. „Sie hat von da oben aus deinen Hund fotografiert, zusammen mit diesem rothaarigen Mädchen und dem frechen Kerl mit der schwarzen Mütze ..."

„Anna und Florian Filderstädt." Luca rieb sich die Arme. Trotz des warmen Sonnenscheins fror er noch immer.

Der Professor zog die Brauen zusammen. „Ist gar nicht gut, dass du so frierst. Solltest ein heißes Bad nehmen."

Endlich ließ Karlson von Luca ab und fing an, am Wegrand zu schnuppern. Luca gab ihm etwas mehr Leine. „Ja, aber meine Freunde ... Ich muss ihnen doch sagen, was passiert ist und ..."

„Unsinn!" Der Professor schüttelte den Kopf. „Das hat Zeit. Deine Gesundheit ist wichtiger. Werde deine Freunde suchen und ihnen Bescheid sagen."

„Okay. Aber vorher will ich noch wissen, wie Sie mich gefunden haben!"

„Hm. Muss ich wohl erzählen", brummte Knorrholz. Und dann berichtete er in seiner knurrigen Art, wie er im Zehrgarten einen Kaffee mit Nägeln drin bekommen hatte, wie Lucas Freunde dann den Täterinnen auf die Schliche gekommen waren und wie sie sich schließlich alle auf die Suche nach ihm gemacht hatten. „Hab den Hund vom Baum losgebunden und *Such Herrchen!* gesagt. Weiß nicht, ob er mich verstanden hat. Als wir am Johannisturm vorbeikamen, begann er zu winseln. Zog zu den Büschen hinüber. Ich folgte ihm. Plötzlich hörte ich jemand singen – der Hund hatte es wohl schon früher gehört. Bei den Büschen fing er dann an, wie verrückt zu bellen und zerrte noch stärker an der Leine. – Hätte mich fast umgerissen. Den Rest kennst du." Er hüstelte. „Jetzt gehst du aber nach Hause. Sofort. Das ist ein Befehl!"

Luca grinste. „Ich hätte nie gedacht, dass Sie sich mal für mich und meine Freunde interessieren würden."

Der Professor winkte ab, schwenkte seinen Stock herum und stolzierte davon.

65

Paolo folgte Florian und Anna durchs Gebüsch auf die Burgmauer zu, während Tobias als Absicherung etwas zurückblieb. Als sie schließlich vor einer niedrigen Tür unterhalb des Johannisturmes standen, pfiff Paolo durch die Zähne.

„Hey, Alter, dieses Gefängnis ist ja echt perfekt getarnt!“ Dann drängte er Florian und Anna zur Seite und hämmerte gegen die Tür. „Hallo Luca, wir holen dich gleich raus!“

Florian zog das Schlüsselband aus seinem Halsausschnitt. „Wenn du mich nicht ranlässt, kann ich nicht aufmachen!“

Paolo trat ein Stück zur Seite und rief erneut: „Luca, wir kommen! Wo bleiben deine Jubelrufe?“

Doch auch diesmal antwortete Luca nicht. Dafür tauchte Tobias hinter dem Busch auf.

„Da hinten kommen Nadine, Richard und Johanna.“

„Meine Schwester? Ich muss zu ihr!“ Anna versuchte, sich an Paolo vorbeizudrängen, doch er hielt sie am Arm fest. „Hiergeblieben! Du wirst dein Schwesterchen noch früh genug wiedersehen! Aber vielleicht ... vielleicht überlegen wir es uns ja noch und lassen euch mal testen, wie es sich anfühlt, in diesem Loch gefangen zu sein.“

„Nein, bitte nicht!“ Florian umklammerte die Schlüssel mit beiden Händen. „Bitte versprecht mir, dass ...“

„Nun schließ schon auf!“ Paolo ließ Annas Arm los und puffte Florian in die Seite. „Mein Freund Tobias Friedenslieb wird garantiert nicht zulassen, dass euch auch nur ein Haar gekrümmt wird!“

Da Tobias ihnen den Rücken zukehrte und mit beiden Armen winkte – wahrscheinlich versuchte er, Nadine und Richard auf sich aufmerksam zu machen –, schien er Paolos Sticheleien nicht zu hören.

Paolo knuffte Florian erneut. „Wenn du nicht sofort aufschließt, nehme ich die Sache selbst in die Hand!"

Florian nickte und steckte mit zitternden Händen einen der Schlüssel ins Schlüsselloch. In diesem Moment tauchte Nadine neben Tobias auf, zückte ihr Smartphone und schoss ein paar Fotos. Dann trat sie zur Seite, um Johanna durchzulassen, die ihrer Schwester schluchzend um den Hals fiel.

Endlich gelang es Florian, den Schlüssel umzudrehen und die Tür zu öffnen.

„Nun komm schon raus, Luca!" Paolo bückte sich und schaute in das dunkle Loch. „Wo steckst du denn? Ich kann dich nicht sehen! – Kann vielleicht mal jemand das Licht anknipsen?"

Da trat Nadine zu ihm und reichte ihm ihr Smartphone – die LED-Leuchte neben der Fotolinse war eingeschaltet. Paolo nahm das Handy, leuchtete damit in den finsteren Raum hinein und dann einmal im Kreis an der Wand entlang, aber es war niemand drin.

„Ihr wollt uns wohl veräppeln, was?" Paolo sprang auf, fuhr herum und packte Florian am Arm. „Ich werde dich gleich da reinstopfen, bis ihr uns endlich sagt, wo ihr Luca ..."

„Nein!", wimmerte Florian. „Luca war wirklich da drin, das ist die Wahrheit!"

„Nicht mit Gewalt, Paolo!", mahnte Tobias und bedeutete ihm, Florian loszulassen.

„Ich weiß nicht mehr, was ich euch glauben soll." Nadine seufzte und nahm Paolo das Smartphone aus der Hand. „Ihr habt schon so viel angestellt, und wer einmal lügt, dem glaubt man nicht ..."

Richard fasste sich ans Kinn. „Kann es sein, dass Siggi in der Zwischenzeit hier war und Luca woanders hingebracht hat?"

„Das weiß ich nicht", krächzte Florian. „Aber er ... er hat keinen Schlüssel und hier war ja abgeschlossen."

Tobias deutete auf Nadines Smartphone. „Wir sollten Frau Säuberling und Herrn Wachhaupt anrufen. Wahrscheinlich ist es nun doch an der Zeit, die Polizei einzuschalten."

66

„Ist ja gut, ich beeile mich ja schon", sagte Luca zu Karlson und fing an zu rennen.

Als er um die letzte Straßenecke bog, begriff er, warum der Hund es plötzlich so eilig hatte. Vor der Haustür stand Thea und rückte an ihrem Hut herum.

Luca rannte noch schneller und Karlson bellte, als wollte er eine Familie Murmeltiere aus dem Winterschlaf wecken.

Thea wandte sich um, bemerkte sie und lief ihnen entgegen.

Während der Hund Thea stürmisch begrüßte, rief sie: „Wo seid ihr nur gewesen? Die anderen suchen euch überall. Nadine hat Fotos gemacht, darauf ist Anna mit Karlson zu sehen und ..."

„Ich erzähle dir nachher alles." Luca schnaufte. „Aber vorher würde ich gern ein heißes Bad nehmen. Kannst du in der Zwischenzeit auf Karlson aufpassen?"

Thea griff nach der Hundeleine. „Du willst baden? Jetzt?"

Luca nickte. „Ich war eingesperrt – in einem kalten, finsteren Loch. Der Professor hat mich mit Karlsons Hilfe gefunden und rausgeholt ..."

„Du warst eingesperrt?" Thea klopfte Karlsons Fell. „Das ist ja furchtbar!"

„Ich erzähle es dir später." Luca trat von einem Bein auf das andere. „Ich muss aufs Klo und in die Badewanne ..."

„Ja, geh schnell!" Thea angelte ihr Handy aus der Tasche. „Ich rufe inzwischen Nadine an und sag ihr, dass du hier bist."

67

Nadine tippte auf Frau Säuberlings Nummer, schaltete den Lautsprecher ein und wartete, bis die Cafébetreiberin sich meldete.

„Säuberling, Stolpener Burgcafé."

„Hier ist Nadine. Es tut mir leid, Frau Säuberling, ich habe eine schlechte Nachricht."

„Noch eine schlechte Nachricht?" Die Cafébetreiberin räusperte sich.

„Hm, leider." Nadine nickte. „Unser Freund Luca ist verschwunden."

„Das weiß ich. Wir haben doch davon gesprochen, dass ihr ihn suchen wollt."

„Ja, aber inzwischen wissen wir, wo er *war*." Nadine holte tief Luft. „Die Schwarzkappen hatten ihn in ein gruseliges Verlies unterhalb des Johannisturms eingesperrt, Florian hatte den Schlüssel von seinem Cousin, dem Lehrling des Elektrikers."

„Das ist ja schrecklich!"

„Florian hat uns Lucas Gefängnis gezeigt und die Tür aufgeschlossen." Nadine fuhr sich durchs Haar. „Aber das Verlies ist leer. Luca ist nicht mehr da."

„Was heißt das, *er ist nicht mehr da*?" Frau Säuberlings Stimme klang schrill.

„Luca ist weg. Es gibt keinen anderen Ausgang, die Tür war verschlossen, aber Luca ist nicht drin gewesen."

„Oh nein! Dann müssen wir wohl doch die Polizei ..."

In diesem Moment klang ein Pochen aus dem Lautsprecher des Handys und Theas Handynummer erschien auf dem Display.

„Entschuldigung, Frau Säuberling, es klopft an, Thea versucht mich gerade zu erreichen. Bitte warten Sie, ich melde mich später noch mal.“ Nadine unterbrach das Gespräch und tippte auf die Nummer ihrer Freundin. „Hallo Thea!“

„Hallo Nadine!“, rief Thea so laut, dass Nadine das Smartphone so weit wie möglich von sich weghielt. „Luca ist wieder aufgetaucht! Er war in einem finsteren Loch eingesperrt, aber Professor Knorrholz hat ihn gefunden und herausgelassen. Nun ist ihm so kalt, dass er erst mal heiß baden muss.“

„Halleluja!“ Paolo sprang hoch und klatschte in die Hände. „Luca ist wieder da!“

„Danke, Herr Jesus“, sagte Tobias, und alle fingen an durcheinanderzureden.

Deshalb schrie Nadine nun ebenfalls ins Telefon: „Das muss ich sofort Frau Säuberling berichten. Bitte komm sobald wie möglich in den Zehrgarten. Und wenn es geht, bring Luca mit!“

„Okay, aber das kann eine Weile dauern.“

„Kein Problem!“ Nadine winkte ab. „Wir warten auf euch. Und richte Luca viele Grü...“

Paolo stieß sie in die Seite. „Nun ruf schnell wieder Frau Säuberling an, sonst holt sie doch noch die Polizei.“

68

Etwa eine Stunde später waren Luca mit Karlson und Thea zurück im Zehrgarten. Thea klopfte an die Tür des Cafés und sie wurden von Herrn Wachhaupt eingelassen.

Ihre Freunde saßen mit den Zwillingen, Florian Filderstädt und Professor Knorrholz an einem Tisch, auf dem etliche Flaschen und Gläser standen. Florian ließ den Kopf hängen und knetete sein Basecap, als wollte er es zu einem Hefeteig verarbeiten. Anna und Johanna sahen aus, als hätten sie geweint.

Plötzlich tauchte Frau Säuberling hinter der Theke auf und eilte Luca mit offenen Armen entgegen. „Es tut mir ja so leid! Das muss furchtbar gewesen sein, eingesperrt in diesem finsteren Loch ..."

Karlson sprang bellend an Frau Säuberling hoch.

„Aus!", befahl Luca. „Ich wollte den Hund eigentlich zu Hause lassen, aber seit der erzwungenen Trennung und fröhlichen Wiedervereinigung weicht er mir nicht von der Seite."

Frau Säuberling lachte, kniete sich hin und knuddelte den Hund. „Das macht gar nichts. – Ja, ich freue mich auch, dich zu sehen, Karlson!"

Endlich ließ Karlson von ihr ab und zog Luca zum Tisch, um auch die anderen zu begrüßen. Unterdessen stand Frau Säuberling wieder auf und holte zwei weitere Gläser und eine Schüssel Wasser für den Hund. Luca setzte sich zwischen Thea und den Professor.

Knorrholz klopfte ihm auf die Schulter und brummte: „Habe noch nie so gute Fotos von Falken gesehen!"

„Ich freue mich, dass sie Ihnen gefallen.“ Luca strahlte den Professor an. „Und noch mal vielen Dank, dass Sie mich befreit haben.“

Der Professor grinste schief. „Musste mir schließlich die Bilder sichern, von denen Paolo mir erzählt hat.“

„Ich wusste gar nicht, dass Sie lächeln können.“ Nadine wischte auf ihrem Smartphone herum.

Der Professor machte eine wegwerfende Handbewegung zu ihrem Smartphone hin und grummelte: „Neumodisches Zeugs.“

„Wir müssen eine wichtige Entscheidung treffen.“ Herr Wachhaupt räusperte sich. „Dazu brauchen wir deine Meinung, Luca.“

„Ach du grüne Sp... Spürnase.“ Luca goss sich Limonade ein. „Wieso ist meine Meinung auf einmal so wichtig?“

„Weil du – neben Frau Säuberling – derjenige bist, dem diese Übeltäter am meisten geschadet haben.“ Herr Wachhaupt deutete auf Florian, Anna und Johanna.

„Es tut mir leid“, murmelte Anna.

Johanna nickte. „Mir auch.“

„Tschuldigung“, krächzte Florian.

Luca trank einen Schluck. „Also, bevor ich euch vergebe, will ich echt erst mal wissen, warum ihr das alles gemacht habt.“

Johanna hob den Kopf und wandte sich an Nadine: „Hast du ... Hast du es schon jemandem erzählt?“

„Ich hab doch gesagt, dass ich keine Petze bin!“ Nadine legte ihr Smartphone auf den Tisch. „Aber ihr solltet es den anderen selbst erzählen.“

Johanna berührte ihre Schwester am Arm und schaute sie fragend an. Anna biss sich auf die Unterlippe, nickte ihr aber zu. Dann begann Johanna stockend zu erzählen, ab und zu ergänzte Anna ihre Ausführungen.

Als die beiden Mädchen fertig waren, sagte Florian: „Und ich bin auch mit dran schuld. Manche Ideen stammten von mir ... und von Siggi.“

„Ist schon klar, Alter.“ Paolo stieß Florian mit dem Ellenbogen an. „Ihr wolltet bei den beiden Prinzessinnen Punkte sammeln!“

Florian bekam einen roten Kopf, doch bevor er etwas erwidern konnte, wandte sich Frau Säuberling Anna und

Johanna zu. „Es tut mir leid, dass ich eurer lieben Mutti zuvorgekommen bin! Davon wusste ich ja gar nichts!"

„Also, ich muss doch sehr bitten, Frau Säuberling!" Herr Wachhaupt schlug mit der flachen Hand auf den Tisch. „Sie haben gar keinen Grund, sich bei diesen Gören zu entschuldigen, nicht den geringsten! Und sollte ich von einer Anzeige bei der Polizei absehen, dann tue ich das nur um Ihretwillen!"

Der Professor winkte ab. „Polizei hin oder her ... Sie sollten sich eine andere Arbeit suchen und den Laden hier dichtmachen. Die Burg sollte ..."

„Herr Professor Knorrholz!" Herr Wachhaupt schlug erneut mit der Hand auf den Tisch. „Dieses Thema steht hier nicht zur Debatte!"

Paolo klatschte in die Hände und schaute Luca an. „Klipp und klapp, kurz und knapp! Du musst entscheiden, ob wir alles bei der Polizei anzeigen oder nicht. Frau Säuberling ist nicht begeistert davon, aber sie möchte deine Meinung dazu hören. Weil du ja auch unter den Übeltätern gelitten hast."

Luca überlegte eine Weile. Dann sagte er: „Ich möchte, dass Anna, Johanna und Florian den Schaden, den sie Frau Säuberling zugefügt haben, so gut wie möglich ersetzen."

„Das versteht sich von selbst", knurrte Herr Wachhaupt. „Durch Arbeitseinsätze in den Ferien und so weiter ... Sozialstunden nennt man das wohl."

„Wir können auch unser Taschengeld abgeben", nuschelte Anna. „Nur bitte, bitte keine Polizei ... Unsere Mutter ist so schon traurig genug ..."

„Dich haben wir nicht gefragt!", donnerte Herr Wachhaupt. „Das hättest du dir früher überlegen sollen; diese Entscheidung treffen wir!"

„Es war gruselig, eingesperrt und von Karlson getrennt zu sein.“ Luca streichelte seinen Hund, der immer noch aus der Wasserschüssel trank. „Aber ich weiß auch, dass ich da drin nicht allein war. Der Herr Jesus war bei mir. Und Er hat mir herausgeholfen, wie Er Paulus und Silas geholfen hat, als sie im Gefängnis saßen. Es war garantiert kein Zufall, dass wir die Geschichte am Vormittag bei der *Schatzsuche* gehört haben.“

Paolo hob den Finger. „Ich habe auch schon mehrmals erlebt, dass die Bibel uns auf alles Mögliche vorbereitet, was uns in unserem Leben passiert. Als ich damals nach der Aktion bei Herrn Höfer …“[18]

„Deine Geschichte kennen wir!“ Nadine warf ihr Haar zurück. „Lass Luca reden!“

Luca trank noch einen Schluck und begann dann zu erzählen, wie er in seinem Gefängnis gesungen und gebetet hatte und schließlich von Professor Knorrholz befreit worden war. „Nur durch die Geschichte von Paulus und Silas bin ich auf die Idee mit dem Singen gekommen. Und dadurch hat Karlson mich gehört.“

„Ich glaube auch nicht an Zufälle.“ Thea lächelte Luca an. „Bestimmt hat der Herr Jesus dafür gesorgt, dass Professor Knorrholz deinen Karlson findet und erkennt.“

„Hm“, grummelte der Professor. „Weil ich ihn vorher auf dem Foto gesehen hatte.“

„Da sehen Sie es, Herr Professor!“ Nadine deutete auf ihr Smartphone. „Das da ist eben kein *moderner Schnickschnack*, denn ohne mein Smartphone hätte es kein Foto gegeben, und ohne Foto …“

„… hätte Jesus sich bestimmt ’ne andere Rettungsaktion

18 Die Geschichte, die Paolo erzählen möchte, kannst du im Buch *Paolo – Der GerümpelSchatzKlau* nachlesen.

ausgedacht“, tönte Paolo. Dann fügte er leiser hinzu: „Und meine Hau-drauf-Methode braucht Er schon gar nicht – das habe ich heute mal wieder erfahren. Das kann Er ohne meine Fäuste viel schneller und besser.“

Alle schwiegen, sogar Nadine war still. Nur Karlsons Schlabbern war zu hören.

Luca starrte eine Weile in sein Glas. Schließlich sagte er: „Weil der Herr Jesus mir geholfen hat, möchte ich auf eure Frage nach der Bestrafung von Anna, Johanna und Florian mit einer Geschichte aus der Bibel antworten. Leider kann ich nicht so gut erzählen – kannst du das für mich machen, Tobias? Du kennst doch sicher die Geschichte von der Frau, die die Ehe gebrochen hat?“

Tobias nickte. „Ja, die Geschichte passt gut!“

„Die Ehe gebrochen? So ein Unsinn!“ Herr Wachhaupt sprang auf und fuchtelte mit den Händen herum. „Was soll das denn mit uns hier zu tun haben?“

Frau Säuberling berührte ihn sachte am Arm. „Oh bitte, Herr Wachhaupt, setzen Sie sich doch wieder und lassen Sie die Kinder erklären, was sie damit meinen!“

Der Burgwächter ließ sich so auf seinen Stuhl fallen, dass dieser unter ihm ächzte. „Hm, da bin ich aber gespannt!“

Tobias nickte ihm zu. „Sie haben recht, bei uns hier geht es nicht um Ehebruch. Es geht aber ebenfalls um Schuld – oder anders gesagt: um ein Vergehen.“

„Das ist wahr!“, brummte der Burgwächter. „Es geht sogar um mehrere, um ziemlich viele Vergehen, die bestraft werden müssen!“

Paolo goss sich noch etwas Cola ein. „Nun erzähl schon, Alter. Welche Strafe hat die Frau gekriegt, die die Ehe gebrochen hat?“

69

Tobias lehnte sich auf seinem Stuhl zurück und räusperte sich. „Als der Herr Jesus auf der Erde lebte, hatte Er etliche Freunde, aber auch viele Feinde. Dazu gehörten die sogenannten Schriftgelehrten und Pharisäer. Die suchten ständig nach irgendwelchen Anlässen, um Ihn anklagen zu können."

Nadine schaute Tobias fragend an. „Was hatten diese Schriftpharisäer denn gegen Jesus?"

Bevor Tobias antworten konnte, sagte Paolo: „Ist doch voll logisch! Die Gesetzeslehrer wollten, dass die Leute zu ihnen aufschauen und alles machen, was sie ihnen vorschreiben. Und dann kommt dieser Jesus daher und die Menschen laufen alle zu Ihm, und manchmal sagt oder tut Jesus Sachen, die ganz anders sind als das, was alle anderen machen – wie zum Beispiel bei der Geschichte von Zachäus."

Nadine fuhr sich durchs Haar. „Diese Geschichte kenne ich, die hat Frau Winter erzählt, als ich mal mit Thea in Neustadt beim Kindertreff war. Obwohl es verboten war, sich mit Zöllnern und Sündern an einen Tisch zu setzen, hat Jesus den Zachäus besucht."

Tobias nickte. „Für die Schriftgelehrten und Pharisäer standen ihre Gesetze an erster Stelle. Aber der Herr Jesus hat die Liebe zu Gott und zu den Menschen an die erste Stelle gesetzt. Er hat Zachäus besucht, weil Er jeden Menschen liebt. Und weil Er Zachäus die Umkehr zu Gott ermöglichen wollte."

„Und das hat auch voll geklappt!" Paolo boxte sich in die Hand. „Der Zachäus hat sich nach dem Besuch von Jesus total verändert."

Richard zog seine Taschenbibel hervor und schlug sie auf. „Ich möchte euch dazu etwas vorlesen. Einmal wurde Jesus gefragt, welches Gebot das wichtigste Gebot sei. Darauf antwortete Jesus: *Das höchste Gebot ist das: »... du sollst den Herrn, deinen Gott, lieben von ganzem Herzen, von ganzer Seele, von ganzem Gemüt und von allen deinen Kräften.« Das andre ist dies: »Du sollst deinen Nächsten lieben wie dich selbst.«*[19]"

Tobias deutete auf die Bibel. „Liest du bitte auch noch Johannes 13 Vers 34 vor?"

Richard blätterte in seiner Bibel und las: „*Ein neues Gebot gebe ich euch, dass ihr euch untereinander liebt, wie ich euch geliebt habe.*"

„Der Herr Jesus ist in Seiner Liebe zu Gott und zu uns Menschen sogar so weit gegangen", erklärte Tobias, „dass Er sich ans Kreuz nageln ließ. Aber darüber reden wir besser ein anderes Mal."

„Genau!" Luca hob seinen Daumen. „Jetzt kommt erst einmal die Geschichte von der Ehebrecherin!"

Tobias nickte erneut. „Es geschah an einem Tag, an dem der Herr Jesus wie so oft von vielen Menschen umringt war. Die Leute kamen zu Ihm und Er lehrte sie. Und die Schriftgelehrten und Pharisäer wollten Jesus wieder mal eine Falle stellen. So brachten sie eine Frau, schubsten sie in die Mitte und sagten zu Jesus: *Lehrer! Diese Frau hat die Ehe gebrochen, sie ist auf frischer Tat ertappt worden! Im Gesetz steht, dass Ehebruch bestraft werden muss! Menschen, die die Ehe brechen, sollen mit Steinen totgeschlagen werden. So sagt es das Gesetz. Und was sagst du?*"

Nadine schüttelte sich. „Brrr, das ist ja gruselig!"

„So etwas hat Jesus garantiert nicht zugelassen!" Paolo

19 Markus 12,29-31

legte die Unterarme auf den Tisch und beugte sich vor. „Aber was hat Er diesen Gesetzesfuchsern geantwortet?"

Luca beugte sich zu Karlson hinab und wuschelte ihm durchs Fell. „Zunächst hat Jesus gar nichts gesagt. Er hat sich einfach gebückt und mit dem Finger auf die Erde geschrieben."

Paolo scharrte mit den Füßen. „Das hat diese Typen bestimmt ganz schön hippelig gemacht!"

„Ja, in der Bibel steht, dass sie Ihn wieder und wieder fragten." Tobias trank einen Schluck. „Schließlich richtete der Herr Jesus sich auf und sagte zu ihnen: *Wer unter euch ohne Sünde ist* – das heißt, wer noch nie etwas Böses getan hat, wer noch nie gegen ein Gebot Gottes verstoßen hat –, *der werfe den ersten Stein auf sie,* also auf die Frau."

„Boah, voll cool!" Paolo schlug sich auf den Schenkel. „So etwas kann kein Mensch von sich behaupten!"

Thea hob den Finger. „Nur Jesus war ohne Sünde. Weil Er Gottes Sohn ist."

Florian hob den Kopf. „Und was haben diese Schriftgelehrten und Pharisäer dazu gesagt?"

„Die sagten gar nichts", antwortete Tobias. „Und Jesus bückte sich wieder und schrieb weiter auf die Erde. Schließlich wandte sich der erste Ankläger um und ging weg. Dann der nächste und der übernächste. Einer nach dem anderen ging weg, bis Jesus mit der Frau allein war. Dann richtete Jesus sich wieder auf und sprach die Frau an: *Frau, wo sind sie? Hat niemand dich verurteilt?* Die Frau antwortete: *Niemand, Herr.* Jesus sagte: *Ich verurteile dich auch nicht. Du kannst gehen. Aber ändere dich, sündige von jetzt an nicht mehr.*[20]"

Luca gab Karlson einen Klaps und schaute dann zu

20 nach Johannes 8,2-11

Herrn Wachhaupt auf. „Das ist meine Antwort auf Ihre Frage. Genau wie bei den Schriftgelehrten gibt es auch hier im Café niemanden, der noch nie etwas Böses getan hat. Deshalb schlage ich vor, wir sollten Anna, Johanna und Florian glauben, dass es ihnen leidtut, und die Polizei nicht einschalten."

„Das finde ich auch." Frau Säuberling atmete auf. „Ich bin überzeugt davon, dass die Mädchen mir von nun an nicht mehr schaden werden."

„Ja, das versprechen wir!", sagte Johanna leise.

Anna nickte. „Wenn Sie wollen, helfen wir gleich heute beim Aufräumen."

„Und ich ..." Florian schleuderte sein Basecap auf den Boden. „Ich werde Siggi sagen, dass ich nicht mehr bei den Schwarzkappen mitmache."

Herr Wachhaupt tippte mit dem Fuß an die schwarze Kappe. „Das hebst du sofort wieder auf!"

Florian stand auf, nahm das Basecap und schaute Frau Säuberling an. „Darf ich das in Ihren Mülleimer werfen?"

„Natürlich darfst du das." Frau Säuberling deutete auf die Nische mit dem Vorhang. „Dahinter steht ein großer Behälter für Restmüll."

„Apropos Schwarzkappen!" Herr Wachhaupt machte eine Kopfbewegung in Richtung Tür. „Wollt Ihr diesen ... diesen Siggi und die anderen Rabauken etwa auch ohne Strafe davonkommen lassen? Solche Kerle brauchen einen Denkzettel, sonst machen die immer so weiter!"

Richard fasste sich ans Kinn. „Hm, das ist wahr ... Aber wenn wir wegen Siggi die Polizei einschalten, wird dabei die Sprache auch auf Florian und die beiden Mädchen kommen."

„Oh, bitte nicht!“ Johanna schlug sich die Hände vor den Mund.

„Vielleicht finden wir noch eine andere Lösung.“ Luca kratzte sich am Kopf. „Meine Freunde und ich könnten noch mal mit Siggi reden.“

„Und wenn wir mit ihm reden, könnten wir ...“ Thea nahm ihren Hut und drehte ihn in ihren Händen. „Erinnert ihr euch noch an den Vers, den Tobias zitiert hat, als wir heute Nachmittag im Zehrgarten saßen?“

„Tobias hat den ganzen Nachmittag nur in Bibelsprüchen geredet“, brummte Nadine.

„Ich weiß, welchen du meinst“, rief Richard. *„Eine heimliche Gabe stillt den Zorn und ein Geschenk im Verborgenen den heftigen Grimm.“*

„Genau!“ Thea lächelte ihren Bruder an. „Wir ... Wir könnten Siggi etwas schenken. Dann merkt er, dass wir wirklich Frieden wollen.“

Nadine fiel das Smartphone aus der Hand; es landete scheppernd auf dem Tisch. „Was *schenken*?“

„Hm, bei euch muss man wirklich mit dem verrücktesten Zeug rechnen“, brummte Professor Knorrholz. „Diesem Rüpelhauptmann auch noch was schenken zu wollen.“

„Hört auf mit den Albereien!“ Der Burgwächter gestikulierte so heftig, dass er fast die Flaschen vom Tisch fegte. „Kann nicht ernst gemeint sein.“

„Doch, das ist unser völliger Ernst. Dazu gibt es noch einen weiteren Bibelspruch.“ Richard blätterte erneut in seiner Taschenbibel. „Hier steht es: *Vielmehr, »wenn deinen Feind hungert, gib ihm zu essen; dürstet ihn, gib ihm zu trinken. Wenn du das tust, so wirst du feurige Kohlen auf sein*

Haupt sammeln«. Lass dich nicht vom Bösen überwinden, sondern überwinde das Böse mit Gutem.[21]"

„Aber hallo", rief Paolo. „Das ist ja wieder mal eine krasse Aussage. – Also, ich bin dabei!"

Luca nickte. „Thea und Richard haben recht: Das ist das Beste, was wir tun können. Denn wir haben ja alle gemerkt, dass man Böses nicht mit Bösem besiegen kann."

„So wäre es auch ganz in meinem Sinne", sagte Frau Säuberling leise, beinahe flüsternd.

„Ist zwar nicht meine Meinung", brummte Herr Wachhaupt. „Aber wenn Sie es unbedingt so wollen, von mir aus. – Dann wäre das also geklärt." Er stand auf. „Muss jetzt mal wieder da draußen nach dem Rechten sehen. Werde dabei trotzdem ein besonderes Auge auf diese Lümmel mit den schwarzen Kappen haben und wehe ..."

Der Professor erhob sich ebenfalls. „Auf dieses Getöse da draußen kann ich verzichten. Werde mich jetzt auf den Heimweg begeben."

„Vielen, vielen Dank noch mal!" Luca sprang vom Stuhl auf und hielt dem Professor die Hand hin.

Professor Knorrholz runzelte die Stirn, nahm Lucas Hand und schüttelte sie. „Danke für die Fotos."

Nachdem die beiden Männer das Café verlassen hatten, wandte Frau Säuberling sich an Luca und seine Freunde. „Ich danke euch für alles! Wenn das Fest vorbei ist, lade ich euch mal ein; dann koche und backe ich nur für euch!"

„Darauf freue ich mich jetzt schon." Paolo rieb sich den Bauch.

Karlson kroch unter dem Tisch hervor, richtete sich auf

21 Römer 12,20-21

und bellte dreimal, als wollte er sagen, dass er sich ebenfalls darauf freue.

Frau Säuberling strubbelte Karlson lachend durchs Fell. „Für dich besorge ich natürlich auch etwas. Denn mit dir und der Katze hat schließlich alles angefangen."

Nachwort

Die Burg Stolpen gibt es wirklich, du kannst sie besuchen und dir die Burghöfe mit den Türmen, den Zehrgarten und die verzweigten Kellergänge anschauen. Einen genauen Plan der Burg findest du ganz am Anfang des Buchs. Bitte komme aber nicht auf die Idee, nach den beschriebenen Räumen des Burgcafés und Lucas Gefängnis am Fuß des Johannisturmes zu suchen, denn die gibt es nur in unserer Geschichte. Auch Richard und seinen Freunden, den *Schwarzkappen*, Frau Säuberling, Herrn Wachthaupt, Professor Knorrholz und all den anderen Personen wirst du in Stolpen nicht begegnen können. Aber vielleicht triffst du einige von ihnen ja in einer anderen Geschichte wieder.

Nachdem du das Buch über den Burgcaféangriff gelesen hast, kennst du Luca und seine Freunde bestimmt ziemlich gut. Immer wieder sprechen sie über die Bibel. Tobias kann die vielen Bibelsprüche natürlich nur deshalb zitieren, weil er sie schon so oft gelesen hat, dass er sie auswendig kann. Und Richard nimmt seine Taschenbibel überall mit hin, damit er immer sofort nachschlagen kann. Gemeinsam versuchen Luca und seine Freunde das, was sie aus der Bibel gelernt haben, in ihrem Leben anzuwenden – auch wenn es ihnen manchmal schwerfällt, so wie zum Beispiel Paolo, wenn er wieder einmal zuschlägt. Doch Luca hat die biblische Geschichte von Paulus und Silas geholfen, als er in dem finsteren Raum gefangen saß.

Hast du auch Lust bekommen, die Bibel zu lesen?
Falls du noch keine Bibel besitzt, kannst du dir hier eine verdienen.
Jeder von uns ist anders, jeder kann etwas anderes gut. Entscheide dich deshalb für **eine Aufgabe!**

1. An der Entstehung eines Buches arbeiten verschiedene Leute mit. Stell dir vor, du wärst eine Illustratorin oder ein Illustrator. Male **ein Bild oder einen Comic** zu einem oder mehreren Kapiteln des Buches.
2. Ein Redakteur einer Zeitschrift erhält manchmal die Aufgabe, den Lesern ein Buch vorzustellen. Schreibe **eine kurze Zusammenfassung der Handlung** dieses Buches.
3. Durch dieses Buch hast du einige Geschichten und Bibelsprüche kennengelernt. Vielleicht kennst du

aber auch ganz andere Geschichten oder Sprüche aus der Bibel? Schreibe auf, welcher **Spruch oder** welche **Geschichte aus der Bibel** dir besonders gefällt.

4. Während der *Schatzsuche* hat Luca einen Bibelspruch kennengelernt, zu dem es auch ein Lied gibt. Das Lied hat er gesungen, als er in dem finsteren Raum eingesperrt war. Leider sind uns die Worte des Bibelspruchs durcheinandergeraten. Hilf uns, die richtige Reihenfolge herauszufinden, und schreibe den Bibelspruch auf.

SPRACH: EUCH

ALLE AN ICH

BIS

BEI TAGE JESUS BIN

ENDE.

DER WELT

Sende deine Antwort per E-Mail oder Briefpost an:

- BurgCafeAngriff@boas-verlag.de
- BOAS-Verlag
  Stichwort: BurgCaféAngriff
  Würgendorfer Str. 21
  D – 57299 Burbach

Und vergiss nicht, deine Adresse aufzuschreiben.

Ich werde dir dann schnellstmöglich eine Bibel zuschicken.

Deine *Anneli Klipphahn*

Anneli Klipphahn

Paolo – Der GerümpelSchatzKlau

für Kinder ab ca. 10 Jahren – mit 18 s/w-Abbildungen

ISBN 978-3-942258-16-6: Paperback, 293 Seiten

ISBN 978-3-942258-66-1: eBook, ePub-Format

Seit seine geliebte Oma gestorben ist, geht bei Paolo alles schief. Und weil er seine Trauer und Wut an seinen Mitschülern auslässt, hat er bald keine Freunde mehr. Doch eine unerwartete Begegnung auf dem Friedhof, Schokoladenkuchen und die Suche nach geheimnisvollen Schätzen in Herrn Höfers Gerümpelscheune geben Paolo neue Hoffnung. Er erfährt, dass es einen gibt, der ihm seine Schuld und Sorgen abnehmen will – Jesus Christus, den Sohn Gottes. Als die wertvollsten Stücke des Gerümpelschatzes gestohlen werden, gerät Paolo unter Verdacht. Verzweifelt versucht er, seine Unschuld zu beweisen und den wahren Täter zu finden, doch es wird immer schlimmer. Ob ihm dieser Jesus wirklich helfen kann?

Anneli Klipphahn
Richard – Das Burg Keller Geheimnis

für Kinder ab ca. 10 Jahren – interaktives Buch

ISBN 978-3-942258-17-3: Paperback, 328 Seiten

Richard und seine Zwillingsschwester Thea machen mit der Schulklasse einen Ausflug zur Burg Stolpen, wo vor 300 Jahren die Gräfin Cosel von König August dem Starken gefangen gesetzt wurde. Während der Führung stellt Richard fest, dass ein Mann mit einem Koffer unbemerkt aus einem der Burgkellerräume verschwunden ist. Richard und sein Klassenkamerad Paolo vermuten Geheimgänge unter der Burg. Und dann ist plötzlich auch Richards Notizbuch weg, das neben einer Taschenbibel sein ständiger Begleiter ist. Als das Notizbuch später wieder auftaucht, findet Richard darin eine Drohung: HÖRT AUF ZU SCHNÜFFELN SONST PASSIERT WAS! – Welchem Geheimnis sind sie da wohl auf der Spur?

Gaba Mertins

Von langer Hand geplant

Roman für Jugendliche ab ca. 14 Jahren

ISBN 978-3-942258-41-8: Paperback, 463 Seiten

ISBN 978-3-942258-91-3: eBook, ePub-Format

Seit Corrie eine Castingshow gewonnen hat, geht es bei ihr von Erfolg zu Erfolg. Nun steht ein großes Konzert in Hamburg an – ein weiterer wichtiger Schritt in ihrer Gesangskarriere. Und sie hofft, damit endlich ihren ihr unbekannten Vater auf sich aufmerksam zu machen und seine Zuneigung zu gewinnen.
Doch dann wird sie von einem Security-Mann, der eigentlich auf sie aufpassen sollte, entführt. Oder hat Jan Wächter sie nur vor den Leuten ihrer Plattenfirma beschützt? Hängt das mit den Drohungen gegen sie zusammen, die ein Unbekannter im Internet postet? Und was hat es mit Jans mächtigem Freund auf sich, der angeblich bei allem seine Hand im Spiel hat?